돈 까밀로의
작은 세상

Lo Spumarino Pallido
by Giovanninо Guareschi

*신부님 우리들의 신부님 7

돈 까밀로의 작은 세상

7

G. 과레스키 연작소설

주효숙 옮김

서교출판사

들어가기 전에

조반니노 과레스키가 처음 이 시리즈를 내놓았을 때 사람들의 반응은 극과 극으로 갈렸다고 한다. 한 편에는 그의 작품을 열렬히 사랑하는 독자들이 있었고, 다른 한 편으로는 정치적 이유로 끔찍하게 싫어하는 사람들이 있었다. 아니, 좀 더 정확하게 말하자면, 독자들의 열광적인 반응에도 정치적 이유 때문에 과레스키와 이 책은 당대에 정당한 평가를 받을 수 없었다.

1964년 6월 13일에 쓴, 생전에 공개되지 않은 한 편지에서 과레스키는 "나는 두드러진 우파적 성향 탓에 좌파에게 환영받지 못했고 중도파에게도 달가운 대접을 받지 못했다. 게다가 우파는 나를 과격주의자로 평가하며 좌파와 같은 부류로 취급했다. 결정적으로 나 자신은 하느님께 달갑지 않고 그의 적에게도 달갑지 않은 존재였다."라고 자신의 심경을 밝힌 적이 있다.

그러나 그 어떤 것도 그가 보여준 인간에 대한 진실한 사랑을 넘어서지는 못했다. 반세기가 지난 지금, 과레스키의 이 책은 이념의 벽을 넘어 화해와 평화를 역설한 소설로서 인정받으며, 문학 분야에서뿐만 아니라 영화, 만화 등 다양한 미디어를 통해 전 세계의 수많은 사람에게 웃음과 감동을 선사하고 있다. 이것이 바로 이념 장벽이 무너진 오늘날, 과레스키의 작품이 당당히 20세기 이탈리아 문학의 귀중한 자산으로 재조명되어 새롭게 평가받고 있는 이유이다.

이 소설의 배경은 이탈리아의 작은 마을 바싸이다. 하지만 이 연작을 읽다 보면 마치 우리네 할아버지와 아버지들이 땀흘려 일구며 살아온 삶의 터전에 대한 애착과 주변 사람들에 대한 이야기를 듣는 것 같다. 그것은 시간을 초월하여 생생히 살아있는 '사람들 사이의 사랑'이 모든 이들에게 와 닿는 보편적인 감정이기 때문일 것이다.

한참을 웃으며 읽다가 마지막 책장을 덮고 나면 새롭게 기운이 솟아나는 경쾌한 에피소드들이 가득한 〈돈 까밀로의 작은 세상〉에는 돈 까밀로와 뻬뽀네, 그들의 어릴 적 호랑이 선생님 그리고 사랑 넘치는 작은 세상 사람들이 다시 등장한다. 그리고 제3의 등장인물이자 어쩌면 과레스키 문학의 제일 중요한 등장인물이라고 할 수 있는 예수님도 다시 만날 수 있다.

언젠가 과레스키는 등장인물들에 대해 다음과 같이 썼다.

"만일 성직자들이 돈 까밀로 때문에 마음 상한다면 촛대로 내

머리를 쥐어박아도 좋다. 또한 공산주의자들이 뻬뽀네라는 인물 때문에 자신들이 모욕당했다고 느낀다면 내 등짝을 몽둥이로 후려갈겨도 좋다. 하지만 누군가가 책 속에 등장하는 예수님의 모습이 불쾌하다고 한다면 난 어쩔 도리가 없다. 이 이야기 속에 등장하는 예수님은, 하느님의 말씀을 전하는 것이 아니라 내 양심의 소리이기 때문이다. 이 책 속에서 예수님은 이성의 목소리다. 증오를 모르며, 증오하고 싶어 하지 않는 사람의 목소리다."

과연 그렇기만 할까? 단순히 작가 내면의 자아만을 표현한 것에 불과할까. 인간은 모두 자신의 마음속에 선을 품고 있다. 다만 삭막한 현실을 살아가면서 점점 선의를 잃어버리게 되는 것이다. 과레스키는 예수의 모습을 통해 우리가 살아가야할 올바른 길을 밝혀주고 있는 것은 아닐까.

이 소설을 번역하면서 가장 마음에 들었던 부분은 가난한 마을 사람들에게 줄 꿩을 밀렵한 돈 까밀로와 예수의 대화였다. 가슴이 뭉클해지며 잠시 손을 놓고 있을 수밖에 없었다.

> "죄송합니다, 예수님. 저도 제가 저지른 잘못 때문에 마음이 몹시 괴롭습니다."
>
> "돈 까밀로, 또 거짓말을 하는구나. 지금 네 마음은 내일 서른 명의 가난한 사람들에게 기쁨을 베풀어 줄 생각에 행복으로 가득하지 않느냐."

돈 까밀로는 제단에서 물러나 의자에 앉았다. 얼굴은 점점 더 창백해지고 이마에는 땀이 줄줄 흘러내렸다.

"일어나거라."

십자가에 매달린 예수님이 말씀하셨다.

"너의 죄를 사하노라."

돈 까밀로가 스스로 옳지 못한 일이라는 것을 알고 있으면서도 나쁜 일을 행할 수밖에 없었던 것은, 다른 어떤 것보다 사람이 가장 우선되어야 한다는 과레스키 철학이 표현된 것은 아닌가 생각해본다.

예수님은 돈 까밀로를 용서하신다. 돈 까밀로가 이웃의 행복을 위해 잘못을 저질렀고 진심으로 뉘우치고 있다는 것을 아시기 때문이다. 아마 예수님은 이렇게 말씀하시고 있는 것은 아닐까. 'Ego te absolvo(너의 죄를 사하노라). 내가 너희의 죄를 용서했듯이 너희도 이웃을 용서하여라.'

이 소설은 이탈리아 리졸리 출판사에서 펴낸 *Don Camillo della Bassa - Lo spumarino pallido*를 텍스트로 삼아 우리말로 옮겼다. 책을 출판하기까지 많은 도움을 주신 이인숙 선생님에게 감사드린다.

– 옮긴이

차례

COOPERATIVA SOCIALISTA

북풍과 태양이 서로 자신의 힘이 세다고 다투다가 나그네의 옷을 벗기는 시합을 했다. 먼저 북풍이 세찬 바람을 몰고 왔다. 그러자 나그네는 옷을 더욱 단단히 여미기 시작했다. 바람이 더 세차게 불어 대자 추위에 못 견딘 나그네는 여분의 옷까지 꺼내 입었다. 크게 낙담한 북풍은 태양에게 기회를 넘겨주었다. 태양이 아주 부드럽고 따뜻한 볕을 내리쬐자 나그네는 여분의 옷을 벗었다. 태양이 다시 뜨거운 열기를 내뿜자 더위를 견디지 못한 나그네는 근처 개울로 달려가 나머지 옷을 모두 벗어 버렸다.

–《이솝 우화》 중에서

지금부터 돈 까밀로와 뻬뽀네, 그리고 예수님의
재미있는 이야기가 펼쳐집니다.

닭 대신 꿩

새해맞이 축하 행사를 궁리하던 돈 까밀로는 '가난한 사람들의 냄비에 닭 한 마리씩'이라는, 간단하지만 엄청난 계획을 세웠다. 그리하여 새해 첫날을 2주 앞두고 그는 집집마다 돌아다니며 기부금을 걷기 시작했다. 지주건 소작농이건 모두 그의 말을 경청했고 성당에서 벌이는 뜻깊은 행사에 대한 칭찬도 빼놓지 않았다.

그러나 불행히도 시기가 안 좋았다. 많은 농가의 가축들이 전염병에 걸려 농민들의 시름이 컸던 데다 쓸만한 식용 수탉은 이미 다 팔린 뒤였다.

결론적으로 연말까지 그가 거두어들인 것이라곤 병아리 신세를 갓 면한 닭 여섯 마리뿐이었다. 적어도 서른 마리의 닭은 있어야 했는데 말이다.

돈 까밀로는 제단에 계신 예수님에게 달려가 속상한 심정을 털어놓았다.

"예수님. 그 많던 닭들이 다 어디 간 겁니까? 그들의 사정을 이해하지 못하는 건 아니지만 사람들이 너무나 이기적입니다. 작은 것 하나를 희생함으로써 큰 기쁨을 얻을 수 있다는 걸 모르고 있으니…."

예수님이 슬픈 목소리로 대답하셨다.

"돈 까밀로, 대부분 사람은 아무리 작은 희생일지라도 자신이 행하는 것이라면 크다고 생각한다. 또한 자기에게 쓸모없는 것이라도 남에게 주지 않는 게 이익이라고 여기는 사람들도 많느니라."

"예수님, 그럼 그 사람들이 어떤지 잘 아시면서 왜 그대로 두십니까? 왜 그들 밭에 서리를 내려 농사를 망쳐 놓지 않으십니까?"

예수님이 웃으며 대답하셨다.

"곡식은 씨를 뿌리는 자의 것이 아니라 모두의 것이다. 땅은 모든 사람을 위해 열매를 낸다. 돈 까밀로, 나에게 지금 어린 싹들을 죽이라고 청하는 거냐? 올바른 사람이라면, '오늘 저희에게 일용할 양식을 주소서' 라고 간구하는 것이 마땅하지 않느냐."

"주님, 저는 이기적인 마음을 가진 사람들은 땅을 소유하고 관리할 자격이 없다고 생각합니다."

"돈 까밀로야, 만일 그들이 돌멩이를 심고 열매가 나기를 기대한다면 그건 옳지 못한 일이다. 하지만 그들은 땅에 씨를 뿌리고 열심히 가꾸어 결실을 거두어들인다. 그들에게는 분명히 땅을 소유하고 관리할 자격이 있느니라."

돈 까밀로가 항의했다.

"예수님이 지주들의 이익을 보호하신다는 뜻인가요?"

"아니다. 난 땅의 이익을 보호할 뿐이다."

예수님이 미소를 지으며 말씀하셨다.

"비유를 들어 설명하겠노라. 어느 작은 섬에 가난한 사람들이 살았다. 그들 중에 두 명의 의사가 있었는데, 한 명은 관대하고 자비로운 의사였으나 또 다른 한 명은 욕심쟁이에다 이기주의자였지. 첫 번째 의사는 환자를 치료하고 적은 보수를 받는 것에 만족했지만 두 번째 의사는 치료비를 비싸게 받았다. 그런데 애석하게도 착하고 마음씨 좋은 의사는 형편없는 의술을 보유하고 있었고, 이기적이고 욕심 많은 의사는 탁월한 능력을 지닌 뛰어난 의사였단다. 모든 환자가 두 번째 의사를 찾아가 치료를 청했고 착한 의사에게는 가지 않았다. 돈 까밀로, 어떤 게 정의로운 거라고 생각되느냐?"

돈 까밀로가 양팔을 벌리며 대답했다.

"환자들도 생각이 있으니 의술이 뛰어난 의사에게 가는 것이 당연합니다. 하지만 저는 착한 의사가 굶어 죽고 이기적인 의

사는 부자가 되는 건 받아들일 수가 없습니다. 그것은 분명히 정의가 아닙니다."

"그렇다, 돈 까밀로. 분명히 정의로운 일이 아니지. 그러나 사람들이 더 훌륭한 의사를 찾아가는 건 인간적인 관점으로 볼 때당연한 일이 아니더냐. 언젠가 하느님께서는 주신 재능을 불공평하게 악용한 이기적인 의사를 벌하실 거다. 모든 것이 바로잡히도록 말이다."

돈 까밀로는 머리를 끄덕였다.

"네가 그 섬 주민 중의 하나라면, 의술이 뛰어나지만 이기적인 의사에게 벼락을 내리고 자비롭지만, 의술이 형편없는 의사가 오래 살게 해달라고 하느님께 기도하겠느냐?"

"아닙니다."

돈 까밀로가 대답했다.

"저는 의술이 뛰어난 의사가 관대해지도록 그리고 자비롭지만 엉터리인 의사가 훌륭한 의술을 지니게 해달라고 기도할 겁니다."

예수님이 미소를 지으며 말씀하셨다.

"그래, 좋은 방법이다. 그럼 농부는 어떠하냐? 땅의 번성을 책임지는 의사라 할 수 있지 않겠느냐? 나쁜 농부라 해서 그의 땅에 서리를 내린다면 죄 없는 사람들까지 굶게 될 것이다. 돈 까밀로, 농부들이 좋은 심성을 가지고 다른 사람들을 도울 수 있도록 기도하거라."

"예수님. 알겠습니다. 하지만 당장 내일까지 닭 서른 마리가 필요한데 달랑 여섯 마리밖에 없다는 걸 생각하면 잠이 오지 않습니다."

돈 까밀로가 부르짖었다.

"여덟 마리지."

예수님이 그의 말을 정정하셨다.

"여덟 마리요?"

돈 까밀로는 경황이 없어 자기 닭장 안에 닭 두 마리가 있다는 사실을 잊고 있었다.

*

하루 사이에 닭 스물두 마리를 구한다는 건 쉬운 일이 아니었다. 돈 까밀로는 이 사실을 잘 알고 있었다. 두 주 동안 분주하게 돌아다니며 모은 닭이 고작 여섯 마리밖에 되지 않았기 때문이다. 하지만 그는 '가난한 사람들의 냄비에 닭 한 마리씩'이라는 자신의 계획을 포기하지 않았다. 이 어려운 문제를 해결할 방법을 고심하던 중, 한 가지 생각이 떠올랐다.

'닭은 닭이지. 좋아. 그렇다면 꿩은 어떨까?'

엄밀하게 말해서 꿩은 꿩이다. 그러나 꼭 그리 까다롭게 굴 필요가 있을까? 가령 꿩이 나는 닭이라고 하면 그렇게 볼 수도 있는 건 아닐까?

결국 따지고 보면 설날 계획이 바뀐 건 아니라고 돈 까밀로는 결론지었다. '가난한 사람들의 냄비에 닭 한 마리씩' 대신 '가난한 사람들의 냄비에 꿩 한 마리 씩' 이라고 슬로건만 바꾸면 되는 것이니까.

그렇다고 해도 문제가 해결된 건 아니다. 스물두 마리나 되는 꿩은 또 어떻게 채워넣을 것인가.

돈 까밀로는 한참 동안 사제관 앞을 이리저리 서성거렸다. 그러더니 결심을 한 듯 긴 바지와 밤색 재킷을 걸쳐 입고 털모자를 깊숙이 눌러썼다. 돈 까밀로의 충견 번개는 주인의 행동을 보고 모든 것을 알아차렸다. 그런데 웬일인지 돈 까밀로는 사냥용 장총을 챙기지 않고 집을 나서는 것이었다. 예전에는 이런 적이 없었다.

번개는 주인이 총을 가지고 가는 것을 잊어버린 것이라고 생각하고 채소밭을 향하는 돈 까밀로를 향해 짖어댔다.

'이봐요, 주인님. 장총 챙기는 걸 잊으셨어요!'

"번개, 서둘러!"

돈 까밀로가 명령했다. 그러나 개는 움직이는 대신 이렇게 대답했다.

'총을 챙겨야 갈 거 아니에요?'

돈 까밀로는 다시 한 번 소리쳤다.

"빨리 와. 그만 난리 피우고! 사냥총은 그대로 둬. 총을 챙길 수는 없어! 지금 우리는 몰래 사냥을 하려는 거야. 시끄럽게 굴었다간 우린 끝장이야."

그래도 번개가 움직이지 않자, 돈 까밀로는 혁대를 풀고 바지 오른쪽을 내려 총신이 하나짜리인 장총을 번개에게 보여주었다. 당황한 번개가 그 총을 바라보다 고개를 갸웃했다.

'그건 사냥총이 아닌데요? 사냥총은 저기 걸려 있잖아요.'

돈 까밀로는 번개가 어떤 개인지 잘 알고 있었다. 그래서 이 상황에 대해 설명할 필요성을 느꼈다.

"이것도 사냥총이야. 아주 작은 소리를 내는 사냥총이지. 멍청한 꿩을 2~3미터 거리에서 쏘기엔 제격이란다."

그러고는 총알을 장전하고 채소밭 옆 장대 끝에 걸어놓은 빈 병을 쏘았다. 사냥총이 '픽' 하는 소리만 냈을 뿐인데 병은 산산조각이 났다. 번개는 야채밭으로 달려가 병이 깨진 것을 확인한 뒤 되돌아오며 짖어댔다.

'멍멍, 알았어요. 이제 꿩 사냥을 하러 가자고요.'

*

꿩들은 낮은 나뭇가지 위에 걸터앉아 졸고 있었다. 피네티 일가가 외국에 나가 있었기 때문에 이 보호지역은 3년째 사람들의 발길이 끊긴 상태였다. 졸고 있는 커다랗고 통통한 꿩들은 굳이 사냥총이 아니라 모자만 가지고 있으면 누구나 쉽게 낚아챌 수 있을 것처럼 보였다.

사냥총이 '픽' 소리를 낼 때마다 꿩이 한 마리씩 쓰러졌다. 땅에 떨어진 꿩을 찾아 모으는 데 꽤 시간이 걸렸지만 어쨌든 돈 까밀로는 수월하게 스물한 마리의 꿩을 수확했다. 이제 한 마리만 더 잡으면 된다는 생각으로 돈 까밀로가 기뻐할 때였다. 번개가 낑낑거렸다. 꿩이나 토끼 같은 사냥감이 아닌 뭔가 다른 물체가 이쪽으로 다가오고 있다는 신호였다.

스물두 번째 '날아다니는 닭'을 찾는 데 혈안이 된 돈 까밀로는 번개에게 성가시게 굴지 말고 조용히 있으라고 눈짓을 했다. 번개가 마지못해 입을 다물었다. 그러나 그가 스물두 번째의 꿩을 쏘려고 하는 순간 번개는 결국 참지 못하고 크게 짖기 시작했다. 사냥 감시인이 오고 있는 중이었다.

돈 까밀로는 사냥총을 내던지고 스물한 마리의 꿩이 들어있는 자루를 움켜쥔 뒤 전속력으로 달리기 시작했다. 저녁 무렵이었다. 돈 까밀로와 사냥 감시인 사이에는 앞을 분간할 수 없을 정도로 자욱하게 안개가 끼어 있었다.

덕분에 돈 까밀로는 추격자를 어렵지 않게 따돌릴 수 있었다. 그는 코끼리처럼 몸집이 큰 데다 스물한 마리의 꿩이 든 자루까지 들고 있었음에도 날렵하게 철조망 울타리의 구멍을 찾아 빠져나왔다. 뒤쫓아 오던 감시인은 철조망을 막 빠져나가는 돈 까밀로의 흐릿한 뒷모습을 겨냥하며 총을 쏘아댔다.

돈 까밀로와 번개는 일단 길가로 들어섰지만 몸을 숨길 곳이 없었다. 보호구역 철조망 반대편으로 3미터 깊이의 강물이 넘실대며 흐르고 있었기 때문이다. 그는 어쩔 수 없이 길을 따라 걸었다. 감시인이 뒤쫓아온다면 곧 그를 알아보게 될 것이었다. 보호 구역의 가장자리는 적어도 2킬로미터가량 강둑길과 맞닿아 있었다.

"집으로 가! 어서!"

번개는 명령이 떨어지자마자 순식간에 시야에서 사라졌다. 돈 까밀로는 숨을 헐떡이며 쉬지 않고 달렸다. 그러면서 생각했다.

'최악의 경우에는 물속으로 뛰어들어야겠군. 그러면 내가 누군지 알 수 없을 테지.'

산티노 거리의 갈림길에 이르렀을 때 돈 까밀로는 이쪽으로 달려오는 트럭 한 대를 발견했다. 그는 도로에 뛰어들어 필사적으로 모자를 흔들어 댔다. 그리고 트럭이 멈추어 서기도 전에 발판을 딛고 트럭에 매달렸다. 트럭 운전사는 깜짝 놀라 차를 세웠다.

돈 까밀로는 급하게 차 문을 열고 숨을 헐떡이며 운전석 옆에 올라타며 외쳤다.

"달려! 달려! 빨리 출발해!"

운전사가 가속 페달을 밟자 트럭은 엉덩이에 채찍이라도 맞은 듯 빠르게 달리기 시작했다. 1킬로미터쯤 달리고 나서 운전사가 투덜거렸다.

"놀래라, 난 강도인 줄만 알았네. 무슨 일이오? 뭐가 그리 급하시오?"

"6시 20분 행 기차를 타야 하거든."

"아, 그러슈. 닭 장사라도 시작하셨나 보오?"

"아니. 자네 같이 시커먼 영혼들을 닦을 세제를 팔고 있네."

운전사가 코웃음을 치며 말했다.

"내가 멍청했지. 거기다 그냥 내버려 뒀어야 했는데. 그래야 사냥 감시인이 신부님의 얼굴을 알아보고 인사라도 했을 텐데 말입니다. 맙소사, 그건 그렇고 대단한 일을 하셨구려. 잔치라도 벌일 참이오?"

"서른 명을 초대할 걸세. 닭 여섯 마리는 구했고 두 마리는 내가 가지고 있었지. 그러고도 가난한 사람 모두를 먹이자니 스물두 마리가 더 필요했어. 스물한 마리까지는 잡았는데, 스물두 마리째에서 감시인한테 걸리고 말았네. 이게 다야. 자네 당에 보고하기 위해 뭐 다른 정보가 더 필요한가?"

"신부님이 가진 도덕심이란 어떤 건지 물어보고 싶구려."

"그거야 물론 선량한 기독교인과 정직한 시민으로서의 도덕심이지."

돈 까밀로가 대답했다.

뻬뽀네가 속력을 줄이면서 말했다.

"좋소. 그럼 신부님, 다시 왔던 자리로 돌아갑시다. 내 지난달, 실직자들에게 땔감을 마련해주자고 제안했을 때 신부님이 무슨 짓을 했소? 심하게 반대하며 벌목채취 반대 캠페인을 벌이지 않았소?"

돈 까밀로가 반쪽짜리 시가에 불을 붙였다.

"반대했지. 사람들이 법을 어기는 걸 도와줄 수는 없으니까."

"그래, 어떤 법 말이오?"

"사유 재산 보호법 말일세. 가난한 사람들이 따뜻하게 지낼 장작이 필요하다는 건 맞는 말이야. 그렇다고 '지주들의 나무를 베어오자' 고 말할 수는 없는 거 아닌가. 도둑질하지 말라는 건 하느님의 계명이고 인간의 법이니까."

"뭐? 도둑질하지 말라고? 하느님의 계명이고 인간의 법이라고? 아니 그럼 노동자들은 지주의 물건에 손대면 안 되고, 지주들은 노동자들을 죽으라 부려먹으면서 몇 푼 안 되는 임금도 주지 않는 것이 당연하다는 말이오?"

빼뽀네가 발을 구르며 소리를 질렀다.

"정치적으로 따지지 말게. 난 법을 어기는 자는 아무도 도울 수 없으니까 말일세."

돈 까밀로가 차분한 목소리로 대답했다.

"흥, 그러쇼? 그럼 신부님이 하신 일을 따져 봅시다. 가난한 사람들도 설날에 맛있는 음식을 먹을 권리가 있소. 그런데 가진 자들이 나누어 주려 하질 않으니 본당 신부는 이런 행동을 해도 된단 말이오? 하느님의 계명과 인간의 법을 어기며 꿩을 훔친다! 그 사이에 본당 신부를 위한 특별한 법률이 다시 제정되기라도 했답디까? 아니면 원래 신부에게는 법을 어겨도 되는 특별한 권리라도 있소?"

"빼뽀네, 내가 언제 내게 그럴 권리가 있다고 말했나? 난 신부복을 벗고 옷을 갈아입은 뒤 변장을 하고 은밀하게 일을 저질렀네. 보통의 범죄자처럼 '숨어서' 움직였다고. 내가 옷을 입고 아무도 모르게 행동한 건 법의 존재와 유효함을 인정한다는 뜻일세. 난 꿩을 훔쳤네. 하지만 '여보게들, 이리 오게! 꿩은 우리 거야!' 라고 주장하진 않았어."

빼뽀네는 말도 안 된다는 듯이 주먹으로 운전대를 '쾅' 내리쳤다.

"남한테 도둑질하지 말라고 가르치면서 본인은 도둑질을 잘도 하시는군. 하느님께 기도는 잘하면서 뒷구멍으로는 나쁜 짓을 골라가며 하는 사람이었구먼!"

빼뽀네가 외쳤다.

"그래, 자네 말이 맞네. 나는 말만 잘하고 실천은 하지 못하는 신부일세. 하지만 장담하건대 나쁜 짓을 행하면 벌을 받게 되어 있어. 설혹 인간적인 정의에서 도망친다 해도, 하느님의 정의에서 도망칠 수는 없겠지."

빼뽀네는 돈 까밀로 쪽은 쳐다보지도 않고 중얼거렸다.

"쳇! 신부들은 참 편하구먼. '죽으면 갚을 거' 라고 말하면서 이런 식으로 빚을 지다니. 잘못했으면 바로 벌을 받아야지!"

"하느님의 계율과 인간의 법을 어겼다는 죄책감으로 시달리고 있네. 기독교인으로서 그리고 시민으로서의 내 양심은…."

"흥! 신부님의 알량한 양심 따위! 기독교인과 시민으로서의 양심이 어디 있는지 내 말해드릴까? 신부님 시커먼 뱃속 저 깊숙한 곳에 처박혀 있을 거요!"

빼뽀네가 투덜댔다. 돈 까밀로는 한숨을 내쉬며 말했다.

"그래 좋을 대로 생각하게, 읍장 동지. 나 역시 자네가 말하는 곳에 내 양심이 있다는 걸 인정하네. 그렇다고 내 주장이 달라지지는 않아."

빼뽀네가 질렸다는 표정을 지으며 외쳤다.

"신부님, 대체 말하고 싶은 게 뭡니까?"

"아무것도 없네. 한 가지만 물어보세. 빼뽀네 동지는 뱃속 깊숙한 데에 총알을 맞아본 적이 있나?"

멀리서 들려오는 듯 아련한 목소리로 돈 까밀로가 말했다. 빼뽀네는 자동차의 실내등 스위치를 켰다. 그리고 세탁한 행주 조각 마냥 창백해진 돈 까밀로를 보게 되었다.

"신부님…!"

빼뽀네는 깜짝 놀랐다.

"실내등을 끄고 계속 달리게. 어서."

돈 까밀로가 그의 말을 잘랐다.

"그저 양심의… 작은 위기일세. 이 위기는 금세 지나갈 거야. 토리첼라에 있는 나이 든 의사에게 나를 데려다 주게. 그는 내 친구라네. 아무것도 묻지 않고 나를 치료해 줄 걸세."

빼뽀네는 제트기도 따라잡을 기세로 빠르게 차를 몰았다. 그는 돈 까밀로를 토리첼라의 의사 집 문 앞에 내려놓은 뒤, 차 안에서 기다리며 피로 젖은 의자를 깨끗이 닦았다. 이어 꿩이 들어있는 자루를 운전석 밑에 감춘 뒤 생각을 정리하기 위해 마을을 한 바퀴 돌았다.

약 한 시간 후에 돈 까밀로가 돌아왔다.

"좀 어떠시오?"

빼뽀네가 물었다.

"어떤 의미에서는 내 양심이 어느 정도 돌아왔다고 할 수 있네. 하지만 걸어서 집에 돌아가는 위험은 감수하지 않는 것이 좋을 듯해. 자리에 앉기보다는 트럭 뒤쪽에 서서 가는 게 낫겠어. 다만 차를 너무 빨리 몰지 않도록 조심해 주게나."

다행히도 트럭 뒤쪽은 덮개로 덮여 있었다. 때문에 돈 까밀로는 사람들의 시선을 걱정하지 않아도 되었다.

*

땅거미가 짙게 내려앉아 있었다. 그 덕택에 돈 까밀로는 아무에게도 들키지 않고 무사히 사제관으로 돌아 올 수 있었다. 빼뽀네가 꿩이 든 자루를 돈 까밀로의 헛간에 넣어 주었다. 식당으로 돌아온 빼뽀네는 다시 신부복을 걸친 돈 까밀로를 보았다. 검은색의 긴 신부복은 그의 얼굴을 한층 더 창백해 보이게 했다.

"신부님. 필요한 게 있으면 체면 차리지 말고 부탁하시오."

빼뽀네가 중얼거렸다.

"아무것도 필요 없네. 그저 개가 염려되는군. 번개를 찾을 수 있을지 한 번 둘러봐 주게."

개가 낑낑대는 소리가 들렸다. 번개였다. 식탁 아래 웅크리고 앉아 있다가 '나 여기 있소' 하는 듯 대답했다. 빼뽀네는 번개를 살펴보기 위해 몸을 굽혔다.

"이 개도 양심의 문제가 있는 것 같은데…."

몸을 일으키며 빼뽀네가 중얼거렸다.

"번개도 나이 든 의사에게 데려가야 하는 거요?"

"아닐세. 남의 눈에 띄면 곤란해. 집 안에서 치료해야지. 자네는 번개를 내 침실로 옮겨주게."

빼뽀네가 번개를 팔로 안아 올려 침실로 옮겨 아무 말 없이 응급 처치를 끝냈다. 그리고 나서 아래층으로 내려와 식당의 문을 열고 고개를 내민 뒤, 돈 까밀로에게 퉁명스럽게 말했다.

"신부님의 잘못이 아무 죄 없는 번개 머리 위에도 떨어졌소!"

"이 악당! 자넨 안 그래도 죽어가고 있는 나를 아예 죽일 생각인가."

창백한 얼굴의 돈 까밀로가 대답했다. 그리고 자리에서 일어섰다. 빼뽀네가 나가자 돈 까밀로는 문의 자물쇠를 걸어 잠갔다. 그리고 스물한 마리의 '날아다니는 닭' 을 정리하기 위해 창고로 갔다. 꿩들은 어느새 스물두 마리가 되어 있었다. 놀랍게도 꿩 사이에 털이 뽑히고 잘 닦인 식용 수탉이 끼어 있었다. 뻬뽀네가 숫자를 채우기 위해 토리첼라에서 산 것이었다.

*

돈 까밀로는 잠자리로 가기 전에 제단에 계신 예수님 앞에 무릎을 꿇고 말했다.

"예수님, 저는 오늘 오후에 벌을 받아도 마땅한 죄를 지었습니다. 어쩌면 그 자리에서 지옥으로 가는 것이 나을 뻔 했습니다."

"돈 까밀로, 네가 잘못을 저지른 건 틀림없다만 아무리 형편없는 신부라도 꿩 스물두 마리보다는 낫겠지…."

예수님이 말씀하셨다.

"사실, 정확히 말하면 스물한 마리입니다."

돈 까밀로가 변명하듯 말했다.

"스물두 번째 꿩은 저와 상관없습니다."

"그러나 원래 너는 스물두 번째도 잡을 생각이 아니었느냐."

"죄송합니다, 예수님. 저도 제가 저지른 잘못 때문에 마음이 너무 괴롭습니다."

"돈 까밀로, 또 거짓말을 하는구나. 지금 네 마음은 내일 서른 명의 가난한 사람들에게 기쁨을 베풀어 줄 생각에 행복으로 가득하지 않으냐."

돈 까밀로는 제단에서 물러나 의자에 앉았다. 얼굴은 점점 더 창백해지고 이마에는 땀이 줄줄 흘러내렸다.

"일어나거라."

십자가에 매달리신 예수님이 말씀하셨다.

"너의 죄를 사하노라."

바보상자

"돈 까밀로. 며칠 전에 도착한 자네 편지를 읽고 안타까운 마음을 금할 길이 없었네."

머리가 하얀 주교가 입을 열었다.

"비록 직접적으로 쓰여 있진 않았지만 자네의 불편한 심정을 알 수 있었네. 그런데 낙담하는 이유가 대체 무언가? 강인했던 믿음이 약해진 건가?"

"존경하는 주교님."

돈 까밀로가 우울한 목소리로 대답했다.

"제 믿음에는 변함이 없습니다. 이건 믿음의 문제가 아닙니다. 도구에 대한 문제입니다."

주교는 어리둥절한 듯 그를 바라보았다. 그러자 돈 까밀로가 설명했다.

"젊은이들이 제게서 도망갑니다. 자전거를 타고 서둘러 도망치는 그들을 맨발로 어떻게 뒤쫓을 수 있겠습니까? 제 믿음은 조금도 달라진 게 없습니다. 지금 제게는 자전거가 필요합니다."

"비유가 좀 억지스럽구먼. 나랑 말장난하자는 건가?"

"실제 현실이 그렇다는 겁니다, 주교님. 저는 젊은이들에게 나쁜 행동을 부추길 생각은 전혀 없습니다. 그들이 제 강론보다 댄스파티를 더 선호한다고 해서, 본당에서 무도회를 연다는 건 꿈도 꾸지 않습니다. 하지만 '영화'는 건전한 오락입니다. 요즘 젊은이들에게 영화가 필수품처럼 된 이상 저는 영화를 상영함으로써 젊은이들을 제 곁에 잡아두고 싶습니다. 주교님, 바로 이게 제가 말하려는 요점입니다."

주교는 잘 모르겠다는 듯 양팔을 벌리며 말했다.

"돈 까밀로, 나는 자네 말이 이해가 안 되네. 이미 5~6년째 자네는 그 오락거리를 젊은이들에게 제공하고 있지 않은가?"

"네, 주교님. 그들에게 이 오락거리를 제공하고 있습니다. 그런데 애석하게도 영사기가 너무 낡아서, 정말로 형편없는…."

"됐네, 돈 까밀로!"

주교가 그의 말을 단호하게 잘랐다.

"낡고, 시대에 뒤떨어진 나 같이 하찮은 존재조차 하느님께서는 사랑하고 계시네. 그분께서 그것들을 그대로 두신다면, 뭔가에 쓸모가 있다는 뜻일세. 돈 까밀로, 자넨 이미 자전거를 갖고도 새 자전거를 원하는구먼."

돈 까밀로는 주교를 화나게 할 생각은 없었다. 실제로 그의 16밀리짜리 영사기는 영사기로서 구실을 못하는 형편이었다. 아니, 오히려 그보다 더 안 좋았다. 앞바퀴에 바람이 빠진 자전거로 달리는 것보다는 차라리 자전거 없이 걸어가는 게 훨씬 쉬운 것과 마찬가지 상황이었다.

최고 필름도 돈 까밀로의 영사기를 거치면 최악의 영화로 변신하곤 했다. 지직거리는 대사와 불분명한 음악은 즐거운 마음으로 영화를 보러 온 사람들을 도리어 짜증 나게 만들었다.

사실 주교를 만나러 오기 전, 돈 까밀로는 도시의 기술자에게 부탁해 어떻게든 영사기를 고쳐보려고 했었다. 그러나 그는 기계를 쓱 훑어보더니 이렇게 말했다.

"이걸 저더러 고치라고요? 쓰레기 처리장에 가 있어도 시원찮은 물건을 무슨 수로 고칩니까?"

돈 까밀로는 그 애물단지를 뽀 강에 내던져 버리고 싶은 유혹마저 느꼈다. 하지만 낡은 기계를 끝장내기 전에 어떻게 해서라도 새 기계를 마련할 돈을 구해야 했다.

뻔뻔스러운 억지 논리에도 불구하고 주교는 돈 까밀로가 빈손으로 돌아가도록 내버려 두진 않았다. 그리 큰돈은 아니었지만 주머니를 탈탈 털어 가진 돈을 다 내주었다. 돈 까밀로는 기쁜 마음으로 집으로 돌아왔다. 일단 첫 발짝은 뗀 셈이었다. 아직 목적지에 도달하려면 갈 길이 멀었지만, 긍정적으로 생각하기로 했다. '티끌 모아 태산' 이라는 말이 있듯이 조금씩 꾸준히 모으면 곧 영사기를 살 만한 돈이 모이리라고.

*

긴 시간이 흘렀다. 돈 까밀로는 드디어 새 영사기를 구입했다. 벨벳처럼 부드러운 음향을 내는 최고급 최신 영사기였다. 방을 하얗게 칠하고 보라색 커튼을 달았다. 의자에는 니스 칠을 다시 했다. 새 영화관 개막식을 위해 최신 영화 필름을 빌리고, 건물 모서리마다 저녁에 있을 영화 상영을 알리는 광고 전단지를 붙였다.

이 '아름다운 개막식' 을 앞둔 오후, 돈 까밀로는 마을 여기저기를 쏘다니며 내내 부산을 떨었다. 그는 뻬뽀네만 빼고 마을 사람들 모두에게 새 영화관 홍보를 끝냈다. 그리고 사제관으로 돌아가던 중 길에서 뻬뽀네를 딱 마주치자 회심의 미소를 지었다.

"귀하신 읍장 나리께선 오늘 저녁 시간이 어떻게 되시는가? 마을을 대표하는 분께서 꼭 참석해야 할 정도로 중요한 사건이 있는데 말이야."

뻬뽀네가 눈을 동그랗게 뜨며 그를 바라보았다.

"무슨 일인데 그리 법석이오?"

"새 영화관 개막식."

"쳇, 영사기는 낡아 빠진 걸 쓰면서 새 영화관 개막식이라니 웃기는군."

뻬뽀네가 코웃음을 치며 말했다.

"내가 듣기론 정말 할 일 없는 아이들이나 어쩌다 한 번씩 영화를 보러 간다던데 말이오."

돈 까밀로는 유쾌하게 받아넘겼다.

"과거는 이미 지나갔네. 이젠 완벽하고 근사한 시설을 갖춘 진짜 영화관이 문을 열었다네."

뻬뽀네는 알 바 아니라는 듯이 어깨를 으쓱했다.

"제까짓 기계가 아무리 근사해 봤자지. 형편없기로 치자면 전이나 지금이나 매한가지일 게 안 봐도 뻔하지 않소."

"새 영사기가 어떻게 작동되는지 직접 보면 그런 말은 못할 걸. 자네는 그나마 형편없는 것도 없지 않은가."

"형편없는 걸 가지고 씨름하느니 아예 없는 게 낫지요."

뻬뽀네가 비아냥거렸다.

"영화는 한물간 거요. 본당 신부에게 어울린달까."

돈 까밀로가 물었다.

"그럼 요새 유행하는 건 뭔가? 저녁 정치 집회?"

"상관없는 정치 얘긴 이제 그만둡시다."

뻬뽀네가 대답했다.

"기술의 진보가 영화를 죽였소. 요즘은 텔레비전이 대세지."

바로 그때 스미르초가 다가와 뻬뽀네에게 물었다.

"대장, 결정했소? 기술자가 와서 어디에 안테나를 설치할지 묻는데요."

"적당하다 싶은 곳에 알아서 설치하라고 해. 난 자동차 엔진에 대해서라면 모를까 텔레비전에 대해선 아는 게 별로 없으니까말야."

스미르초가 번개처럼 잽싸게 자리를 떴다. 돈 까밀로는 갑자기 뭔가가 목에 걸린 것 같은 기분이 들었다. 불안한 속마음을 애써 감추며 뻬뽀네에게 물었다.

"읍장 나리께서 텔레비전의 선구자라도 되시는가?"

"아니, 내가 아니라 노동자들의 당, 공산당이지요. 오늘부로 텔레비전이 인민의 집에 설치될 거요. 오늘 저녁엔 축하 기념행사가 있소. 아무튼 신부님 행사엔 전혀 방해되지 않을 테니 걱정하지 마시오. 모스크바에 있는 큰 전자제품 공장에서 선물로 보내온 것이라 당원들만 보게 될 테니까. 신부님을 초대하지 못해 유감입니다그려. 뭐, 신부님께서 공산당에 입당만 하신다면 업고라도 모셔가겠습니다만."

"솔직히, 사람들이 떠들어대는 텔레비전이 어떻게 생긴 건지 궁금하긴 하네. 뭐, 언젠간 보게 되겠지…."

돈 까밀로가 이를 악물고 고백했다.

"마음대로 하시오."

빼뽀네가 어쩔 수 없다는 듯 양팔을 벌리며 말했다.

돈 까밀로는 속이 뒤틀린 채 성당으로 돌아갔다. 그리고 제단 위의 예수님에게 어지러운 마음을 털어놓았다.

"예수님. 빼뽀네와 그 일당이 텔레비전을 가지고 있답니다!"

돈 까밀로가 괴로워하며 말했다.

"난 네가 말하는 기계를 이 세상에서 그들만 가졌다곤 생각하지 않는다, 돈 까밀로. 그렇게 대단한 물건처럼 유난 떨 것 없느니라."

예수님이 대답하셨다.

"세상에서 유일한 건 아니지만 이 마을에선 유일합니다, 예수님."

돈 까밀로가 대꾸했다.

"그래서 신경 쓰이느냐? 텔레비전에 사로잡혀 네 젊은이들이 더 이상 영화관에 오지 않을까 두려우냐?"

"아뇨. 그 물건은 공산당원들만 볼 수 있다고 합니다."

돈 까밀로가 설명했다.

"물론 새 영화로 제가 끌어모으고 싶었던 젊은이 중 몇몇은 빼뽀네의 당에 등록할지도 모릅니다. 이것으로 악의 구렁텅이에 빠질 사람이 얼마나 많을지…. 그들을 구하고 싶습니다."

예수님이 슬프게 한숨지으셨다.

"텔레비전으로 말이냐? 돈 까밀로, 나는 악마의 발톱에서 영혼을 구해내고 올바른 길로 그들을 인도하기 위해 전자 제품을 사용하진 않겠다."

"주님, 저를 용서하십시오."

돈 까밀로는 뉘우치며 고개를 숙였다.

그러나 다음 순간, 그가 하소연하듯 말했다.

"하지만 악마가 전자제품을 이용하고 있지 않습니까? 악마가 자전거를 타고 도망칠 때는 저도 그에 못지않은 것을 타고 좇아가야 하지 않을까요?"

예수님께서 대답하셨다.

"난 네가 악마와의 경주에서 이길 수 있도록 새 자전거를 안겨줄 수는 없느니라. 하지만 돈 까밀로, 자전거를 타지 않고도 천국에는 갈 수 있지 않으냐. 어떻게 갈 수 있을지는 네가 스스로 생각해 보아라."

저녁 내내 돈 까밀로는 텔레비전에 신경이 쓰였다. 비록 영화 상영은 대단히 성공적이었지만 그날 돈 까밀로는 쉽게 잠을 이룰 수가 없었다. 빼뽀네의 행동에는 뭔가 찜찜한 구석이 있었다. 그것이 무엇인지 알 수 없어, 침대에 누워서까지 돈 까밀로를 골똘히 생각에 잠겼다.

다음날, 성당 마당으로 난 창문에 고개를 내민 그는 인민의 집 꼭대기에 텔레비전 안테나가 세워진 것을 보았다. 순간 모든 것이 머릿속에서 싹 정리가 되는 것 같았다.

오후에 길에서 빼뽀네와 마주친 돈 까밀로가 입을 열었다.

“빼뽀네, 이번 일 말일세. 상부의 명령대로 움직이는 건가, 아니면 자네 생각대로 하는 건가?”

“텔레비전과 상부 지침과 무슨 상관이오? 나는 내 하고 싶은 대로 하는 거요.”

“그럼 일은 간단하군. 자네가 불쌍해. 러시아에서 만들어진 그 엉터리 바보상자를 물끄러미 바라보려고 공산당에 가입하려는 사람이 이 마을에 있을 거라고 여기는 겐가? 쯧쯧, 불쌍한 사람!”

돈 까밀로가 혀를 차며 비웃었다.

“대체 누가 그 꼬임에 넘어가겠나? 도대체 러시아에서 텔레비전을 만든다는 게 말이 되나?”

빼뽀네는 양팔을 벌리며 말했다.

“흥, 러시아인들이 자전거와 시계도 알지 못한다고 생각하시오? 그 텔레비전에는 사방에 ‘러시아제’ 라고 써 있소. 신부님은 지금 배가 아픈 거요. 우리가 텔레비전을 가지고 있다는 걸 인정하고 싶지 않으신 거겠지! 아무튼 모두가 텔레비전을 가질 수는 없으니, 있는 사람은 재미있게 보면 되고 없는 사람은 집에서 방바닥이나 긁으라지.”

돈 까밀로는 빼뽀네의 말에 머리끝까지 화가 치솟아 대꾸도 않고 돌아왔다.

하지만 사제관에 도착하자마자 텔레비전이라는 놀라운 물건에 대해 마을 사람들이 떠들어 대는 말을 참고 들어야 했다.

"정말 굉장한 물건 같아요."

"진짜 대단한 제품이라던데요."

"첫 방송을 본 빨갱이들이 난리가 났대요. 미국인들이 기가 죽어 숨어버릴 정도로 열광하며 소리쳤대요."

그날 저녁 돈 까밀로는 잠자리에 들기 전, 한참 동안 침대 주변을 서성거렸다. 게다가 자리에 누운 다음에도 사제관 창문 바로 아래 성당 마당에서 7~8명 정도의 훼방꾼들이 계속 떠들어 대는 통에 제대로 눈을 붙이지 못했다.

"그런데 참 안타까워. 컬러 방송이 들어오면 수상기를 바꿔야 하잖아."

"수상기를 바꾼다고? 쓸데없는 소리! 미국에는 아직 컬러 텔레비전이 없지만, 러시아에서는 벌써 2년째 방송 중이래. 그리고 수출하는 수상기는 흑백이나 컬러 둘 다 작동된다는군. 자네 오른쪽 구석에 붉은 버튼 봤나? 그걸 아래로 당기기만 해도 컬러 방송이 나온다고 하던데?"

"그런데 내가 만일 뻬뽀네라면 마을 사람들 모두가 텔레비전을 볼 수 있게 하겠어. 그럼 '텔레비전이 미제여서 사람들에게 보여주지 못한다'는 말들은 하지 않을 텐데."

"대장이 퍽도 그러겠네! 꿈도 꾸지 말라지. 마을 사람들이 텔레비전을 보고 싶으면 당원증을 받고 공산당원이 되는 게 당연한 거야!"

돈 까밀로는 원하지 않아도 들을 수밖에 없었다. 훼방꾼들은 큰 소리로 떠드는 걸 그치는가 싶더니 곧 나지막한 소리로 소곤대고 낄낄거리기 시작했다. 돈 까밀로는 궁금증을 참지 못하고 침대에서 뛰어내려 창문에 귀를 가까이 갖다 댔다.

"…그전보다 더 엉터리 영화…."

"…다들 음향도 안 좋다고 말하던데…."

"…그 작자가 기계에 대해 뭘 알겠어… 속아서 산 거겠지…."

"…바로 그거야. 손에 뭔가 쥐기만 하면 어떤 건지 상관 않고 그저…."

돈 까밀로는 침대 안으로 뛰어들었다. 그렇게라도 하지 않으면 밤새도록 분을 삭이느라 한숨도 자지 못할 것 같았다. 백 번쯤 쉬지 않고 주기도문을 외자 마침내 다시 평온함이 돌아왔고 기분 나쁜 생각이 떨어져 나갔다. 복잡한 머릿속이 차분히 가라앉았다.

'진짜 고수는 손에 무슨 카드를 쥐고 있는지 상상할 수 없게 만든다는데….'

돈 까밀로가 생각했다.

'자네는 다 보여주는 꼴이군. 정말 러시아제 텔레비전 수상기를 가지고 있다면 사람들 앞에서 자랑하지 않을 이유가 없지. 어디서 미제 텔레비전을 가져다 놓고 러시아제라고 속이고 있는 것이 분명해. 자네가 꾸민 사기극이 틀림없다고! 결국 다 들통 날 거야. 빼뽀네 동지.'

돈 까밀로는 완벽하게 무관심해지기로 했다. 그 뒤로는 누군가 빼뽀네의 텔레비전에 대해 떠들어대기 시작하면 아무 말없이 미소만 지을 뿐이었다.

“원자폭탄도 가지고 있는 러시아인들인데 외국에 살고 있는 동지들에게 선물로 보낼 텔레비전이 왜 없겠어?”

“컬러텔레비전에 대한 건 어떻고?”

“온갖 피부 색깔을 공산당으로 만들 능력이 있는 사람들이 컬러텔레비전 하나 못 만들어내겠나?”

그렇게 사람들이 떠들어 대는 사이 한 달이 지나고 두 달이 지나고 석 달이 지났다.

매일 저녁 정확하게, 텔레비전을 보기로 정해진 순번 동무들이 인민의 집으로 달려갔다. 그리고 모임이 끝난 뒤에는 돈 까밀로의 침실 창문 아래 모여 러시아에서 온 완벽한 전자 제품에 대한 감동을 나누는 일을 거르지 않았다. 돈 까밀로는 잠들기 전에 묵묵히 그리고 평온한 마음으로 그들이 떠들어 대는 짓거리를 참아넘겼다.

처음엔 언제까지나 그렇게 할 수 있을 것 같았다. 하지만 파렴치한 그들의 행동이 아흔 번째 되풀이되자 결국 돈 까밀로도 두 손을 들고 말았다.

“됐어.”

그가 말했다.

"더는 못 참겠어. 예수님께서도 나를 용서하실 거야."

그날 밤 이후 10여 일 동안 눈이 쏟아졌다. 인민의 집 꼭대기에 쌓인 눈은 안테나를 고장내고 지붕 일부를 무너뜨렸다. 공산당원들이 나서서 안테나를 다시 세운다, 지붕을 수리한다, 분주하게 움직였지만 모든 일을 하루 만에 뚝딱 끝낼 수는 없었다. 그중에서도 옥상 밑 2층 관리인 가족이 살던 방은 시멘트로 된 벽에 물이 스며들어 붕괴될 위험이 있었다. 그 방에 살던 룬고와 그의 아내 그리고 어린 아들은 며칠간 처가에 가서 잠을 해결하기로 했다.

이 말은 그 날 자정부터 다음 날 새벽 4시까지 인민의 집이 관리인 없이 비게 된다는 뜻이었다.

안개가 잔뜩 낀 밤, 검은 그림자 하나가 마당으로 난 작은 문을 슬며시 열고 인민의 집 안으로 들어갔다. 그는 조용한 걸음걸이로 다락방으로 향했다. 그리고 그곳에 다다르자 몸을 숨기고 돌부처처럼 꿈쩍도 하지 않았다.

자정이 되자 룬고는 매점의 셔터를 내리고 가방 안에 몇 푼 안 되는 매상 금액과 장부를 집어넣었다. 그리고 한 바퀴 순찰을 돈 뒤 문들을 다 걸어 잠그고 장모의 집으로 잠을 자러 갔다.

철심 줄 같은 인내심을 가진 정체불명의 사내는 꼬박 두 시간을 더 기다리고 나서야 움직이기 시작했다. 그러고는 조심스레 1층으로 내려와 회의실 문을 슬며시 열었다. 외부의 덧창문은 굳게 닫혀 있었다. 무슨 일을 해도 들킬 염려가 없었다.

그는 휴대용 램프를 켜고 넓은 방을 둘러보면서 방 안 깊숙한 곳에 숨겨진 뭔가를 찾고 있었다. 마침내 그가 찾던 것이 눈에 들어왔다.

정체불명의 사내는 그 물건에 가까이 다가가 덮개를 벗겨냈다. 텔레비전이 반짝거리며 모습을 드러냈다. 텔레비전 위쪽에는 낫과 망치가 그려진 금속 마크가 붙어 있고 '러시아제' 라고 또렷하게 쓰여 있었다. 그러나 미국이나 영국 혹은 이탈리아 제품의 나무 상자에다 그런 마크를 붙이는 건 어려운 일이 아니었다. 그는 텔레비전 뒤로 돌아가 수상기의 뒷면 뚜껑을 벗겨냈다.

그는 깜짝 놀라 입이 떡 벌어지고 말았다.

*

"예수님."

제대 위의 예수님께 헐떡이며 달려와 무릎을 꿇은 돈 까밀로가 입을 열었다.

"엄청난 사건입니다! 오늘 밤 한 사람이 실수로 인민의 집 회의실에 들어갔다가 호기심이 발동해 그 유명한 텔레비전을 한 번 살펴봤답니다. 아이고, 그동안 사람들이 난리법석을 떤 것을 생각하면 기가 차지도 않습니다! 그 텔레비전은 러시아제도 미제도 아니고 단지 텅 빈 상자랍니다! 텅 빈!"

돈 까밀로는 이마의 땀을 닦았다.

"텅 비었어요, 예수님! 빨갱이들은 90일 밤 동안 교대로 인민의 집에 가서 그 텅 빈 상자 앞에 앉아 두세 시간을 보낸 뒤 자기네가 보지도 않은 걸 지어내서 떠들며 집으로 돌아간 겁니다. 예수님, 얼마나 뻔뻔한 작자들인지 말이 안 나옵니다! 3개월 동안 입 밖으로 아무 말도 않고 버티다니요! 만약 이 소식이 알려지게 되면 그들이 당할 망신을 생각해 보십시오! 러시아제 텔레비전이 순전히 공산당들의 사기행각이었다니!"

돈 까밀로는 잔뜩 들떠서 다시 한 번 이마의 땀을 훔쳤다.

"주님, 하지만 그 정체불명의 사내는 자기가 본 것에 대해 아무 말도 하지 않을 거라고 합니다. 그 불쌍한 작자들은 얼마나 될지 모르지만 계속해서 코미디를 하게 될 겁니다. 정말 대단하지 않습니까? 이런 짓을 계속할 수 있는 사람들이 있다는 게 놀랍습니다! 인내심 훈련을 하는 것도 아니고요! 게다가 그 무엇보다…. 아니 예수님, 제 말을 안 듣고 계시는 겁니까?"

예수님이 한숨을 내쉬셨다.

"너의 시시한 이야기 대신 세상에서 벌어지는 다른 중요한 일들에 대해 생각하는 중이었느니라. 돈 까밀로, 그래 무슨 말을 하던 중이었느냐? 오늘 밤에 그자가 무슨 짓을 한 게냐?"

돈 까밀로는 다시 처음부터 말하기 시작했다.

"주님, 오늘 밤 어느 사람이 우연히 인민의 집에 들어가 소문이 자자한 그 텔레비전을 보았답니다. 러시아제 컬러텔레비전 말입니다….”

돈 까밀로는 그 누구에게도 비밀을 말하지 않았다. 그러나 일주일 후, 아직도 떵떵거리며 돌아다니는 빼뽀네를 보자 참을 수가 없어 결국 입을 열고 말았다.

“동무. 언제쯤에나 자네 부하들이 그 멍청한 어릿광대짓을 그만두려나?”

“때가 되면.”

“그건 정말 어리석은 짓이야!”

“그러면 신부님쪽도 부르주아들과 힘을 합쳐 이 비슷한 짓을 한 번 꾸며보는 게 어떻겠소?”

돈 까밀로는 무슨 말로 대꾸해야 할지 몰라 그냥 뒤돌아 가 버렸다.

다음 날 아침, 마을에 새로운 소식이 퍼졌다. 밤사이 불충분한 전력공급 때문에 텔레비전 수상기가 불에 타 버렸다는 것이었다.

곧 빼뽀네의 연설문이 인민의 집 게시판에 나붙었다.

> 그러나 인민의 적들은 기뻐하지 못할 것이다. 인민들은 비참한 노동자들이지만 그들의 텔레비전을 구입할 방도를 알고 있기 때문이다.

얼마 지나지 않아 자선 모금이 행해졌고 그로부터 열흘 뒤 인민의 집에는 더 이상 텅 빈 상자가 아닌 진짜 텔레비전이 들어 있는 상자가 놓이게 되었다.

“이전에 우리가 가지고 있던 러시아제처럼 완벽하고 뛰어난 TV 수상기는 아니다.”

뻬뽀네의 당원들은 이렇게 떠들고 돌아다녔다.

“없는 것보단 나으니까.”

뭐, 결국 따지고 보면 틀린 말은 아니었다. 텅 빈 러시아제 TV 상자보다는 그래도 화면이 나오는 미국제 텔레비전이 나았으니 말이다.

황소와 기관총

보통 그런 놀라운 일이 벌어지면 일요일자 신문에 대문짝만하게 기사가 실리고 사람들의 입방아 오르내리게 마련이다. 그런데 무슨 이유 때문인지 사람들은 아무것도 보지도 듣지도 못한 듯이 굴었고, 신문 어디에서도 그 사건에 대한 기사를 찾아볼 수 없었다.

사건이 벌어진 것은 그 해의 12월 마지막 날 오후였다. 한 해를 마감하고 새로운 해를 맞이한다는 설렘으로, 사람들은 특별한 용건 없이 상점을 들락거리거나 거리를 이리저리 배회하며 잔뜩 들떠 있었다. 아침 일찍부터 흥분한 아이들 역시 자정의 폭죽 세례*를 기다리지 못해 여기저기서 딱총이나 폭죽을 산발

적으로 쏘아대고 있었다.

로시 집안 마당에서도 열 명이 넘는 아이들이 모여 폭죽을 쏘아 올리고 있었다. 로시 노인은 가축들에게 물을 먹일 시간이 되자 마당 한가운데 서서 집안사람들을 불러 모았다. 그러고는 폭죽이 하나만 터져도 그 소리에 가축이 놀라 날뛸 것이라고 경고했다.

아이들이 폭죽 터뜨리는 짓을 멈추었다. 평소처럼 가축들은 아무 일 없이 물을 마셨다. 그런데 덩치가 산만한 황소 토고가 물을 마시러 우리 밖으로 나왔을 때였다. 폭죽 하나가 뱅글뱅글 돌아 마당 안으로 날아들더니, 하필이면 토고의 얼굴 옆에서 팡 터져버렸다. 주둥이 언저리에서 큰 소리를 내며 폭죽이 터지자 황소는 깜짝 놀라 미쳐 날뛰기 시작했다.

토고는 어찌나 몸집이 컸는지, 보통 사람들은 보는 것만으로도 겁을 집어 먹을 정도였다. 그 육중한 황소의 몸뚱이가 마부를 밀쳐내고, 회랑의 두 기둥 사이에 버티고 있던 나무 빗장을 산산조각낸 뒤 순식간에 거리로 뛰쳐나가 버렸다. 갑작스러운 상황을 멍하니 보고만 있던 로시 가족이 곧 정신을 차리고 토고의 뒤를 쫓았다. 그러나 땅을 쿵쿵 울려대며 무서운 기세로 달리는 토고를 붙잡기에는 역부족이었다. 사람들은 소리를 질러대면서 토고를 피해 길 가장자리로 비켜섰다. 불과 몇십 초

---

* 폭죽 세례: 이탈리아에서는 12월 31일 자정에 폭죽을 터뜨리는 전통이 있다.

사이에 벌어진 일이었다.

로시 집 마당에서 50미터만 가면 구시가지로 접어드는 길이 나오고, 그 길에서 백 걸음만 더 가면 사람들이 모이는 광장에 이르게 된다.

토고는 순식간에 광장에 도착했다. 그리고 씩씩거리는 콧김을 내뿜으며 비명을 질러대는 여자들을 향해 달려들었다. 등 뒤는 벽으로 막혀 있고 양옆으로는 커다란 짐마차가 세워져 있어 여자들은 어디로도 피할 수가 없었다. 일촉즉발의 위기 상황이었다.

그 순간, 기적적으로 경찰서장이 나타났다. 그는 토고를 막아선 뒤 주저하지 않고 권총을 발사했다. 그러나 상처를 입은 황소는 쓰러지기는커녕 더욱더 미쳐 길길이 날뛰었다. 눈에 뵈는 게 아무것도 없는 것 같았다. 녀석은 제자리에서 빙빙 돌다가 서장을 향해 똑바로 발을 구르기 시작했다. 곧 달려들 기세였다. 서장에게나 그리고 두 대의 마차 사이에 갇혀 있던 여자들에게나 절체절명의 순간이었다.

미친 소에게 권총은 아무런 위협이 되지 못했다. 누군가 기관총을 가져와 쏘아대지 않는 이상 미쳐 날뛰는 이 녀석의 질주를 막을 수는 없을 것 같았다.

바로 그 순간 기관총을 쏘는 소리가 들려왔다.

어디서 쏜 것인지, 누가 쏜 것인지 알 수 없었다. 어쨌든 몇

초 동안 기관총 소리가 이어졌고, 마침내 서장과 연약한 여인들을 향해 돌진하던 그 거대한 짐승은 서장의 발아래 무릎을 꿇으며 쓰러졌다.

서장은 떨리는 손으로 권총을 가죽 권총집에 집어넣었다. 땀으로 범벅이 된 이마를 닦고, 죽은 황소를 바라보며 그 자리에 가만히 서 있었다.

그의 주변으로 몰려든 사람들은 야단법석을 떨었다. 여자들은 아직도 황소의 위협을 받고 있는 듯 끊임없이 비명을 질러댔다. 하지만 서장의 귀에는 기관총의 '두두두두' 하는 사격 소리만 환청처럼 남아 있었다.

번개처럼 나타나 황소를 쓰러뜨린 기관총의 주인은 누구인가? 서장이 당장에라도 눈을 돌리면, 어느 건물의 어느 창문에서 기관총을 발사한 것인지 정확하게 알 수 있을 것 같았다.

그는 바로 이 때문에 식은땀을 흘리고 있었다. 미친 황소에게 목숨을 위협받았던 공포보다, 몸을 돌려 누가 기관총을 쏘아댄 것인지 확인하는 일이 더 두려웠다.

결국 그는 몸을 돌려 총을 쏜 사람을 확인하지 않았다. 아니, 사실 돌아볼 수조차 없었다. 왜냐하면 덩치 큰 한 남자가 그를 불러 세웠기 때문이다.

그 남자는 돈 까밀로였다.

"훌륭하시오, 서장! 여러 사람의 목숨을 구했어!"

돈 까밀로가 소리쳤다.

옆에 서 있던 한 노파가 그의 말을 가로챘다.

"정말이지 훌륭하고 대단한 용기였어요, 서장님!"

"하지만 그 사람이 없었다면, 기관…"

서장은 자기가 아니라 다른 사람이 기관총을 쏜 것이라고 말하려 했다. 그런데 그때 누군가 그의 발 힘껏 뒤꿈치를 걷어찼다. 결국 서장은 몰려드는 사람들 속으로 휩쓸려 들어가고 말았다.

"장하다, 서장!"

사람들이 소리쳤다.

"훌륭하다, 서장!"

사제관으로 돌아온 돈 까밀로는 광장의 사건을 떠올리며 곰곰이 생각을 정리하고 있었다.

그때 경찰서장이 모습을 드러냈다. 서장이 돈 까밀로를 보며 천천히 입을 열었다.

"신부님, 내가 유일하게 마음을 터놓고 말씀드릴 수 있는 사람이 신부님뿐입니다. 제 말을 좀 들어주세요."

"내 그러려고 이 자리에 있는 것이네."

벽난로 앞의 의자에 서장을 데려다 앉히며 돈 까밀로가 대답했다.

"신부님."

잠시 침묵이 흐른 뒤 서장이 입을 열었다.

"어떤 일이 일어났는지 모두 목격하셨죠?"

"그래, 나는 마침 우표를 사러 갔다가 상점에서 나오는 중이었지. 모든 것을 완벽하게 보았네. 서장이 미쳐 날뛰는 황소 앞을 막아서고, 총을 쏘아 그놈을 단번에 쓰러뜨리는 것을 말이야."

서장이 미소를 지으며 고개를 절레절레 저었다.

"아뇨, 제가 처음 권총으로 황소를 쏘자 그놈은 더욱 길길이 날뛰었습니다. 그리고 그 후 누군가 기관총을 쏘아 황소를 쓰러뜨렸죠."

돈 까밀로는 영문을 모르겠다는 듯 양팔을 벌리며 말했다.

"여보게, 나는 총에 대한 전문가가 아닐세. 그저 서장 손에 있던 물건이 불을 뿜었고, 그다음 황소가 쓰러지는 것을 봤을 뿐이네. 어떤 종류의 총인지는 모른다네."

"그렇다면."

서장이 중얼거렸다.

"신부님은 기관총과 일반 권총의 사격을 구별해 낼 수 없으시다는 거군요."

"신학교에서 그런 건 안 가르치거든."

"하지만 경찰학교에서는 가르치죠."

서장이 말했다.

"제가 권총으로 쏜 황소는 기관총을 맞고 죽었습니다. 사실을 밝혀내야 합니다."

"서장, 그렇게까지 말씀한다면 무어라 해야 좋을지 모르겠네. 그런 건 내 분야가 아니어서 말이야. 아무튼 중요한 건 그 황소가 서장과 서장 뒤에 있던 여자들의 창자를 꿰뚫기 전에 죽었다는 거지. 지금에 와서 그놈이 어떤 총에 죽었는지가 무슨 상관인가?"

서장이 한숨을 내쉬었다.

"신부님, 누군가가 쏜 기관총 덕분에 저와 다른 많은 사람이 목숨을 구했습니다. 이건 의심의 여지가 없어요. 하지만 저는 그 사람이 무슨 경로를 통해 기관총을 가지게 되었는지 알아야겠습니다."

돈 까밀로는 무슨 말인지 모르겠다는 듯 어깨를 움찔했다.

"서장. 내 이미 말했듯이, 난 총에 대해서는 문외한이네. 하지만 내 의견을 밝히라면, 서장이 말하는 그 기관총은 그저 탄환을 장전한 사냥총이라고도 말할 수 있는 게 아닌가. 서장의 상관들에게 기관총이라고 보고하지 말고 누군가의 사냥총으로 미친 황소가 진압됐다고 하면 되지 않겠나?"

"단순히 상관들에게 보고하는 문제라면, 신부님이 말씀하신 대로 처리하고 끝낼 수도 있을 겁니다."

서장이 대답했다.

"그러나 문제는 저 스스로 이 상황을 그냥 덮고 넘어갈 수가 없는 겁니다, 신부님. 경찰로서의 양심이 있는데 어떻게 이대로 모른 척할 수가 있겠어요?"

서장이 답답하다는 듯 가슴을 치자 돈 까밀로가 미소를 지으며 말했다.

"만일 서장이 목숨을 잃었다면 서장이 말하는 그 양심은 어찌 됐을까?"

"물론 양심도 존재하지 못하겠죠. 하지만 저는 목숨이 위태로운 위기에서 살아남았고, 지금 경찰로서의 양심이 이렇게 말하고 있단 말입니다. '마을에는 기관총을 불법 소지한 어떤 작자가 있다. 이는 불법이니 체포하라!' 고요."

돈 까밀로는 시가에 불을 붙이며 말했다.

"서장, 수수께끼식 문답은 그만두세. 이제 그냥 하고 싶은 말을 속 시원히 하게나. 만일 나를 의심한다면 체포하게. 내 기꺼이 자네와 자네 양심이 하는 일에 따르리다."

"신부님, 농담하지 마세요. 누군가 기관총으로 황소를 쏘아 죽였다는 사실을 신부님도 아시잖아요. 아마 저보다 더 잘 아실 겁니다. 눈앞에서 직접 목격하셨으니까요."

돈 까밀로는 한참 동안 서장의 눈을 바라보더니 천천히 입을 열었다.

"잘못 짚었네."

돈 까밀로가 엄한 목소리로 말을 이었다.

"그런 종류의 정보라면 여기 말고도 어딜 가도 들을 수 있네. 하지만 나에게는 아무 말도 기대하지 말게. 원한다면 나를 불고지 죄로 고발해도 좋아. 내게는 경찰관으로서의 양심 같은 건 없으니까. 나는 사람의 목숨이 세상에서 가장 소중하다는, 성직자로서의 양심을 가지고 있을 뿐이네."

"신부님!"

서장이 고함쳤다.

"혁명을 찬성하는 자들의 대장이고 그들을 대표하는 한 시민이 기관총을 불법 소지하고 있다는 사실을 털어놓기가 그렇게 어렵습니까?"

"난 대장이 누구고 혁명이 무엇인지 아무것도 모르네. 알고 싶지도 않고!"

돈 까밀로가 대답했다.

"지금 내가 자네에게 말하고 싶은 것은 난 고자질쟁이가 아니라는 점이네. 내가 고자질하기를 원한다면 지금 당장 여기서 나가주게."

서장은 답답하다는 듯이 고개를 저었다.

"신부님. 전 그저 한 정직한 사람의 고민을 말씀드렸을 뿐입니다. 저와 다른 사람의 목숨을 구해 주었지만, 지역사회에 위협적인 무기를 가지고 있는 자를, 어떻게 하면 고발하지 않고 넘어갈 수 있는지 여쭤보고 싶었습니다."

돈 까밀로의 분노가 가라앉았다.

"서장, 위험한 건 무기를 가지고 있는 자가 아니라 무기 아닌가? 자네는 지금 정치적인 관점에서만 기관총을 보고 있네. 물론 기관총은 치명적으로 위험한 흉기야. 하지만 기관총을 가진 사람이 무조건 사회에 위협적인 사람이라고 단정 지을 수는 없는 걸세. 긴 못이나 부엌칼을 지닌 흉악범이 더욱 위험한 존재일 수도 있지."

"…."

돈 까밀로가 침착한 목소리로 말을 이었다.

"그리고 전쟁을 치른 사람에게 무기는 명예로운 과거, 힘겹게 희생한 세월, 믿음 그리고 희망 등등을 기억하게 하는 소중한 물건이 아니겠나…."

"무슨 말씀인지 알아듣겠습니다."

서장이 돈 까밀로의 말에 끼어들었다.

"그 기관총은 이 지방에서 제일 덩치 큰 황소를 쓰러뜨린 기념품에 불과하다는 말이지요?"

"아울러 서장과 무고한 많은 시민의 목숨을 구한 것이기도 하지."

돈 까밀로가 덧붙여 말했다.

서장이 자리에서 일어났다.

"신부님, 저는 기관총 불법소지자를 찾아낼 수 있어요. 어쩌면 못 찾아낼 수도 있겠죠. 그 사람을 찾느냐 못 찾느냐는 중요하지 않습니다. 하지만 무슨 수를 써서라도 그 기관총만은 찾아내야 합니다."

돈 까밀로도 자리에서 일어났다.

"서장은 기관총을 반드시 찾게 될 걸세. 나도 힘닿는 데까지

도우리다."

서장이 나가자마자 돈 까밀로는 빼뽀네의 집으로 달려갔다.

"자네가 미친 소를 죽였군! 참 장한 일을 했어. 자, 그럼 이제 기관총을 내놓는 게 어떤가?"

깜짝 놀란 빼뽀네가 그를 바라보았다.

"웬 뜬금없는 소리요, 신부님?"

"빼뽀네, 자네가 황소를 쏘았다는 걸 서장이 알고 있어. 아무리 자네가 그의 목숨을 구했다 해도, 법에 금지된 전쟁무기를 불법소지하고 있는 걸 묵인할 수 없다는 게 그의 입장이야."

"미쳤나 보군."

빼뽀네가 낄낄거리며 말했다.

"난 기관총을 가지고 있지도 않을뿐더러 꿈속에서도 황소를 쏜 적이 없소! 서장이 완전히 헛다리를 짚고 있는 거지."

"빼뽀네, 농담은 그만두게. 자네가 쐈어. 내 두 눈으로 똑똑히 봤다고!"

"아, 그래요? 그럼 서장한테 가서 이르시지 왜 나한테 와서 이러십니까?"

"난 고자질쟁이가 아니야. 난 하느님의 아들이고 하느님께는 이 아래에서 벌어지는 일을 일일이 말씀드릴 필요가 없지."

빼뽀네는 고개를 저으며 말했다.

"신부님은 바티칸의 앞잡이가 아니었소? 나같이 인민의 평등을 위해 애쓰는 사람의 뒤통수나 치고 다니는."

돈 까밀로는 뻬뽀네가 의도적으로 자신의 화를 돋우려고 한다는 걸 눈치채고 그의 말을 무시했다.

돈 까밀로는 뻬뽀네를 어르고 달래면서 온갖 방법으로 서장의 고민을 이해시키려고 애썼다. 그러나 뻬뽀네는 오리발을 내밀 뿐이었다.

"대체 무슨 말씀을 하는 건지 모르겠소. 난 기관총이나 미친 황소 그리고 경찰서장과 아무 상관이 없소. 다른 데 가서 알아보세요. 내친김에 주교님한테 가 보시는 건 어떻소. 누가 알아요? 계속 버티면 기관총을 하나 내줄지."

돈 까밀로가 잔뜩 실망한 채 뻬뽀네의 집을 나서며 크게 소리쳤다.

"만일 자네가 고발당해도 나는 절대 감싸주지 않을 걸세. 자네같이 염치없는 사람은 고발당해도 싸지. 목숨을 구해준 은인을 고발해야만 하는 경찰서장의 괴로운 심정이 안쓰러울 뿐이야."

"맘 놓으시구려. 내가 기관총을 가지고 있었다면 미친 소가 아니라 보수파의 앞잡이인 서장을 쏴 버렸을 거요."

뻬뽀네가 비웃으며 대답했다.

*

집에 도착한 돈 까밀로는 마음을 진정시킬 수가 없었다. 사제관 현관 입구를 계속 서성이며 적당한 해결책이 없을까 한참을 고민했다.

마침내 좋은 생각이 떠올랐다. 그는 바로 층계를 달려 내려갔다. 먼지가 가득한 창고 안은 칠흑같이 어두웠지만, 원하는 것을 찾기 위해 굳이 등불을 사용할 필요는 없었다.

먼저 벽 한쪽에 세워져 있던 갈대 다발을 옆으로 치워냈다. 그리고 분필로 표시해 두었던 벽돌을 찾아 앞으로 살살 끄집어낸 다음, 벽돌을 들어낸 구멍 안으로 팔을 집어넣었다. 팔을 뻗어 철사가 감긴 못을 찾았다. 구멍 밖에 있던 오른손으로 거들면서 철사를 끌어당기자 기다란 물체가 모습을 드러내기 시작했다. 돈 까밀로는 벽돌 사이로 조심스레 물건을 꺼냈다. 그리곤 다시 벽돌을 제자리에 넣고 갈대 다발을 세워 놓은 다음, 방으로 돌아가 문을 잠그고 아무런 이상이 없는지 그 물건을 살펴보았다.

돈 까밀로가 잠시 후 외투를 걸치고 밖으로 나왔다.

그는 채소밭 울타리를 지나 들길을 걷기 시작했다. 그리고 카날레토*의 그림이 걸려있는 옛 건물 모퉁이에 숨어 자정을 알리는 종이 울리기를 기다렸다.

자정을 알리는 종이 울리자 사람들은 지나간 1년을 아쉬워하며 여기저기서 폭죽을 터뜨리기 시작했다. 돈 까밀로는 약간의

* 카날레토(Canaleto, 1697~1768): 17세기 이탈리아의 화가.

차이를 두며 몇 발의 총성을 울렸다.

그리곤 경찰서로 걸음을 옮겼다.

서장은 여전히 일을 하고 있었다. 그의 얼굴을 보자마자 돈 까밀로가 말했다.

"자, 여기 서장이 말하던 기관총일세. 어디서 났는지는 묻지 말게. 누가 나에게 건네주었는지도 묻지 말고."

"아무것도 묻지 않겠습니다."

서장이 대답했다.

"감사합니다, 신부님. 새해 복 많이 받으십시오."

"자네도, 그리고 자네의 양심도 새해 복 많이 받게."

돈 까밀로가 외투를 뒤집어쓰고 밖으로 나서며 중얼거렸다.

그로부터 10분도 채 지나지 않아 다시 경찰서의 현관문을 두드리는 소리가 들렸다. 서장이 직접 문을 열러 갔다. 문을 여는 순간, 문 바깥쪽에 기대 세워 둔 크고 묵직한 뭔가가 안쪽으로 넘어졌다. 종이를 둘둘 말아 철삿줄로 묶은 그 물건을 서장이 집어 들었다.

그 종이 위에는 신문에서 오려낸 글자로 이렇게 붙여져 있었다.

'서장의 목숨을 구한 죄 많은 기간총'

'읍장의 솜씨로군.'

서장은 혼자서 슬며시 미소를 짓고는 방금 돈 까밀로가 가져온 기관총 옆에 그 물건을 나란히 세워 두었다. 그는 이제 모든 것이 해결되어 후련하다고 생각하며 양팔을 벌렸다.

'하느님, 새해라고 너무 큰 복을 주시는 것 아닙니까? 그것도 두 배로요!'

선생님을 추억하며

"대장, 올해는 윗사람들이 축제에 대해 뭔가 굉장한 모양새를 갖추고 싶어 하는 것 같아요."

스미르초가 말했다.

"무슨 소리야?"

집무실 책상에 앉아 서류에 서명하던 뻬뽀네가 물었다.

"학교 초목이요. 초목 축제 말입니다."

스미르초가 다시 한 번 대답했다.

"학교 초목이 아니라 나무겠지."

뻬뽀네가 정정했다.

"그리고 초목 축제가 아니라 식수 기념식이란 말이다."

"초목이든 나무든 아무튼, 내일 아침 도회지에서 조경감독관, 부지사 등등 훼방꾼들이 몰려 온다는데요."

빼뽀네가 서명하던 손길을 멈추었다.

"설사 교황이 온다 해도 난 개의치 않아."

빼뽀네가 단호하게 말했다.

"그런 바보짓거리에 놀아날 시간은 내게 없어."

스미르초가 모르겠다는 듯 고개를 갸우뚱했다.

"대장, 식수 행사라는 게 그리 바보스러운 일은 아닌 것 같은데요."

"식수 기념식이 그렇다는 게 아니야. 도회지 것들이 그렇단 소리지."

빼뽀네가 흥분하여 소리쳤다.

"도시 놈들이 몰려오지 않아도 충분히 우리끼리 나무를 심을 수 있다고! 그 작자들은 그저 아이들이 노래하는 걸 들을 건수가 있을 때만 의자에서 움직이잖아. 아니면 축하테이프 자를 때만 행차하거나! 뭔가 일이 한창 진행 중일 때는 꼼짝도 하지 않으면서 말이야. 망할 놈들!"

스미르초는 빼뽀네를 진정시키려고 입을 열었다.

"흠, 대장 말이 맞아요. 높은 자리에 있다는 족속들이 하는 짓이 다 그렇죠, 뭐. 어쨌든 대장은 읍장으로서 해야 할 일이 있잖수…."

"읍장으로서 신경 쓸 일은 따로 있어!"

빼뽀네가 책상에다 발길질을 하며 소리쳤다. 대장의 성격을 잘 아는 스미르초는 꼬리를 내리며 슬그머니 화제를 돌렸다. 그리하여 빼뽀네는 그날 저녁 자러 갈 즈음엔 나무, 기념식 그리고 도회지 상급자들에 대한 생각을 까맣게 잊어버렸다. 그러나 다음 날 아침, 비지오와 브루스코가 그의 집에 들러 그 모든 것을 다시 일깨웠다.

*

"대장, 관리들이 곧 도착할 겁니다. 마을에서 다들 기다리고 있어요. 학교까지 가는 길에 사람들이 잔뜩 몰려나와 있으니 서두르세요. 늦으면 구경거리를 놓칠 거라고요."

한 시간이나 늦잠을 잔 빼뽀네는 옷을 차려입고, 면도를 하고, 구둣방에 가서 새 신발을 찾아오게 하는 등 읍장으로서의 차림새를 갖추기 위해 정신없이 서둘렀다. 그는 온갖 욕설을 퍼부으며 불같이 화를 냈고, 지붕이 들썩거릴 정도로 고함을 질러댔다. 비지오와 브루스코가 챙겨주지 않았더라면 그나마 남들 앞에 나설 채비도 하지 못했을 것이다.

학교 운동장에 들어서니 관리들은 모두 도착한 뒤였고, 마을 사람들도 빽빽하게 몰려나와 있었다. 그야말로 읍장으로서의 체면이 말이 아니었다.

관리들은 흰색, 붉은색 그리고 초록색으로 장식된 연단 위에 올라가 있었다. 장학관이 두터운 종이뭉치를 꺼내 연설을 시작하려는 걸 멀리서 본 뻬뽀네는 절망했다. 저 망할 놈의 작자가 연설을 시작하기 전에 무대 위에 올라가야 했었는데…. 곧 연설이 시작되었고 장학관이 입을 놀리기 시작했다. 뻬뽀네는 잔뜩 화가 나 퉁퉁거렸다.

연설은 훌륭했다. 딱히 요점 없이 듣기 좋은 말만 번지르르하게 나열한 것에 지나지 않았지만, 사람들은 선율이 아름다운 노래라도 감상하듯 넋을 잃고 장학관을 쳐다보았다. 입을 반쯤 벌리고 연설을 듣고 있던 뻬뽀네 뒤에서 누군가 귓속말을 속삭였다.

"이런, 훌륭하시기도 해라. 마을을 대표하는 읍장 동무께서 꼴찌로 납시셨어."

뻬뽀네는 뒤를 돌아보지도 않고 중얼거렸다.

"뒤에서 두 번째요. 보아하니 읍장 다음으로 도착한 사람이 있는 것 같은데?"

"나는 다른 사람들보다 먼저 왔다네."

돈 까밀로가 말했다.

"저 무대 위에 올라가 있는 사람들과 함께 있고 싶지 않아 여기 서 있을 뿐이네. 아무튼 자넨 마을에 창피한 꼴을 보였어. 지방의 높은 관리들이 와서 축하하는 자리에 읍장이란 작자가 코빼기도 안 보였으니."

뻬뽀네는 모자를 벗고 이마의 땀을 닦았다.

“흥, 신부님 일에나 신경을 쓰시오! 내 일은 내가 알아서 할 테니!”

뻬뽀네가 이를 악물고 말했다.

“나도 이 마을 주민 중 한 사람이니 읍장 나리의 문제는 내 일이기도 하잖나.”

“언제부터 마을 일에 신경을 쓰셨다고 그러시오!”

돈 까밀로는 뻬뽀네의 엉덩이를 힘껏 걷어차고 싶은 충동에 사로잡혔다. 그러나 공간이 너무 협소했기 때문에 가까스로 참았다. 운동장을 가득 채운 마을 사람들이 서로 자리를 차지하려고 밀쳐대는 통에 정신을 차리기도 힘들었다. 더군다나 돈 까밀로의 뒤로는 학교를 둘러싼 철책까지 있어서 옴짝달싹 못 하는 상황이었다.

한편 장학관은 지치지도 않는지 아직도 연설을 계속하고 있었다. 마침내 그가 연설문의 마지막 장을 넘길 때였다. 돈 까밀로와 뻬뽀네가 서 있는 쪽을 흘끗 쳐다보더니 미소를 지었다. 그러고는 다음과 같은 말을 덧붙였다.

“이 자리를 마련해 주신 학교 당국과 마을 주민 여러분께 감사의 말씀을 전합니다. 그럼 이 마을의 읍장께서 마을을 대표해 한 말씀 하시겠습니다.”

연설자가 환영하는 몸짓으로 뻬뽀네를 가리키자 그에게 사람들의 시선이 일제히 쏟아졌다. 공산당 쪽 사람을 제외한 모든 주민들이 이 광경을 고소해하며 뻬뽀네가 당황해 주절댈 것을 기다렸다. 그들은 거리나 집에서 삼삼오오 모일 때마다 읍장이 얼마나 바보 같았는지 두세 달 동안 되씹으며 웃어댈 생각이었다.

빼뽀네는 진땀을 흘리며 잔뜩 흥분해 입을 열지 못하고 있었다.

"자, 한 말씀 하시죠!"

무대 위에 있던 연설자가 미소를 지으며 외쳤다.

"읍장님, 어서 마이크를 잡으시지요. 여러분 길 좀 비켜 주세요."

빼뽀네는 더 이상 그 자리에 버티고 서 있기가 어려워졌다.

"마, 말씀이야 고맙습니다만, 나는 여기서 한마디 하게쮸…."

당황한 빼뽀네가 말을 더듬거리더니 급기야 이상한 소리를 냈다. 사람들은 한꺼번에 웃음을 터뜨렸다. 걷잡을 수 없이 망신살 뻗치는 상황이 되고 말았다.

3월이었지만 꽤나 쌀쌀한 아침이었다. 짙은 안개가 녹아버린 얼음처럼 폐 속으로 스며드는 날씨였다. 돈 까밀로는 검은색 외투를 눈까지 감싸올려 몸을 감쌌다.

빼뽀네가 목을 가다듬으며 큰 소리로 다시 말했다.

"으흠, 오늘은 여기서 말하는 것이 좋겠소."

빼뽀네의 말을 받아 돈 까밀로의 외투가 속삭였다.

'여기 내 주변에 둘러서 있는 아이들을 보며 어릴 적의 기억

을 떠올리고 싶기 때문이오.'

"여기 내 주변에 둘러서 있는 아이들을 보며 어릴 적의 기억을 떠올리고 싶기 때문이오."

삐뽀네가 정확하게 따라서 말했다.

'내가 어렸을 때도 이 운동장에서 식수 기념식을 했었소. 그 날의 하늘이며 마을은 다른 날과 다름없었지만, 나에겐 뭔가 특별한 느낌이 들었소.'

삐뽀네는 돈 까밀로가 말하는 대로 한 단어 한 단어를 빠짐없이 그대로 읊어댔다. 돈 까밀로의 외투가 다시 한 번 속삭였다.

'그때는 우리의 옛 스승님께서 우리와 함께 했었죠.'

삐뽀네는 잠시 망설이더니 모자를 벗고 꿈을 꾸듯 아련한 목소리로 말하기 시작했다.

"그때는 우리의 옛 스승님께서 우리와 함께 했었죠…."

돈 까밀로의 외투가 속삭였다.

'그리고 여러 해가 지난 지금, 그때처럼 우리 모두는 나무를 심기 위해 여기 모였소.'

삐뽀네는 말을 그대로 따라 하는 대신 이렇게 말했다.

"…아득히 먼 그 날 아침에 우리의 옛 선생님은 우리와 함께 있었소. 학생들의 옆에 서서 나무 심는 것을 지켜보고 있었지요. 내 기억 속의 크리스티나 선생님은 항상 나이 드신 모습을 하고 있소. 선생님의 젊었을 적 모습을 본 적이 없어서, 마치 선생님의 젊은 시절은 존재하지 않는 것처럼 생각되기도 합니다. 선생님은 이미 고인이 되셨소…. 하지만 우리 마음속에 여전히 살아 있습니다. 저기 반별로 담임선생님 근처에 모여 서 있는 아이들 뒤에 크리스티나 선생님이 서 계신 걸 나는 느낄 수 있소. 그분은 늘 입던 검은색 원피스를 입고 백발 머리 위에 검은색 모자를 쓰고 계시오. 늘 그렇듯이 얼굴을 찌푸리며 때로는 작고 앙상한 손으로 우리들의 머리통을 한 대씩 쥐어박기도 하면서 말입니다."

사람들은 이 말을 듣고도 전혀 웃지 않았다. 뻬뽀네는 계속해서 말했다.

"저기 서 있는 선생님들처럼 크리스티나 선생님도 학생들과 함께 있소. 모두 다 함께 말이오. 단 한 사람도 빠짐없이…. 마차 바퀴에 깔려 여덟 살에 세상을 뜬 디에고 페리니, 발진티푸스로 세상을 뜬 안젤리노 테다이, 전쟁 중에 스물두 살 나이로 전사한 토니노 델보스코…. 모두 다 함께 한 사람도 빠짐없이 저기 모여 크리스티나 선생님을 둘러싸고 있소. 어른이 되고 나서 사고로 세상을 뜬 이들도 모두 어릴 때의 얼굴을 하고 서 있소. 다들 어린 학생 모습 그대로요…."

마을 사람들은 쥐 죽은 듯 조용히 뻬뽀네의 말에 귀를 기울였다. 자리에서 움직이거나 소곤거리는 사람도 없었다.

"크리스티나 선생님은 한 명 한 명을 다시 가르치며, 문법 규칙을 설명해주고 세상의 이치를 가르치고 있었소. 이것이 바로 오늘 아침의 기념식이 나에게 주는 의미입니다. 지금 어린 학생들이 심는 나무는 죽음과 삶의 연결 고리 같은 거요. 땅 위로 자라날 삶과 땅 아래 누워있는 죽음 말이오. 나무가 위로 향해 자라는 것이 땅 위에서 일어나는 일이라면 뿌리는 땅 아래 뻗어 있소. 성장은 과거로부터 영양분을 받는다는 뜻이오. 과거를 잊는 것은 과오를 저지르는 것이나 다름없소. 이는 땅 위가 아니라 시멘트 위에 씨를 뿌리는 사람들이나 하는 짓이오…."

뻬뽀네가 조용하게 말을 이었다.

"애들아, 너희에게 할 말이 있단다. 너희처럼 새롭게 영양분을 취하는 어린 새싹들은, 이제 인생이라는 이름의 숲을 이루게 될 거다. 오늘 나는 읍장으로서가 아니라 오래전에 학생이었던 내 모습을 떠올리며 말하고 싶다. 나는 분명히 알고 있단다. 고개를 돌리기만 해도 옛 스승을 볼 수 있다는 걸 말이다. 하지만 고개를 돌릴 엄두가 나지 않는구나. 왜냐하면 난 세상에서 제일 못된 학생이었거든. 너희는 나중에 커서 후회하지 않도록 조심하려무나…. 난 그리 달라지지 않는 인생을 살게 되겠지. 그러다 세상을 뜨게 되면 다른 이들처럼 옛 스승 앞에 서게 될 거야. 그때가 되어 선생님께서 날 더 이상 학생으로 받아주지 않을까 봐 걱정된단다. 다른 아이들보다 훨씬 더 장난꾸러기였던 나에게, 그 옛날 말했던 것처럼 '말썽쟁이, 당장 교실에서 나갓!' 하고 소리치실까 봐 걱정이 된단다."

뻬뽀네는 가라앉은 목소리로 연설을 마쳤다. 그는 고개를 숙인 채 자신의 모자를 손에 쥐고 서 있었다. 운동장에는 고요한 정적이 흘렀다. 잠시 후 우레 같은 박수가 터져 나왔다.

뻬뽀네는 어릴 적의 추억이 떠오르자 가슴이 뭉클해졌다. 그 자리에 가만히 서 있다가는 마을 사람들 앞에서 눈물을 보일 것 같았다.

그는 운동장에 있는 사람들 사이를 이리저리 헤치며 급히 빠져나갔다. 철책 밖으로 나서자 안개가 그를 집어삼켰다. 뻬뽀네는 사람들의 말소리가 더 이상 들리지 않을 때까지 계속 걸었다. 마침내 마차가 다니는 도로에 이르러서야 걸음을 천천히 했다. 잘 차려입은 옷과 새로 맞춘 구두가 진흙에 더러워졌지만 개의치 않았다.

그는 고개를 푹 숙인 채 길 가장자리를 따라 집으로 향했다.

돈 까밀로가 뒤따라오는 소리가 들렸다. 돈 까밀로가 그의 옆으로 다가와 나란히 걷기 시작했다. 뻬뽀네는 아무 말도 하지 않았다. 돈 까밀로 역시 말이 없었다.

강둑 근처에 다다르자 안개가 더욱 짙어져 앞이 잘 보이지 않았다. 그들은 고개를 숙인 채 천천히 걸었다. 고요한 정적만이 흘렀다. 그때, 돈 까밀로의 어깨너머로 예전에 어디선가 들어본 듯한 목소리가 들려왔다.

'까밀로야, 누군가 시험을 칠 때 대신 말해주면 안 된다고 몇 번이나 말해야 알아듣겠느냐. 고집불통 같으니라고! 너를 신학교에 보내고 싶어 했던 네 아버지처럼 너도 고집불통이야. 신학교라니! 차라리 너를 일용직 노동자로 일하게 내버려 둘 것이지!'

돈 까밀로는 등을 곧추세웠다. 뒤를 돌아 뭔가 대답이라도 해야 할 것 같았다. 하지만 그러면 뻬뽀네는 자신이 미쳤다고 여길 것이다.

잠시 후 그 목소리가 뻬뽀네에게도 한마디 했다.

'뻬뽀네! 마을에서 제일 말썽쟁이 녀석! 누가 너를 구제할 수 있겠느냐….'

"난, 나는…."

뻬뽀네가 말을 더듬었다. 하지만 날카로운 목소리가 곧 그의 입을 막았다.

'입 다물어! 네가 다시 교실에 모습을 나타냈을 때 옛날처럼 교실 밖으로 쫓겨나고 싶지 않다면 가만히 있거라! 만일 오늘 아침에 한 것처럼만 수업 중에 똑똑하게 군다면 뭐, 그럭저럭 봐 줄 만하겠지만…. 내 너에게 '미'를 주마.'

"선생님, 너무 점수가 짜잖아요!"

돈 까밀로에게 들릴세라, 뻬뽀네가 작게 속삭였다.

'뭐라고…? '양!' 한 번만 더 그런 식으로 말대답하면 '가'를 줄 테다! 그리고 네 시험에 끼어들어 잘못된 답을 말해준 저 고집불통은 낙제 점수다.'

목소리가 더는 들리지 않았다. 두 남자는 계속해서 안개 속을 말없이 걸어갔다. 그러다 갑자기 멈추어 서서 서로 얼굴을 바라보았다. 그러고는 약속이나 한 듯이 뒤를 확 돌아보았다.

그랬다. 크리스티나 선생님이 저기 둑 한가운데에 서 계셨다. 그녀의 옆에는 세상을 떠난 모든 학생이 있었다. 크리스티나 선생님은 옛날 기억 속의 모습 그대로 돈 까밀로와 뻬뽀네를 향해 팔을 휘둘러대고 있었다.

돈 까밀로와 뻬뽀네는 급하게 다시 돌아섰다. 그러고는 뒤에서 누가 잡으러 오기라도 하는 것처럼 황급히 걸음을 옮겼다. 돈 까밀로는 열심히 주기도문을 읊어대며 걸었고, 뻬뽀네는 옆에서 '아멘' 이라고 대답했다.

마을 어귀에 도착할 때까지 그들의 이러한 행동은 계속되었다. 이웃 주민들의 익숙한 얼굴이 보이자 한숨 놓은 돈 까밀로와 뻬뽀네가 속으로 생각했다.

'선생님은 유령이 되어서도 여전하시구먼!'

아름다운 중매

밀코는 어디서부터 말을 꺼내야 할지 몰라 쩔쩔매다가 결국 입을 열었다.

"그 독일인 부인에 관한 얘기인데요. 오늘이 26일이니까 아마 모레쯤이면 그녀가 올 겁니다."

그는 그 부인이 오는 걸 매우 부담스러워하는 눈치였다. 하지만 돈 까밀로는 그 이유를 물어볼 수 없었다.

"1946년부터 매년 3월 28일이면 그 부인이 오지 않았나? 그러니 금년에도 올 걸세."

"신부님은 아무것도 모르고 계십니다."

밀코는 고개를 저으며 중얼거렸다.

"그러니까 이해하실 수도 없을 거예요."

그의 말대로였다. 마을 사람들에 비해 돈 까밀로가 특별히 더 알고 있는 것은 없었다.

이 얘기를 하자면 1943년 9월 말로 거슬러 올라가야 한다.

그때 이 마을은 독일군의 한 부대가 점령하고 있었다.

그 부대의 분대원 중에 프리츠라는 하사가 있었다. 그는 조타수였는데 라토레타에 있는 밀코의 집에 머물고 있었다. 그 집은 마을에서 그다지 멀지 않은, 고가도로와 스티본느 강 사이에 있었다.

당시 밀코는 서른 살이었고 다리를 절었기 때문에 집에 남아 있었다. 비록 불구의 몸이었지만 마을에서 농사를 지을 수 있는 유일한 남자였기 때문이다.

밀코의 아내는 병약했지만 열한 살짜리 아들은 건강했다.

다른 식구는 없었다.

프리츠 하사는 밀코와 동갑으로 마음이 너그러운 사람이었다. 성실한 사람들이 대개 그렇듯 그 역시 자신이 맡은 직무에 충실하였다.

그는 씩씩한 독일군인이었지만 이탈리아산 포도주에는 약해서, 어쩌다 과음을 하게 되면 있는 돈을 다 써 버렸다. 그리고 아름다운 금발의 아내와 돌도 안 지난 아들의 사진을 꺼내놓고는 울음을 터뜨리곤 하였다.

그랬음에도 프리츠 하사와 밀코의 가족들은 비교적 행복하게 지냈다. 밀코와 그의 아내도 그를 한집안 식구처럼 여겼다.

그는 운도 괜찮았다. 한 부서의 책임자가 되어 집에 올 때는 늘 뭔가를 들고 왔다.

프리츠는 밀코의 집에 1945년 3월 28일까지 있었다. 그런 셈이 됐다. 왜냐하면 그날 이후 집에 돌아오지 않았기 때문이다. 다음날 그는 부르겔로 근처의 스티본느 강에서 시체로 발견돼 건져 올려졌다. 프리츠 하사는 익사한 것이 아니었다. 세 발의 탄알이 그의 머리를 관통해 있었다.

당시는 저항운동이 매우 극렬하던 시기였는데, 프리츠 하사는 그들을 소탕하는 분대에 속해 있었다.

전쟁이 끝난 다음 해인 3월 28일이 되었을 때 금발의 젊은 부인이 아기를 안고 라토레타로 찾아왔다. 그녀는 간단한 이탈리아 말을 몇 마디쯤 알고 있었다. 밀코도 독일 말을 조금은 알고 있었으므로 그들은 가벼운 의사소통을 할 수 있었다.

"저는 프리츠 하사의 미망인입니다."

그녀가 밀코에게 말했다.

"남편의 무덤에 꽃을 바치러 왔어요."

밀코는 부인을 공동묘지로 데려갔다. 부인은 남편의 일생이 적혀 있는 초라한 나무 십자가 아래에 꽃을 놓았다.

프리츠 하우저

1925년 3월 2일~1945년 3월 28일

밀코와 그의 아내는 그 부인에게 일주일 동안 묵고 갈 것을 권유했다.

그 부인은 독일의 험악한 정세와 함께 여기에 오기까지 겪어야 했던 어려움을 토로했다. 그러나 무엇보다 많이 했던 말은 남편에 관한 얘기였다. 그가 편지에서 밀코와 그 가족이 보여준 호의에 크게 감사하고 있었기 때문에, 남편의 무덤을 찾는 것은 물론 은인들에게 감사의 표시를 하는 것이 이번 방문의 목적이라고 했다. 간단히 말해 그녀는 남편에게 잘해준 그들에게 매우 고마워했다.

"이번 여행을 위해 가지고 있던 패물까지 처분해야 했어요."

부인이 말했다.

"지금은 빈털터리에요. 하지만 곧 직업을 구할 거예요. 그래서 내년에도 또 올 수 있도록 여비를 마련하겠어요."

그녀는 약속했고, 그 이듬해에 정확하게 약속을 지켰다.

그 후로 해마다 3월 28일만 되면 그 부인은 어김없이 아기를 데리고 와서 일주일 정도 머물다 갔다.

이제는 마을 사람들 모두가 그녀와, 그녀의 사정을 알게 되었다. 사람들은 거리에서 그녀를 만나면 정중히 인사를 했다.

그녀의 소녀 같은 인상은 뽀 강 사람들에게 매우 친숙한 얼굴이 되었다.

돈 까밀로는 밀코가 왜 걱정을 하는지, 아직도 그 이유를 알 수가 없었다.

“그 부인이 오는 게 왜 문제인지 알 수 없는걸.”

그는 중얼거렸다.

“비록 자네가 홀아비지만, 그 부인이 자네 집에 머무르는 것을 비난할 사람은 아무도 없네. 자네는 혼자 사는 것도 아니지 않나? 아들이 있고 경찰 같은 며느리도 있고 말이야. 자네의 아내야 죽었지만, 그게 무슨 문제란 말인가? 누가 뭐래도 자네 아내의 영혼은 자네 곁에 있을 걸세.”

밀코는 잠시 머뭇거리더니 불쑥 말했다.

“나는 그녀를 보고 싶지 않아요!”

돈 까밀로는 양팔을 좌우로 벌렸다.

“그렇다면 자넨 왜 나를 찾아왔나? 그녀가 보기 싫다면, 편지를 보내 다른 곳에다 숙소를 잡게 하면 되지 않나?”

밀코는 초조한 듯 자신의 모자를 손으로 만지작거렸다. 그는 아마도 무언가 하고 싶은 말이 더 있는 것 같아 보였다.

“아내가 살아 있을 땐 아내와 함께 얘기를 할 수 있었죠. 하지만 지금은 누구랑 얘기를 할 수 있겠어요.”

그때부터 말문이 열렸으므로 돈 까밀로는 가만히 듣고만 있었다.

“신부님도 기억하시겠죠, 제가 어떤 일을 하고 있었는지. 저는 그때 지하운동을 하며 무선 전신을 담당하는 임무를 맡고 있었어요. 저는 무전기를 헛간의 통 아래에 숨겨두고 있었는데… 문제의 그 날 저녁 프리츠가 나를 체포했어요."

"프리츠가 자네를 체포했다고?"

돈 까밀로가 더듬거렸다.

"예. 평소처럼 저녁 식사를 마치고 난 그 날, 나는 론치니와 카드놀이를 하고 오겠다는 핑계를 대고 집을 나왔어요. 프리츠도 보통 때처럼 따오라며 나를 배웅했죠. 나는 들판을 가로질러 너도밤나무가 있는 곳까지 갔어요. 거기서 15분가량 서 있다가 다시 되돌아갔죠. 헛간 뒤에는 저만 사용하는 작은 문이 있었거든요. 저는 그 안으로 들어갔고, 거기서 늘 그랬던 것처럼 무전 기구를 꺼냈어요. 바로 그때 프리츠가 뛰어들 어와 나를 체포했죠…."

그는 잠시 말을 멈추더니 이마의 땀을 닦았다.

"불이 켜지고, 내 앞엔 프리츠가 서 있었어요. 그는 화가 난 듯 정신이 없어 보였죠. 그가 '반역자!' 라고 소리쳤어요. 그땐 나도 경황이 없었습니다. 어느 순간 내가 그를 쏘았고, 그는

쓰러졌어요…. 저주받을 전쟁 같으니라고…!"

그는 다시 말을 멈추고 이마의 땀을 닦았다.

"나에게 '반역자' 라고만 부르지 않았더라도 쏘진 않았을 거예요. 그땐 그 말이 죽음을 부르는 소리처럼 들렸으니까… 음산하고 비가 오는 날씨였어요. 난 어깨에 그의 시체를 메고 강가로 가 물속에 던졌죠. 스티본느 강은 물살이 거칠어서 시체

는 거의 2마일이나 흘러갔고 나중에 그곳에서 발견되었죠. 아무도 의심하지 않았어요. 내 아내만이 유일하게 그 사실을 알고 있었는데, 지금은 죽어버리고 없군요."

돈 까밀로는 잠시 생각에 잠겼다가 중얼거리듯이 말했다.

"자네를 애국자라고 해야 하나? 범죄자라고 해야 하나? 그건 자네의 양심이 결정할 문제로군."

밀코가 한숨을 내쉬며 말했다.

"저는 이 문제를 애국적인 관점에서 생각할 수가 없어요. 만일 내가 훈장을 받았더라도 프리츠를 죽인 죄의식에서 벗어날 수는 없었을 거예요. 그날 이후 나는 한시도 맘 편히 잠을 잘 수가 없었어요. 처음 그 부인이 찾아와 자기 남편의 은혜 운운하며 감사를 표할 땐 정말 쥐구멍이라도 찾고 싶은 심정이었어요. 자기 남편을 죽인 남자에게 감사를 표해야 하는 아내라니! 더는 견딜 수가 없네요. 다시는 그녀를 보고 싶지 않아요. 신부님, 지난 10년간 내가 얼마나 괴로워했는지 모르실 거예요."

"아니, 상상할 수 있네."

돈 까밀로가 말했다.

"그리고 자네가 고통 고 있다는 사실이 기쁘네. 아직 자네 양심이 살아있다는 증거니까."

"그래요. 내가 여기 온 이유가 바로 그거요. 내가 편안해지고자 하는 게 아니에요. 신부님이 제아무리 덕담을 해주셔도 내가 그를 죽였다는 사실이 바뀌진 않아요. 신부님, 그 부인을 만

나지 않을 수 있도록 도와주십시오. 나는 그럴 수 없지만 신부님은 그녀에게 모든 사실을 얘기할 수 있을 테니까요."

밀코가 작은 소리로 말했다.

"내가?"

눈을 동그랗게 뜨며 돈 까밀로가 외쳤다.

"네, 그녀는 모레 도착할 거예요. 꼭 얘기해 주세요, 신부님. 그녀가 나의 친절에 감사하고 나를 친구처럼 대한다는 것은 부당해요. 그녀는 내가 자기 남편을 죽였다는 걸 알고 아들에게도 그 얘기를 해주어야 해요. 그래야 그녀가 다시는 이곳에 오지 않을 거고, 나도 고통에서 해방될 수 있을 겁니다."

돈 까밀로는 머리를 흔들었다.

"안 되네, 밀코. 자네가 진정 양심이 있다면 고통을 피하려 하지 말게. 후회만으로는 안 되네. 그녀를 보는 일이 고통스럽다면, 그녀를 자네에게 보내주신 하느님께 감사해야 하네. 그런데 자네는 왜 또다시 그녀를 괴롭히려고 하는가? 그녀의 남편을 죽인 것만으론 성에 차지 않는가?"

밀코는 팔을 거칠게 내저었다.

"무슨 말씀을! 난 그녀의 마음을 상하게 하고 싶지 않아요."

"그러면 자네가 할 일은 정해져 있네. 그녀가 자네를 믿고 가족처럼 따르고 있으니 그녀의 마지막 환상을 빼앗지 말게. 자네가 그녀를 봄으로써 고통을 느낀다면, 많이 볼수록 더 좋네. 자네를 위해 기도하겠네."

밀코가 돌아간 후 돈 까밀로는 성당으로 들어가 그를 위해 기도했다. 그런데 그 기도의 내용은 다소 충격적이었다.

"예수님."

돈 까밀로가 제단 위의 예수님에게 말했다.

"이 부도덕한 세상에선 수많은 살인이 일어나고 있습니다. 그런데 그들은 미안해하지도 않습니다. 그렇기는커녕 도리어 자랑스럽게 여기기까지 합니다. 한 나라의 지도자가 되고 국회의원이 되기도 하며, 심지어는 교과서에 그들의 초상이 실리기까지 합니다. 그런데 예수님, 여기 불쌍한 양 한 마리가 있습니다. 한 사람을 죽이고 10년 동안을 괴로워해 온 사람입니다. 하지만 그를 도와주기엔 제힘이 턱없이 부족합니다. 저는 그 사람에게 진실을 말해줄 수도 없습니다. 이렇게 말입니다. '이보게, 밀코. 자네를 붙잡은 프리츠가 자네에게 반역자라고 했다지? 그런데 자네는 그를 왜 그렇게 불러주지 못했나? 자네가 헛간에서 체포됐을 때, 자네 아내는 하사의 꼬임에 넘어가 자네를 배신했다네. 자네의 지하운동은 생각지도 않고 독일을 위해 일했단 말일세.' 예수님, 저는 이 사실을 밀코에게 얘기할 수 없습니다. 왜냐하면 이 비밀은 그의 아내가 임종 시에 제게 고백했던 것이기 때문입니다. 신자의 고백을 신부가 발설할 수는 없으니까요. 예수님, 제가 어떻게 해야 할지 가르쳐주십시오. 이 비밀을 얘기하는 것이 옳은지 그른지 가르쳐주십시오."

"잘했다. 돈 까밀로."

예수님이 말씀하셨다.

"아내의 죄로 남편의 죄가 사해지지는 않는 법이야. 인간은 누구나 스스로 죄의 대가를 지불해야 하느니라."

3월 28일이 되었을 때 그 부인과 아들이 왔다.

그들이 도착했다는 소식을 듣자마자 돈 까밀로는 서둘러 라 토레타로 갔다. 밀코는 마치 오랫동안 못 만난 친구를 만난 듯 그들을 맞았다.

날씨는 포근하고 화창했다.

어린 소년이 마당에서 개와 노는 동안, 아이 엄마와 밀코와 돈 까밀는 산책 삼아 들판으로 나왔다. 들판은 오랜 겨울잠에서 깨어난 듯 생기가 넘쳐흘렀다.

"어디가 아프신가요? 얼굴이 핼쑥해지셨습니다, 부인."

돈 까밀로가 말했다.

"공기가 안 좋아 그런가 봐요. 대도시의 공장에서 일하고 있는데, 공해가 굉장히 심하거든요."

그녀가 설명했다.

"저런, 이번 여행을 준비하느라 더 힘드셨겠습니다."

돈 까밀로가 우울하게 말했다.

"별말씀을요. 그런 건 아무렇지도 않답니다."

그녀가 웃으며 말했다.

"이곳으로 와서 사는 건 어떻소? 프리츠 곁에서."

돈 까밀로가 뜬금없이 말했다.

"그도 기뻐할 거요."

그녀는 놀라서 쳐다보았다.

"여기를 좋아하지 않으시오?"

돈 까밀로가 물었다.

"아녜요. 아주 좋아해요. 이탈리아는 세상에서 가장 아름다운 곳이에요! 그런데 집이랑 일자리가…."

돈 까밀로는 밀코의 집을 가리켰다.

"저기에 살면 되지 않소."

그는 에둘러 말하지 않고 단도직입적으로 말했다.

"밀코와 결혼하시오. 내가 성사시켜 주겠소. 그것이 모두를 위한 길이오!"

그 부인은 서른일곱 살이었지만 소녀처럼 얼굴을 붉혔다.

밀코는 마흔두 살이었는데 얼굴을 붉히기에는 너무 나이가 들었는지 창백해졌다.

돈 까밀로는 중매쟁이가 아니었으므로 갑자기 어색함을 느꼈다.

"좋을 거요. 잘 생각해 보고 마음이 정해지면 내게로 오시오. 그럼 이만."

하고 한마디 던지고는 가버렸다.

신부의 이 한마디가 그들의 가슴에 파문을 일으켰을 것이다. 그들은 숙고에 숙고를 거듭했다.

사흘 뒤, 밀코가 돈 까밀로를 찾아왔다.

"신부님, 신부님의 뜻대로 결혼하기로 했습니다."

"잘했네, 아주 잘했어!"

밀코는 한숨을 지었다.

"그녀와 함께 있는 동안만이라도 고통 없이 살았으면 좋겠습니다. 비록 내 양심이 살아 있다 할지라도…."

"쇠뿔도 당장 뽑으라고 했네. 곧장 가도록 하세, 밀코."

돈까밀로가 말했다.

"프리츠는 잊게. 자네가 그의 생명을 빼앗지만 그것을 되돌릴 수는 없네. 그 문제는 이제 자네의 양심 안에 가둬두도록 하게. 하지만 부인이나 아이는 다르지. 자네가 그 부인의 남편을 빼앗았으니, 자네가 그 남편을 돌려줘야 하네. 그 역할을 자네가 맡게. 그건 아버지 없는 아이에게도 마찬가지야. 이 점을 결코 혼동해서는 안 되네!"

"하느님, 저를 도와주소서! 제가 할 수 있는 것은 이 말밖에 없습니다."

밀코가 부르짖었다.

"걱정 마시게. 하느님은 자네를 벌써 도와주셨다네!"

돈 까밀로의 가슴이 이처럼 흥분되고 설레기는 참으로 오랜만이었다.

바람난 스미르초

스미르초는 스토르타 거리의 기차 건널목 차단기 옆에 서 있었다. 마을에서 자전거를 타고 오던 아순타를 거기서 마주쳤기 때문이다. 물론 정치적인 것과는 전혀 상관없는 만남이었다. 아순타와 스미르초는 어릴 적부터 알고 지낸 사이였다. 스미르초는 모레타와 결혼하기 전에 두 번 정도 아순타와 결혼할 뻔했었다. 그리고 결혼한 후로도 우연히 길에서 아순타를 만날 때면 스미르초는 즐거이 잡담을 나누곤 했다. 아순타 역시 스미르초를 만나면 유쾌해했다.

그날 저녁도 다른 때와 마찬가지였다. 만난 지 한 시간 반이 지났는데도 그 둘은 여전히 어둠 속에서 웃으며 이야기를 나누고 있었다. 스미르초는 차단기 왼쪽 기둥에 기대 서 있었다. 만일 차단기 횡목의 오른쪽에 서 있었더라면 훨씬 나았을 것이다. 그러나 누구도 앞일을 내다볼 수가 없는 게 우리네 인생 아닌가. 얼마 지나지 않아 아무도 예상하지 못한 기가 막힌 일이 벌어지고야 말았다.

바싸에서 멀리 떨어진 마을 기차역에서 역무원이 열차 통과 시간에 맞춰 강철로 된 기다란 케이블을 잡아당겼다. 그 순간 스미르초는 즉시 뻗어버릴 정도의 일격을 머리에 맞았다. 그는 정신을 잃고 쓰러졌다.

갑자기 쓰러진 스미르초를 보고 아순타는 기겁했다. 아순타는 그의 얼굴과 머리에 웅덩이의 물을 뿌리며 정신이 들게 하려고 노력했다. 그런데도 스미르초가 도무지 일어나지 않자 그녀는 자전거에 올라타 쌩하니 어둠 속으로 모습을 감추었다. 결혼한 남자라는 걸 차치하고서라도 한밤중에 시체처럼 누워 있는 사람의 곁에 있기란 정말 무서운 일이었다.

사실 스미르초는 죽은 게 아니었다. 횡목이 그의 머리를 강타하고 어깨 위에 엄청난 충격을 주었기 때문에, 잠시 정신을 잃었을 뿐이다. 그는 얼떨떨한 기분으로 다시 깨어났다.

기차는 이미 지나간 뒤였고 횡목은 다시 올라가 있었다. 어둠이 짙게 깔린 기차 건널목은 사람이라곤 그림자도 보이지 않을 정도로 황량한 데다 공포영화에나 나올 법한 장소처럼 으스스 했다. 힘겹게 일어선 스미르초는 자전거에 올라타 마을을 향해 페달을 밟았다. 간신히 인민의 집 문 앞에 도착한 그는 의자 위에 몸을 던지고 다시 까무러쳤다.

스미르초의 얼굴은 피로 범벅이 되어 있었고 머리에는 커다란 혹이 나 있었다. 뻬뽀네가 브랜디 병을 들어 그의 머리 위와 목구멍으로 부었다. 스미르초는 상처 부위가 타들어 가는 듯한 느낌을 받으며 다시 정신을 차렸다.

사람들이 호기심에 가득한 눈으로 그들 주위로 모여들자 뻬뽀네는 비지오의 도움을 받아 스미르초를 사무실로 옮겼다.

문을 잠근 뒤 뻬뽀네가 스미르초에게 물었다.

"테러였나? 누가 한 짓이야?"

"모르겠어요."

스미르초가 우물거리며 대답했다.

"언제 벌어진 일인데?"

"20분쯤 전에…. 정신을 잃었기 때문에 확실하지 않아요."

"어디서?"

"스토르타 거리의 기차 건널목 차단기 옆에서요…. 그저 잡담을 나누고 있을 뿐이었는데 등 뒤에서 누군가가 나를 내리쳤어요."

뻬뽀네가 그의 멱살을 움켜잡았다.

"스미르초, 빨리 불어! 대체 누구랑 수다를 떨고 있었던 게냐?"

"몰리네토 마을 사람 하나랑…."

"제대로 불지 않으면 더 큰 혹을 머리에 만들어버린다! 자네를 두들겨 팬 몰리네토 놈이 대체 누구냐?"

스미르초는 있는 힘을 다해 반박했다.

"아뇨, 대장. 그 사람은 아무 상관 없어요. 그는 아닙니다. 우린 서로 부둥켜안고 있었는데…."

빼뽀네가 할 말을 잃고 스미르초를 멍하니 바라보았다. 그러다 정신을 차려 다시 그의 멱살을 움켜잡았다.

"자네가 안고 있던 몰리네토 놈의 이름이 뭐야?"

"…아순타요."

스미르초가 우울하게 중얼거렸다.

"그랬군."

빼뽀네가 말했다.

"늘 그랬듯이 자넨 멍청이야. 이번엔 아무도 리촐리노로부터 자네를 보호해 주지 않을 걸세."

리촐리노는 빼뽀네 일당을 눈엣가시처럼 여기는 아순타의 오빠였다. 아순타가 스미르초와 사귀었을 때 둘 사이를 갈라놓은 사람이 바로 리촐리노였다. 그는 자기 여동생이 다시 그 못난 놈과 붙어 다니면 두 사람 다 머리통을 부숴 버리겠다고 사람들 앞에서 공공연히 떠들고 다녔다.

"따라와."

빼뽀네가 비지오를 돌아보며 중얼거렸다.

"빚을 갚아주러 가자고. 리촐리노 자식, 손 좀 봐줘야겠어."

"대장. 괜히 말썽 일으키지 마십쇼. 혹시 소문이라도 나면 우리 집사람한테는 뭐라고 말하라고요?"

스미르초가 걱정스레 말하자 뻬뽀네가 대답했다.

"그건 자네가 알아서 할 문제야. 여자라면 사족을 못 쓰는 멍청이는 혼쭐이 나야 정신을 차리는 법이니까."

리촐리노는 몰리네토의 주점에서 한가롭게 카드놀이를 하고 있었다. 뻬뽀네는 주점 주인을 불러 '두 명의 수의사가 급한 일로 리촐리노를 보고 싶어 하니 밖으로 좀 나와달라' 고 전해 주도록 시켰다. 리촐리노는 아무런 의심도 하지 않고 밖으로 나왔다. 그리고 곧 그 두 명의 수의사가 어떤 족속들인지 알아챈 리촐리노가 이를 악물며 소리쳤다.

"아니, 이게 무슨 장난질이오?"

"장난질이 아니지. 내가 왜 여기까지 찾아왔는지는 네놈이 더 잘 알 텐데. 잔소리 말고 따라와. 버텨 봤자 네놈 손해니 고분고분 말 들으라고."

뻬뽀네가 말했다. 비지오는 망을 보고 뻬뽀네와 리촐리노는 짐마차 길로 걸어갔다. 거리 한복판에 이르자 뻬뽀네가 건들거리며 위협적으로 말했다.

"리촐리노, 그동안 자네가 신경을 건드리는 짓을 아무리 하고 다녀도 우린 그냥 내버려뒀어. 자네 맘대로 떠들고 다니게 말이야. 하지만 떠들어대는 걸로는 부족해서 행동으로 옮기다니! 이건 도가 지나치잖아."

리촐리노는 무슨 소린지 영문을 몰라 어리둥절한 표정을 지었다.

"뻬뽀네, 내가 당신과 당신 패거리의 이름을 입 밖에 내지 않은 지 1년은 되었소. 대체 무슨 소릴 하는 거요?"

"스토르타 거리의 기차 건널목 옆에서 반 시간 전에 벌어진 사건! 이제는 알아듣겠지?"

"내가 그 사건과 무슨 상관이란 말입니까? 나는 두 시간 째 주점 안에서 카드놀이를 하고 있었소. 증명할 사람도 수두룩하다고요."

"네놈이 두 시간 동안 거기서 꼼짝 않고 있었다면 반 시간 전에 스미르초에게 몽둥이찜질을 한 건 대체 누구야?"

스미르초의 이름이 나오자 리촐리노는 분통을 터뜨렸다.

"아니, 또 그 자식 이야기요? 그 멍청이가 대체 나랑 무슨 상관이라고 그러시오?"

뻬뽀네가 설명했다.

"상관있지. 스미르초가 자네 여동생이랑 그곳에서 수다를 떨다가 호되게 당했으니 상관이 있고말고."

리촐리노가 펄쩍 뛰며 고함을 질렀다

"그 녀석이 내 동생이랑 붙어 있었다고? 내 오늘 밤 그놈의 머리통을 부숴 버리고 말 테다!"

빼뽀네가 어깨로 그를 툭 쳤다.

"자넨 아무것도 어쩌지 못해, 이 친구야. 내가 바로 자네의 머리통을 깨부수러 여기 온 거니까."

"빼뽀네! 비겁한 짓거리를 하러 여기 왔다면 솔직하게 말하시오. 말도 안 되는 억지 구실은 집어치우고! 난 두 시간 째 카드를 치며 테이블에서 1초도 움직이지 않았으니까!"

리촐리노가 입에 거품을 물며 고함쳤다. 빼뽀네는 젊은이의 반응에 잠시 혼란스러워졌다.

"네놈이 한 짓이 아니라면 스미르초를 두들겨 팬 사람이 대체 누구란 말이냐?"

"모두들 몽둥이찜질을 하고도 남지. 그렇게 밉상인 놈을 누가 곱게 봐주겠소?"

리촐리노가 분노에 떨며 소리치자 빼뽀네는 중얼거렸다.

"그렇지 않아. 나름대로 장점이 있는 친군데…."

"장점은 자기 마누라한테나 써먹으라지, 내 동생한테 말고!"

리촐리노가 고함질렀다.

"지금은 당신과 당신 패거리 뒤에 잘도 숨어있지만 내 손에 걸리는 날엔 그냥 두지 않을 거요."

"반 시간 전에 벌써 손봐주지 않았나?"

빼뽀네가 다시 한 번 넌지시 물었다.

"아니라니까요! 유감스럽게도!"

리촐리노가 분통을 터뜨리며 고래고래 소리를 쳐대자 빼뽀네는 전의를 상실했다. 빼뽀네가 비지오를 불렀다. 그러고는 주점 안으로 들어가 리촐리노가 그 안에서 얼마나 있었는지 사람들에게 물어보라고 시켰다. 임무를 받은 비지오가 잠시 뒤에 다시 돌아왔다.

"거기에 두 시간째 죽치고 있었대요. 확실한 사람에게 들은 정봅니다, 대장."

비지오가 말했다.

빼뽀네는 잠시 생각을 하다가 어쩔 수 없다는 듯 양팔을 벌렸다.

"이보게 리촐리노, 스미르초를 패준 게 자네가 아니라니 정말 유감이군."

"동감이오!"

잔뜩 독이 오른 리촐리노가 대답했다.

"다른 쪽으로 조사를 해봐야겠군."

빼뽀네가 중얼거렸다.

"그런데 자네 여동생은 누구와 연애하나?"

"하면 안 되는 것들 전부와!"

리촐리노가 으르렁거렸다.

"내 오늘 저녁 그 계집애의 목을 비틀어버리고 말겠어!"

빼뽀네는 리촐리노가 길길이 뛰면서 자리를 뜨는 것을 지켜볼 수밖에 다른 방법이 없었다.

인민의 집으로 돌아온 뻬뽀네는 브랜디에 취한 스미르초를 일으켜 세워 밖으로 끌어냈다. 비지오를 앞세워 출발하며 스미르초에게도 자전거를 타고 뒤를 따라오라고 명령했다. 10여 분 후 셋은 망할 놈의 철도 차단기 앞에 모였다. 웅덩이 옆에 자전거를 내팽개치고는 뻬뽀네가 말했다.

"스미르초. 몽둥이를 맞았을 때랑 똑같은 위치에 서봐."

스미르초가 왼쪽 기둥에 기대섰다. 뻬뽀네는 그를 찬찬히 바라보았다. 그리곤 비지오를 향해 돌아서서 횡목을 천천히 아래로 당겨보라고 지시했다. 비지오가 주철 덩어리와 연결된 강철줄을 천천히 아래로 당기자 흰색과 빨간색으로 칠해진 횡목이 내려왔다.

"스톱!"

횡목이 스미르초의 머리통에 닿을 듯 내려온 순간 뻬뽀네가 명령했다. 뻬뽀네가 스미르초를 향해 돌아섰다.

"이제 반대편으로 돌아서. 그렇지, 그렇게. 가만히 있어 봐. 자네, 비지오는 좀 더 힘있게 아래로 당겨봐."

몇 초 후 비명이 들렸다. 반대쪽 머리통에 혹이 또 하나 생긴 스미르초가 비명을 지른 것이다.

"자, 이제 어떻게 벌어진 일인지 알겠지?"

뻬뽀네가 스미르초에게 말했다.

철도 차단기 앞에서 벌어진 일을 목격한 이는 아무도 없었다. 물론 그 앞에서 오간 이야기를 들은 이도 전혀 없었다.

그런데 그다음 날 아침이었다. 누군가가 사제관 게시판에 철도 차단기가 그려진 그림을 붙여 놓았다. 그림 속 횡목이 있는 자리에는 울퉁불퉁한 몽둥이가 그려져 있었고 옆에는 친절하게 설명까지 적혀 있었다.

> 스토르타 거리의 기차 건널목 철도 차단기 옆에서 벌어진 한밤중의 방종을 고발한다. … 이 차단기 횡목은 '동지들' 의 해이해진 정신상태를 몽둥이질하는 훌륭한 물건이다.

당연히 스미르초는 벽보를 보고 깜짝 놀랐다. 그는 잔뜩 혹이 난 머리를 한 손으로 문지르며 주위 사람들을 살폈다. 그러고는 벽에 붙은 그림을 재빠르게 잡아채 주머니에 찔러 넣었다. 하지만 이와 동시에, 이 씁쓸한 진실을 파헤친 사람으로부터 엉덩이에 발길질을 당해야 했다.

"머리통에 다시 맞지 않은 걸 다행으로 알아."

스미르초는 애써 태연한 척하며 걸음을 옮겼다. 몇 미터 걸어간 스미르초가 뒤돌아서며 입을 열었다.

"적의 은밀한 일을 정치적으로 악용하다니, 정말 치사한 짓거리 아니오!"

그러자 돈 까밀로가 손가락을 치켜들며 소리쳤다.

"아내랑 아이들이 있는데도 다른 여자 뒤꽁무니나 쫓아다니는 놈이 더 파렴치한이지! 하느님의 벌은 피했지만 철도청이 내려치는 징벌은 피하지 못했구먼! 정의는 죽지 않았어!"

이번에는 사람들이 보는 데서 벌어진 소동인지라 다시 주워 담을 수 있는 일이 아니었다. 스미르초는 집으로 가면 아내가 빗자루를 들고 자신을 기다리고 있을 거라는 걸 쉽게 짐작할 수 있었다.

그는 인민의 집으로 발길을 돌렸다. 그리고 뻬뽀네에게 사제관 앞에서의 소동을 보고했다.

"대장, 사람들 보는 데서 엉덩이를 걷어 채였어요. 이번에는 철도 차단기가 아니라 돈 까밀로가 그랬소."

"어쩐 일로?"

스미르초가 호주머니에서 구겨진 종이를 꺼내 뻬뽀네에게 보여주었다.

"이 비열한 벽보를 본당 게시판에서 보고 떼어냈어요. 그러자 나를 냅다 발길질합디다."

뻬뽀네는 그림을 들여다보더니 인민의 집을 관리하는 룬고의 아내를 불렀다. 그녀에게 종이를 내주며 말했다.

"잘 다려서 새것처럼 만들어주게."

뻬뽀네가 10여 분 후 다시 종이를 받아 두 장의 빳빳한 큰 종이 사이에 잘 끼워 넣었다. 그리고 사제관 게시판 앞에 이르자 뻬뽀네는 종이를 꺼내 압정 네 개로 잘 고정했다. 돈 까밀로가 그의 뒤에서 지켜보고 있었다. 돌아서던 뻬뽀네는 돈 까밀로와 시선이 마주쳤다.

"다시 정리를 한 셈이오."

빼뽀네가 설명했다.

"이렇게 하면 사람들이 재미있어할 거요. 공산주의 사상에는 치명적일 게 분명하지만."

돈 까밀로가 게시판 앞으로 다가와 그림을 떼어내 박박 찢으며 말했다.

"난 이런 쓸데없는 험담을 늘어놓는 대신 직접 공산주의 사상과 맞서 싸우네. 이건 내 스타일이 아니야."

"그럼 스미르초의 엉덩이를 걷어찬 건 누구 스타일이요?"

빼뽀네가 물었다.

"그건 내 스타일이라는 걸 부정할 수는 없지."

돈 까밀로가 인정했다.

"발길질이 공산주의 사상을 쳐부수는 방법이오, 신부님?"

"아니. 하지만 어떤 상황에서는 원칙을 지키게 하는데 쓸모가 있지."

빼뽀네는 고개를 저으며 그를 바라보았다.

"신부님 맘대로 정한 원칙이겠지요. 나는 신부님의 사정 따윈 봐주지 않을 거요. 꼬투리 하나만 잡히면 뜨거운 맛을 보여줄 준비가 되어 있으니 항상 조심하슈."

교회와 사제관을 손으로 가리키며 빼뽀네가 퉁명스럽게 말했다.

다음 날 오후, 사람들이 유치원과 양로원의 재정비를 위한 기금 마련 자선 바자회에 모여들었다. 자원봉사자들이 기획한 비정치적인 바자회였다. 기부된 물건 중에는 관심을 끄는 경품이 몇 가지 있었다. 뻬뽀네가 스무 장의 경품 표를 구입했고 돈 까밀로 역시 정확하게 스무 장을 구입했다.

이건 마치 감독에 의해 연출된 영화 속의 한 장면 같았다. 열아홉 번 동안 뻬뽀네는 연필, 펜 그리고 나무 나팔을 뽑아 그의 바로 옆에 있던 아이들에게 나누어 주었다. 그리고 스무 번째 뽑기에서 제일 좋은 경품 중의 하나가 당첨됐다. 바로 '화려한 장식이 달린 성모마리아 액자' 였다.

돈 까밀로 또한 열아홉 번 동안 아무 쓸모 없는 잡동사니에 당첨되었으나 스무 번째에서 최고 상품 중의 하나가 걸렸다. 이탈리아 공산당이 기부한 '최고 당수의 컬러 초상화' 였다.

"신부님과 읍장님 둘이서 짠 건가!"

사람들이 다들 수군댔다.

바자회가 끝나고 함께 나온 돈 까밀로와 뻬뽀네는 나란히 길을 걷게 되었다. 사제관 마당에 도착하자 돈 까밀로가 걸음을 멈추었다.

"읍장 동지."

공산당 당수의 컬러 초상화를 뻬뽀네에게 내밀며 돈 까밀로가 말했다.

"운명이 살짝 비껴갔다면 우리가 바로잡을 수 있지 않겠나.

물건을 바꿀 텐가?"

빼뽀네가 고개를 저었다.

"아니, 왜요? 언젠가는 그 초상화가 쓸모 있을 겁니다. 그 얼굴의 주인공을 눈에 익혀두시오. 그래야 그가 여기에 오게 됐을 때 놀라지 않을 게 아닙니까?"

"물론 그렇겠지, 읍장 나리. 하지만 자네의 그 그림은 무슨 쓸모가 있겠나?"

"신부님을 내 눈앞에서 사라지게 해달라고 무릎 꿇고 기도할 때 써먹을 거요!"

빼뽀네가 멀어져 가며 퉁명스레 말했다.

돈 까밀로는 평온한 마음으로 사제관에 돌아왔다. 그는 창고로 올라가 궤짝 안에 초상화를 집어넣으며 중얼거렸다.

"내 자네에게 빼뽀네가 사고 나게 해달라고 간청할 수는 없네, 동지. 이런 식으로 계속하면 악순환이 계속될 테니까."

그러고는 하늘을 바라보며 예수님에게 기도를 올렸다.

"예수님. 저희는 상대방의 꼬리를 물려고 뱅뱅 돌면서 숨을 헐떡이는 멍청한 개 같습니다. 꼬리를 두고도 이 지경인데 머리끼리 싸우게 되면 정말 큰일 나겠어요."

검정고시생 빼뽀네

아침에 눈을 뜬 빼뽀네의 뇌리에 별안간 초등 교육을 획기적으로 발전시키기 위한 좋은 방안이 떠올랐다. 당장 생각한 바를 실행에 옮기기로 결정한 빼뽀네는 그날 오후, 인민의 집 담벼락 게시판에 정성껏 작성한 성명서를 써 붙였다.

성명서에는 정부의 교육 방침이 민주주의 원칙에 따른 것인지 아닌지를 평가하기 위해 초등학교 수업에 자유로이 참관하는 위원회를 설립할 것을 촉구하는 글이 실려 있었다.

그러자 다음 날 아침, 반대파의 게시판에도 선전포고문이 하나 나붙었다.

> 학교 교육을 제대로 받지 못한 주세페 보타치 씨에게 잘못이 있다고 주장하고 싶지는 않습니다. 우리는 말을 그럴싸하게 하는 것보다 생각이 옳은지 아닌지를 먼저 판단하기 때문입니다. 그러나 새로운 논쟁거리가 된 이 특별한 경우에 있어서는 초등 교육도 마치지 못한 사람이 교육에 대해 왈가왈부하는 것이 적절치 못하다고 여기는 바입니다. 주세페 보타치 씨는 1학년을 2년 동안, 그리고 2학년은 3년 동안 다녀 초등학교 교육에 대한 실질적인 경험을 충분히 했다고 여겨지는 스미르초에게 임무를 넘기시오.

반대 성명서는 마을 전체에 대단한 물의를 일으켰다. 돈 까밀로는 종이에 이 성명서를 옮겨 적어 십자가의 예수님에게 가서 읽어드렸다. 돈 까밀로의 말을 듣고 난 예수님이 표정없이 말씀하셨다.

"돈 까밀로야, 이런 글을 적은 이가 어리석은 게다. 뻬뽀네의 다른 성명서 가장자리에 '얼간이' 라고 썼던 사람이 어리석었던 것처럼 말이다."

돈 까밀로가 반박했다.

"예수님. 이건 전혀 다른 사안입니다. 제 생각에는 다리가 한 짝밖에 없으면서 경보 경기에 참가하려는 사람처럼 어리석은 일 같습니다."

"돈 까밀로, 자신을 속이지 마라. 다리 하나가 없는 사람은 어쩔 수가 없다. 하지만 글을 모르는 사람은 배우면 되느니라. 글을 제대로 모르는 것은 단지 잘 배우지 못했기 때문이다. 만일 네가 이 글을 쓴 자를 알고 있다면 어리석은 짓을 했다고 가서 직접 말해 주거라."

돈 까밀로는 어쩔 수 없다는 듯이 양팔을 벌리며 말했다.

"말은 해보겠습니다. 하지만 자신이 옳다고 굳게 믿고 있는 자라서 설득하기는 어려울 것 같습니다."

"그렇다면 그자는 하느님의 법에 일치하지 않는 사람이로구나. 왜 내가 이런 말을 하는지 잘 알고 있겠지, 돈 까밀로."

"휴우, 예…. 제 생각이 또 틀렸단 말씀이죠…."

돈 까밀로가 침울하게 한숨을 내쉬었다.

뜻밖의 공격에 놀란 뻬뽀네는 곧바로 또 다른 선전 포고문을 써 붙였다.

반대파의 성명서에 답변합니다. 이 일에는 신경 끄고 자기가 맡은 임무에나 충실하라고 감히 말할 쑤이씁니다. 세상에는 두 가지 유형의 무지몽매한 사람이 존재합니다. 어쩔 수 없는 사정이 있어 교육을 제대로 받지 못한 사람과, 공부는 많이 했지만 아무것도 이해하지 못하는 사람입니다. 윗글을 쓴 사람은 후자 쪽입니다. 이는 마치 반들반들 윤이 나지만 구멍이 뚫린 구리냄비가, 낡았지만 멀쩡한 구리냄비를 비웃는 것과도 같습니다. 과연 어느 구리냄비에 죽을 끓이는 게 옳을까요?

돈 까밀로가 제단 앞에 무릎을 꿇고 기도를 올릴 때였다. 예수님이 돈 까밀로에게 빼뽀네가 대답한 내용을 읽었는지 물으셨다.

"네, 읽었습니다."

"그래, 반박하고 싶은 걸 잘 참아냈느냐?"

"네."

"계속 참아낼 수 있겠느냐?"

돈 까밀로는 모르겠다는 듯 양팔을 벌리며 부르짖었다.

"앞으로의 일은 예수님 손에 달렸습니다."

"나에게 달렸다니? 몇 시간 전 책상에 앉아서 쓴 신랄한 비판의 글은 네 오른쪽 호주머니 속에 있지 않으냐, 돈 까밀로. 그러니 앞으로의 일은 네 손에 달린 게다."

돈 까밀로는 호주머니에서 종이쪽지를 꺼내 양초 불에 태워 버렸다. 그리고 조심스레 덧붙였다.

"예수님, 선거가 다가오고 있습니다. 음…, 정치적으로 볼 때 이건 잘하는 짓이 아닌 것 같습니다."

"그럴 수도 있겠지. 하지만, 돈 까밀로. 선거에 대해서는 염려하지 마라. 나는 어느 정당에도 속하지 않으니 누구의 편도 아니다. 난 이미 오래전에 승리했다."

며칠이 지나자 성명서에 '말할 쑤이씁니다' 라고 썼던 빼뽀네의 실수가 사람들의 입에 오르내리기 시작했다. 돌이킬 수 없는 큰 실수였다. 삐뽀네는 거리를 걸을 때면 사람들의 눈치를 보며 진땀을 흘렸다.

한참 지나도 비웃음이 사그라지지 않자 삐뽀네는 잔뜩 독이 올랐다. 그래서 어느 날은, 술에 취해 주정을 부리며 돌아다니던 한 작자와 마주치고 시끄럽다며 몽둥이찜질을 해댔다. 하지만 그래도 분은 풀리지 않았다. 오히려 그 후로 사람들은 삐뽀네의 얼굴만 봐도 저 멀리서부터 도망가기 일쑤였다.

삐뽀네는 계속 이렇게 있다간 아무것도 해결되지 않으리란 걸 깨달았다. 그가 무력을 쓰면 쓸수록 어법에 맞지 않는 문장 실력이 점점 더 크게 부각될 뿐이었다. 삐뽀네는 마침내 좋은 방법을 생각해냈다. 초등학교 교육을 마치지 못했다는 비난을 가라앉히기 위해 근본적인 대책을 마련하기로 한 것이다.

그는 부하들에게조차 비밀로 한 채 중요한 결정을 내렸다. 그의 아내만이 삐뽀네의 이 거창한 계획을 알고 있었다. 삐뽀네는 매일 저녁 오토바이를 몰고 어둠 속으로 사라졌다. 자정 무렵 돌아오는 삐뽀네를 맞이하며 아내가 물었다.

"오늘은 어땠어요?"

"힘드네. 그래도 난 해내고 말 거야."

비밀스러운 외출은 3개월 반이나 계속되었다. 그리고 드디어 삐뽀네가 아내에게 큰소리로 외쳤다.

"됐어, 드디어 통과할 수 있게 됐어!"

"실패하면 어쩌죠?"

"성공해야만 해!"

"당신이 실패하면 놀려댈 사람들을 생각해봐요. 도시에서 하면 안 되겠어요? 거기서는 아무도 당신을 알아보지 못할 테니 실패해도 별일 없을 거예요."

뻬뽀네가 머리를 절레절레 흔들었다.

"아니야. 만약 내가 마을 밖에서 성공하면 무슨 속임수가 있었을 거라고 수군댈 거야. 사람들이 보는 앞에서 떳떳하게 합법적으로 해내야만 해. 내일 신청서를 내고 우리 마을에서 시험을 칠 거야!"

"신청서 쓰면서 실수하지 않도록 조심하세요!"

아내의 당부에 뻬뽀네가 아내를 쳐다보며 말했다.

"벌써 다 썼어. 신청서는 타자기로 쳤지. 도시 사람들이 해줬어."

"음, 뭔가 잘 될 것 같네요."

아내가 안심하며 말했다.

> 본인 주세페 보타치는…. 기타 등등…. 초등학교 졸업 검정고시를 치를 수 있도록 허락하여 주시기를 간청 드리는 바입니다….

이 소식이 마을에 퍼지자 원자폭탄에 버금갈 만한 엄청난 파문이 일어났다. 깜짝 놀라 눈알이 튀어나올 지경이 된 스미르초가 뻬뽀네의 집으로 단숨에 달려갔다.

"대장! 사람들이 모두 대장이 검정고시를 볼 거라며 수군거리고 난립니다!"

"사실이네. 왜, 뭐가 잘못됐나?"

"대장, 시험이 얼마나 어려운데요!"

"잘됐네, 뭐. 위기가 있어야 인생이 재미있지."

"대장, 시험에 떨어지면 끝장입니다!"

뻬뽀네의 뻔뻔한 표정을 앞에 두고 스미르초는 더 이상 할 말이 생각나지 않았다. 뻬뽀네는 신사답지 못한 몸짓으로 이쑤시개를 질겅질겅 씹으며 태연하게 말했다.

"내가 걱정하지 않는데 왜 자네가 난리인가, 스미르초?"

그동안의 뻬뽀네 행적을 보면 스미르초가 난리를 피우는 것이 당연했다. 그러나 지금의 뻬뽀네는 크게 달라져 있었다. 스미르초는 자신만만한 뻬뽀네의 표정에서 확신을 얻었다.

"대장. 그동안 정말 열심히 공부하셨나 봐요! 얼마나 돈을 쏟아 부었을까, 어휴!"

"아니야. 도시에서 하는 야간 수업에 다녔을 뿐인데, 돈은 무슨. 어른과 아이들이 다 같이 듣는 수업이었어. 열두 살 먹은 아이가 내 짝이었지. 마리오 지벨리라고 한 덩치 하는 애야. 일요일마다 한 번씩 우리 집에 놀러 오기로 약속했네."

"대단합니다, 대장! 전래동화에 나올 법한 감동적인 얘기네요!"

스미르초가 감격한 목소리로 외쳤다.

"현실이야말로 세상에서 가장 감동적인 드라마지!"

뻬뽀네가 잘난척하며 말했다.

"데 아미치스*와 데 시카**가 비록 서로 다른 세기에 태어나 살아가긴 했지만 두 사람 다 현실을 다뤘다는 점에서 훌륭한 인물들이지."

뻬뽀네의 말을 들은 스미르초는 마음을 놓고 자리를 떴다. 뻬뽀네 읍장이 지식인이 된 것이다.

"이제 대장이 개혁이나 부흥에 대한 신문기사를 쓴다 해도 놀랍지 않을 정도라니까."

스미르초가 호들갑을 떨며 브루스코, 비지오 그리고 다른 간부들에게 설명했다.

"배 아파할 사람들이 꽤 있겠어."

그랬다. 벌써 배가 아프기 시작한 사람이 있었다. 바로 돈 까밀로였다. 돈 까밀로는 뻬뽀네와 이야기를 나누고 싶어 안달이 났다. 무엇을 얼마나 알고 있는지 시험해 보고 싶어 참을 수가 없었다. 하지만 뻬뽀네는 돈 까밀로를 피해 다니기로 작정이라도 했는지, 도통 만날 수가 없었다. 이 때문에 돈 까밀로는 더

---

* 데 아미치스(De Amicis 1846~1908): 이탈리아의 소설가, 시인. 일기 형식의 아동도서 《쿠오레 Cuore》(1886)의 저자

** 데 시카(De Sica 1901~1972): 이탈리아의 영화감독. 대표작으로 《자전거 도둑》(1948)등이 있다.

욱 안달이 났다.

그러던 어느 날 뻬뽀네와 마주칠 기회가 생겼다. 사실 우연히 마주친 건 아니었다. 왜냐하면 돈 까밀로가 뻬뽀네의 작업장까지 찾아갔기 때문이다. 뻬뽀네는 평소와 달리 예의 바르게 돈 까밀로를 맞이했다.

"무엇을 도와드릴까요, 신부님?"

"그냥 지나가다 들렀네, 읍장 나리가 잘 지내는지 궁금해서 말일세."

"읍장 나리는 지금 없소. 몇 세기 전에 이 마을에 와서 보타치 일가를 일군 대장장이의 후손 주세페 보타치가 있을 뿐이오. 내 조상은 성직자의 재산을 부당한 수단으로 빼앗았다고 해서 목이 잘렸소. 나쁜 짓을 한 사람은 벌 받게 마련 아니오?"

돈 까밀로는 뜻밖의 말에 당혹스러워하며 그를 바라보았다.

"조상에 대한 이야기는 갑자기 왜 꺼내나?"

"신부님에 대한 경고요. 신부님도 인과응보를 당할 거란 말입니다. 부당한 수단으로 얻은 부를 내가 빼앗아 올 테니까."

"부당한 수단으로 얻은 부라니? 내가 돈이 있다면 이러고 있겠나? 팔자 좋게 여행이나 다니겠지!"

"돈을 얘기하는 게 아니오. 신부님은 사람들의 신뢰를 가로챘소. 그걸 다시 내가 가져올 거요."

대화는 점점 더 심각한 방향으로 흘러갔다. 하지만 돈 까밀로는 뻬뽀네의 실력을 탐색하고 싶은 생각 때문에 모욕을 꿀꺽

삼켰다.

“세상 이치가 읍장 나리 맘대로 되는 건 아니지. 그건 그렇고, 시험은 언젠가?”

“아, 뭐. 별거 아닌걸!”

빼뽀네가 대답했다.

“진짜 중요한 시험은 이 작업대 앞에서 매일 치르고 있소. 갈수록 성적이 나아진다고 말할 수 있지요.”

돈 까밀로는 자리를 떴다. 문 앞에 빼뽀네의 아내가 서 있다가 공격적으로 말을 건넸다.

“우리 남편 열 받게 하려고 오셨어요? 그이가 초등학교 졸업장이 없다고 더 이상 놀려댈 수 없게 될까 봐 안달이 나셨나 봐요, 신부님.”

“그렇지 않소. 아무튼 곧 다시 봄세!”

돈 까밀로는 풀이 죽어 집으로 돌아갔다. 제대 위의 예수님 앞에 선 돈 까밀로가 부르짖었다.

“예수님. 그 몹쓸 인간이 보기 좋게 시험에서 떨어졌으면 좋겠습니다!”

“그건 내 분야가 아니라서 잘 모르겠구나, 시험관들이 결정할 일 아니더냐.”

“예수님, 주님은 모든 곳에 계시잖습니까. 그 멍청한 작자가 쓸데없는 말들을 주워섬길 학교 교실에도 계실 거면서….”

돈 까밀로가 투정부리듯 말했다.

"물론 그렇지, 돈 까밀로. 나는 모든 곳에 있느니라. 여기서도 너의 어리석은 말을 듣고 있지."

돈 까밀로는 졌다는 듯 양팔을 벌리며 말했다.

"예수님께서도 저를 놀리시니, 요즘엔 도무지 살맛이 나지 않습니다!"

빼뽀네가 치르는 시험은 교육 위원회에서 담당했다. 이번 시험은 모든 것이 완벽하게 준비될 필요가 있었다. 시험 결과가 좋건 좋지 않건, 시험 응시자가 험악한 공산당 읍장이어서 시험이 어쨌다는 말이 나올 가능성이 충분했다. 그래서 학교의 교장과 다른 마을에서 불러온 중년의 남자 선생 그리고 나이 든 엄격한 여선생으로 이루어진 위원회가 구성되었다.

빼뽀네는 자신만만해하며 염려하는 기색을 전혀 보이지 않았다. 시험에 거뜬히 붙을 거라고 확신하고 있었다. 드디어 다음날로 시험이 확정되었다는 통보를 받자 빼뽀네가 기분 좋게 외쳤다.

"드디어 때가 됐구나! 기다리느라 지겨웠는데 말이야!"

빼뽀네는 그날 저녁 최상의 컨디션으로 잠자리에 들었다. 그리고 다음 날 아침, 전날보다 더 기운에 넘쳐 자리를 박차고 일어났다. 그는 축제 때나 입는 옷으로 쫙 빼입었다. 만년필에 잉크를 채우고 잘 써지는지 알아보기 위해 글자도 써보았다. 그리고 아침 8시에 집을 나섰다.

빼뽀네의 아내가 말했다.

"학교 앞까지 데려다 줄게요!"

"말도 안 되는 소리 마!"

"아이가 무슨 일이 있어도 같이 가겠다고 성화예요!"

"아니, 누굴 구경거리로 만들 참이야? 내가 진짜 초등학교에 다니는 애인 줄 알아? 망신스럽게 굴지 마! 마을 사람들이 창문 뒤에 숨어 다 지켜보고 있을 텐데!"

빼뽀네는 혼자 길을 떠났다. 하지만 학교 앞에 도착했을 때 얼굴이 시뻘게진 아내와 아이를 볼 수 있었다. 급하게 먼저 뛰어와서는 울타리 뒤에 숨어 그를 기다리고 있던 것이다.

학교 안으로 들어가기 위해 층계를 올라가는 빼뽀네에게 그들이 손을 흔들어 보였다. 빼뽀네는 어깨 뒤로 손을 감춘 채 '안녕, 잘하고 올게' 하고 답례하듯 고개를 끄덕여 보였다.

위원회가 예의를 갖추어 그를 맞이했다.

교장이 말했다.

"편히 앉으시죠. 읍장님께선 수학 필기시험과 작문 시험을 치르시게 됩니다. 시험 시간은 정각 오후 1시에 종료됨을 알려 드립니다."

빼뽀네의 앞에 도장이 찍히고 서명이 날인된 넉 장의 종이가 주어졌다. 두 장은 연습용이고 두 장은 정답 제출용이었다.

"자, 그럼 시작할까요?"

빼뽀네가 자리에 앉아 두툼한 손으로 펜을 집어 들자 교장이 물었다.

"그럽시다."

뻬뽀네가 대답했다.

"문제를 받아 적으십시오. '가로 1미터, 세로 1.5미터짜리 바닥을 가진 평행육면체 형태의 통 하나를 두 개의 수도꼭지로 물을 채운다. 첫 번째 수도꼭지는 1분당 30리터의 물을 그리고 두 번째 수도꼭지는 1초당 20리터의 물을 쏟아 붓는다. 30분에 통의 5분의 2를 채울 수 있다. 그렇다면 통을 가득 채우는 데 얼마만큼의 시간이 필요한가? 그리고 통의 높이는 얼마나 되는가?' 이상입니다."

뻬뽀네는 '두 번째 수도꼭지를 열었을 때'까지는 성실하게 받아 적었다. 그 이후 천천히 그의 손이 떨리기 시작했다.

"엊저녁에 망치질을 너무 심하게 했구먼. 피곤한지 손이 떨리는걸."

뻬뽀네가 중얼거렸다. 수학 문제를 다 받아 적자 다음은 작문 문제였다. 나이 든 여선생이 말했다.

"작문 주제입니다. '살아오면서 겪었던 일 중 특별히 인상적인 사건 하나에 대해 얘기하시오.' 이상입니다."

뻬뽀네는 손이 점점 심하게 떨리는 바람에 문제를 간신히 받아 적었다. 손수건으로 이마에 흐르는 땀을 훔친 그가 두 장의 종이를 뚫어지라 쳐다보았다. 그리고 문제를 다시 읽어보았다.

'평행육면체라…. 도대체 이놈의 평행육면체가 뭐람?'

빼뽀네는 2분 전만 해도 모든 것을 완벽하게 알고 있다고 생각했었다. 그런데 지금은 도대체 아무 생각도 나지 않았다. 5분의 2라는 숫자와 수도꼭지가 그를 극도로 당황하게 했다. 평행육면체 5분의 2를 어쩌란 소리지? 아니, 그런데 다른 수도꼭지는 계속 물이 흐르는 중이란 말인가?

머릿속이 텅 비어버린 것 같았다. 작문 주제를 읽어보았다. 사건? 무슨 사건들이 일어났었지? 사건이 뭐지? 사건을 어떻게 얘기하란 거지?

야간 수업을 떠올렸다. 지난 3개월 반 동안 들었던 유용한 표현들을 기억해내려 애썼다. 그러나 단어 하나조차 떠오르지 않았다. 울타리 뒤에 숨어 그를 배웅하던 아내와 아이를 생각하자 마치 심장이 오그라드는 것만 같았다.

교실 구석에 놓인 의자에는 세 명의 시험관들이 대리석으로 만들어진 조각상처럼 꼼짝 않고 앉아있었다. 빼뽀네가 다시 이마의 땀을 닦았다.

종탑의 시계가 10시를 알렸다.

빼뽀네는 화들짝 놀랐다. 잘못 들었나 싶어 확인하기 위해 창문 밖을 내다보았다. 종탑의 시계도, 교실 안의 시계도 모두 10시를 가리키고 있었다.

이제 막 문제를 받아 적었을 뿐인데 벌써 1시간 반이 지나버렸다니! 그리고 두 개의 저주받을 수도꼭지는 평행육면체 안에 계속 물을 쏟아 붓고 있었다.

늙은 문지기 노파가 사제관에 새 소식을 가지고 도착했다.

"신부님, 내 두 눈으로 똑똑히 봤다우! 한 시간 반째 진땀을 흘리며 시험지만 뚫어지라 쳐다보고 있던걸. 열이 끓기라도 하는 것처럼 진땀을 흘리면서 말유. 아직까지 단 한 글자도 쓰지 못하다니 말이 되우?"

돈 까밀로는 눈을 감고 느긋하니 기분 좋게 노파의 보고를 들었다.

"그럼 그렇지! 그렇게 거드름을 피우더니 꼴좋군!"

"여덟 살 먹은 애 같습디다! 학교에 혼자 오긴 했는데 알고 보니 안사람이랑 애가 뒤따라 왔더라니까요. 여자랑 애가 울타리 뒤에 숨어 있더라고요. 학교 안으로 들어갈 때 신나서 손 흔들고 난립디다. 에구, 불쌍한 애기, 쯧쯧쯧!"

잠시 후에 다시 오겠다며 문지기 노파가 자리를 떴다.

그리고 11시에 다시 나타난 노파는 더욱더 흥분해서 떠들기 시작했다.

"아까랑 똑같수. 진땀을 흘리며 답안지만 뚫어지라 쳐다보고 있다우. 두 시간만 있으면 시험시간이 끝나는데. 안사람이랑 애도 울타리 뒤에 꼼짝 않고 서서 기다리고 있습디다. 기다리느라 초조한지 안사람 되는 이가 초조해서 손수건을 물어뜯고 난리에요. 신부님이 그 모습을 한 번 봐야 하는데! 그 잘난 척하던 작자가 얼마나 초라해졌는지 말이에요!"

돈 까밀로는 빼뽀네의 비참한 모습을 구경하고 싶어 더 이상 자리에 앉아 있을 수가 없었다.

11시 반이었다. 종이 두 번 울렸다. 빼뽀네는 한 시간 반 밖에 남지 않았다는 것을 깨달았다. 바로 그 순간 문지기 노파가 문을 두드리며 교장을 불렀다.

교장이 복도로 나가자 돈 까밀로가 그를 기다리고 있었다.

"실례합니다."

돈 까밀로가 말했다.

"아무리 시험을 치르는 중이라 해도 읍장은 읍장이지요. 도시에 있는 병원에서 즉각적인 치료를 받아야 하는 사람이 생겼는데, 읍장의 서명이 없어서 위급한 상황에 빠져 있소."

돈 까밀로는 교장에게 공식 작성된 서류 한 장을 내밀었다.

"부탁드립니다. 읍장께 전해주세요."

"규, 규칙에 어긋나는 일이라…."

갑작스러운 상황에 당황한 교장이 말을 더듬었다.

"그렇군요, 물론 초등학교 졸업시험은 규칙에 벗어나지 않게 치러져야 하지요. 하지만 그 때문에 불쌍한 한 여인이 목숨을 잃게 된다면 그 책임은 누가 져야 할까요? 읍장이 서명하는 시간이 시험에 큰 영향을 끼친다고 생각하지는 않소만…."

교장은 돈 까밀로의 말에 어깨를 움찔했다. 그리고 작은 목소리로 말을 이었다.

"그런데 신부님. 사실 읍장님은 땀 흘리는 것 외엔 한 게 없습니다. 땀 흘리기 시험이기라도 보는 것 같아요!"

돈 까밀로가 미소를 지었다.

"모든 학생이 시험을 칠 땐 그렇죠. 밖에서는 용감무쌍하지만 교실에서는…."

교장은 뒤로 돌아서 교실 안으로 향했다. 그러다 걸음을 멈추고 말했다.

"읍장님을 여기로 내보내죠. 신부님이 직접 말씀하세요. 적어도 교실 문은 열어두어야 하지만…."

돈 까밀로는 뻬뽀네의 초라해진 몰골을 보기 위해 잠시 그 자리에 서 있었다. 교장에게 설명을 들은 뻬뽀네가 천천히 자리에서 일어나 복도로 나오자 돈 까밀로가 그에게 말했다.

"미안하네, 읍장 동지. 너무 급한 일이어서…."

뻬뽀네는 종이를 받아들고 읽었다.

"'보호자와 연고자가 없는 미망인 파테리 안젤리나는 다음 내용에 따라….' 나는 파테리 부인을 위해 아무것도 해줄 수 있는 게 없다고 이미 말했소."

뻬뽀네가 서류를 돈 까밀로에게 되돌려주며 말했다.

"이 안은 이미 보름 전에 내 손을 거쳐 간 거요."

돈 까밀로가 쾌활한 어조로 대꾸했다.

"보름 전엔 상황이 달랐지! 여기 이 부분을 좀 읽어보시게. 보증된 진료소 의사의 소견서가 적혀있고 그 아래엔 서명까지 되어 있네!"

그때, 교장이 교실 밖으로 목을 빼꼼히 내밀며 소리쳤다.

"읍장님, 특별한 경우에 해당하는 것인 만큼 이 일을 취급하는 시간을 고려해 드리겠습니다. 귀하께서 교실 밖으로 불려나온 순간부터 위원회에서 시간을 재지 않고 있어요."

돈 까밀로가 끼어들어 대신 말했다.

"감사합니다. 작문과 수학 시험을 치르는데 혹시 누를 끼치지는 않았나 심히 염려되는군요."

뻬뽀네는 이를 악물고 돈 까밀로를 노려보았다.

"자, 그럼, 읍장 나리. 서두르시게."

뻬뽀네는 종이를 다시 펼쳐 인지와 의사의 서명이 된 다른 서류를 뒤적여 찾아 읽었다.

'아래에 적힌 파테리 안젤리나는 아주 위급한 상태라 즉각적으로 외과 수술을 받아야 할 필요가 있습니다. 자넨 지금으로부터 10분 후에 뒷간으로 가게.'

뻬뽀네는 잘못 본 게 아닌가 싶어 마지막 두 줄을 다시 읽었다. 분명히 그렇게 쓰여 있었다. 뻬뽀네가 고개를 들고 물었다.

"아니, 왜?"

"의사가 그리 말한다면 그리해야만 하는 거지."

돈 까밀로가 대답했다.

"서명해주게, 부탁일세."

뻬뽀네는 서명을 한 뒤 교실 안으로 돌아가며 서류를 돈 까밀로에게 되돌려주었다. 뻬뽀네가 자리에 앉자 시험 감독 위원회가 정확한 시간을 기록했다.

돈 까밀로가 교장에게 감사를 표한 뒤 작은 목소리로 그에게 말했다.

"얼핏 보기엔 멍청해 보이지만 사실은 그 반대요. 굉장히 똑똑한 사람인데 뜸을 좀 들이지."

"뜸 들이는 데 한참 걸리네요, 신부님!"

교장이 웃으며 대답했다. 다시 시간이 지났다. 갑자기 뻬뽀네가 오른손을 들어 검지와 중지를 세웠다.

교장이 말했다.

"화장실을 가고 싶으시면 다녀오시지요. 혹시 담배 한 대 피우고 싶으시면 그렇게 하셔도 됩니다. 그동안의 시간은 셈하지 않겠습니다."

뻬뽀네가 복도 끝에 있는 화장실을 향해 발을 질질 끌며 걸어갔다. 비좁은 복도 양편으로 교실들이 있고 창밖으로 채소밭이 보였다.

"휘-익!"

화장실에 도착하자 창문 철책 너머에서 휘파람 소리가 들려왔다. 창문 아래 쌓인 짚과 덤불 더미에서 들리는 소리였다.

"떨어져, 멍청한 작자야! 담배를 피워 물고 아무 일도 없는 척하란 말이야! 빨리, 문제가 뭔가?"

뻬뽀네가 입 한쪽에 담배를 물고 뻑뻑 피우며 말했다.

"평행육면체, 물통, 가로 1미터 세로 1미터 반."

"뭐가?"

짚 덤불 더미가 작은 목소리로 물었다.

"통 바닥. 두 개의 수도꼭지. 하나는 분당 30리터. 다른 건 초당 20. 그런데 30분이면 물통의 5분의 2를 채운다."

"문제가 뭔데?"

"두 개의 수도꼭지로 몇 분 만에 물통을 채울 수 있나. 평형육면체의 높이는 얼마인가."

"이런 멍청이! 어린애들도 풀 수 있는 쉬운 문제잖아!"

짚 덤불 더미가 빼뽀네에게 재빠르게 식을 설명하고 물었다.

"알아듣겠나?"

"아니, 하나도 모르겠지만 그냥 내 알아서 하겠소."

"그다음!"

빼뽀네가 무슨 소리인지 알아듣지 못하고 아무 말도 않자 돈 까밀로가 다그치며 다시 물었다.

"작문 주제 말이야! 뭔가?"

"살아오면서 특별히 인상적인 사건 하나에 대해 얘기하기."

"그건 자네가 알아서 해야지! 자네 사건을 내가 무슨 수로 알겠나?"

"그동안 무슨 일이 있었는지 도무지 아무 기억도 나지 않소. 무슨 얘기를 해야 할지 모르겠소."

짚 덤불 더미가 빼뽀네에게 한 가지 주제에 대해 조언을 했다. 그리고 빼뽀네는 교실로 돌아갔다.

빼뽀네는 짚 덤불 더미가 얘기해 준 것을 곰곰이 생각했다. 그러다가 드디어 실마리를 찾아 뭉친 실타래를 풀어나가듯 수학 문제 답안지를 써 나가기 시작했다. 그다음에는 작문 시험지를 펴고 짚 덤불 더미가 조언해준 주제에 대한 사건을 적어가기 시작했다. 땀을 흘리는 것은 여전했지만 이번엔 다른 종류의 땀이었다. 손도 계속 떨리고 있었지만 이 또한 전혀 다른 종류의 떨림이었다.

교장의 목소리가 그를 방해했다.

"처음 쉬는 시간과 두 번째 쉬는 시간에 중단됐던 시간을 각각 10분씩 더해 20분의 시간이 남아있음을 알려드립니다."

빼뽀네가 다시 당황하기 시작했다. 20분 안에 수학문제와 작문을 연습지에서 정답지에 제대로 옮겨 적으라고? 도움이라도 청하는 듯 주변을 돌아보던 그의 시선이 종탑의 시계에 머물렀다. 빼뽀네가 부르짖었다.

"아직 1시도 안 됐어! 1시 20분 전이잖아!"

교실 안에 걸린 시계는 1시를 가리키고 있었다. 빼뽀네가 기운차게 말했다.

"여러분, 미안하오. 그런데 난 저 종탑 시계에 맞춰 이 안에 들어왔소. 그러니 종탑 시계에 맞춰 나가겠소."

그 시간 동안 딱히 별다른 답이 나올 것 같지 않다고 생각한 교장이 그의 말에 수긍하며 말했다.

"당연한 말씀이십니다. 그렇게 하십시오."

빼뽀네는 수학 답안을 옮겨 적고, 작문을 옮겨 적기 시작했다. 그리고 종탑의 시계가 오후 1시 18분을 가리키자 답안지를 제출했다.

다락방에서 쌍안경으로 망을 보던 돈 까밀로는 학교 층계창에 빼뽀네의 모습이 보이자마자 종탑으로 달려갔다.

"자, 이제 20분 늦은 걸 다시 돌려놓아야지."

시계를 맞추며 돈 까밀로가 말했다. 다시 다락방으로 돌아온 그는 빼뽀네가 울타리를 뛰어넘어 아내와 아이와 함께 들판을 가로질러 집으로 가는 것을 지켜보았다.

"쯧쯧쯧, 불쌍한 가족이로군!"

돈 까밀로가 중얼거렸다.

"어디 내일 시험에도 오늘처럼 도와줄 사람이 있는지 두고 보자!"

다음날은 구두시험이 있었다. 예상외로 빼뽀네는 혼자서도 꽤 잘해냈다. 시험이 끝나자 교장 선생이 빼뽀네에게 말했다.

"좋은 소식을 알려드릴 수 있어서 무척 기쁩니다. 필기시험 준비도 완벽하게 하셨을 뿐 아니라, 놀라운 순발력과 감각으로 말하기 시험을 잘 치르셨습니다."

교장과 시험 감독관들은 빼뽀네의 시험 합격을 만장일치로 발표했다. 빼뽀네는 아내와 아이와 함께 집으로 돌아갔다. 이번에는 들판을 가로질러 가는 것이 아니라 위풍당당하고 의기양양하게 거리 한복판을 지나 집으로 돌아갔다.

사제관 앞을 지나다가 시가를 피우고 있는 돈 까밀로를 보자 뻬뽀네는 가족과 떨어져 돈 까밀로를 향해 걸어왔다.

"졸업시험엔 붙었나?"

돈 까밀로가 물었다.

"붙었소."

뻬뽀네가 무뚝뚝하게 대꾸했다.

"흥, 그런데 작문 주제로 내가 첫 영성체 하던 날에 대한 걸 힌트로 주다니, 늘 그렇듯이 남의 약점을 들추었어! 무방비 상태의 사람을 이용해 먹다니…."

"생각해 보니까 내가 정말 너무했군."

돈 까밀로가 그의 말에 동의했다.

"당에서 알면 그 작문을 트집 잡아 자네를 쫓아낼 테고, 그럼 자네의 정치인생도 끝이겠구먼. 교육열 때문에 쪽박 차게 생겼네, 읍장 나리."

*

중앙 제단 앞을 지나던 돈 까밀로를 예수님이 부르셨다.

"어제 오전에는 어딜 갔었느냐, 돈 까밀로. 한참 동안 보이지 않더구나."

"예수님."

돈 까밀로가 불평했다.

"부탁입니다, 지금은 기다려 주십시오. 나중에 다 값을 치르겠습니다."

예수님이 한숨을 내쉬셨다.

"넌 운이 좋구나, 돈 까밀로. 네가 여기저기 선행을 베풀어 두었으니 나중에 네가 너의 몫을 내야 할 때 신용대출 해 줄 자들이 많겠구나."

"저희에게 잘못한 이를 저희가 용서하오니 저희의 죄를 용서해 주옵소서."

돈 까밀로가 양팔을 벌리며 말했다. 그때, 울타리 뒤에 숨어 빼뽀네를 기다리던 빼뽀네의 아내와 아이의 모습이 머릿속을 스쳐 지나갔다. 돈 까밀로가 분명하게 말했다.

"예수님, 그 두 사람을 위해 한 일이었습니다!"

"그들 세 사람을 위해서겠지."

예수님은 부드러운 목소리로 정정하셨다.

"글쎄요. 한 명을 더해도 결국 따지고 보면 다 그게 그거죠."

돈 까밀로가 결론지었다.

종이호랑이

사제관에 딸린 채소밭에는 청포도 나무 한 그루가 심겨 있었는데, 돈 까밀로는 이 청포도라면 사족을 못 썼다. 그래서 누군가 부지런히 자신의 소중한 포도를 따먹는 걸 발견하고는 깜짝 놀라 그 자리에서 펄쩍 뛰어올랐다. 돈 까밀로는 약탈자가 누구인지 알아내려고 부엌 창문 가에 몸을 숨기고 한참 동안 관찰하고 있었다.

서리꾼은 좀처럼 얼굴을 드러내지 않았다. 그의 뒷목덜미가 연신 실룩거리는 것을 봐서는 엄청난 속도로 포도를 먹어치우고 있는 게 틀림없었다. 가만히 있다가는 포도가 몽땅 사라질 판이었다. 인내심을 잃어버린 돈 까밀로는 부엌을 뛰쳐나왔다.

그러고는 채소밭을 향해 민첩하게 걸음을 옮겼다. 마침 트랙터 한 대가 시끄러운 소리를 내며 근처를 지나가고 있었기 때문에 들키지 않고 서리꾼 곁으로 다가설 수 있었다.

"웬 놈이냐!"

돈 까밀로가 고함을 질렀다. 서리꾼은 놀란 기색도 없이 느긋한 모습으로 고개를 돌렸다. 스미르초였다. 돈 까밀로는 하도 어처구니가 없어서 그를 빤히 쳐다보았다.

"대체 여기서 뭐하는 겐가?"

"그냥 지나던 길에 포도나 좀 따 먹으려고 잠시 멈췄는데…. 신부님 겁니까?"

"사제관 채소밭 안에 심겨 있으니 당연한 일 아닌가?"

"아, 내 생각에 몰두하느라 미처 알아채지 못했어요."

돈 까밀로는 기가 막힌다는 듯 혀를 내둘렀다.

"그래? 너무 깊이 생각하느라 철조망 울타리를 넘고 있다는 걸 모를 정도로 말이지?"

"울타리를 타고 넘어 온 건 아닌데…."

손에 쥐고 있던 포도를 입에 마저 털어넣으며 스미르초가 우물거렸다. 믿는 구석이라도 있는지 너무나 태연한 모습이었다. 그러다 갑자기 그의 몸이 땅에 꺼지듯 포도나무 아래로 사라져 버렸다. 도마뱀처럼 풀숲 한가운데로 민첩하게 몸을 날린 것이다. 그가 사라진 지점에는 철조망이 땅에서 두 뼘 정도 말려 올라가 있었고, 아래로는 커다란 개구멍이 나 있었다. 스미르초가 그곳으로 뛰어드는 데는 불과 몇 초도 걸리지 않았다.

그러나 돈 까밀로는 애지중지하는 포도를 훔친 도둑을 호락호락 보내줄 위인이 아니었다.

스미르초가 뛰쳐나감과 동시에 바로 몸을 날려 그의 다리 한 짝을 움켜잡았다. 다리를 힘껏 잡아당기자 스미르초가 바둥거리며 끌려 나왔다.

"뭐, 따지고 보면 자네 말도 딱히 틀린 건 아니로군."

잔뜩 움츠러든 스미르초를 거칠게 끌어 올려 세우면서 돈 까밀로가 말했다.

"이 안으로 들어올 때 철조망을 뛰어넘은 건 아니었구먼. 하지만 들어오는 건 쉬웠어도 나가는 건 맘대로 못할 거야. 그 잘난 자네의 러시아 동지들이 철조망 너머로 구출용 헬기라도 보내주면 모를까!"

"신부님."

다리 한 짝을 잡힌 채로 짐승처럼 질질 끌려 나온 스미르초는 자못 처연하게 대답했다.

"어쩌다 벌어진 일을 정치 문제로 비화시키진 마십쇼."

"아, 그래? 주거침입죄도 모자라 절도죄까지 저지른 걸 어쩌다 벌어진 일이라고?"

"아니, 신부님! 너무 과장하는 거 아닙니까? 내가 무슨 도둑질을 했다고 그럽니까? 그저 저녁 끼니 전에 시장기나 가실까 해서 포도 몇 알 따먹은 것뿐인데! 가난한 인민들이 모두 자기 몫을 갖게 되는 노동자 혁명의 날이 오면 이깟 포도 몇 알 때문에 실랑이를 할 일은 없을 겁니다!"

스미르초가 구시렁대면서 변명을 늘어놓는 사이에 이미 돈 까밀로의 화는 가라앉아 있었다.

"이 봐, 스미르초."

돈 까밀로가 말했다.

"뭐, 그렇다면 이참에 아주 배를 채우고 가는 게 어때? 마침 우물에다 차갑게 식혀둔 백포도주도 한 병 있는데…. 어때, 같이 한 잔 할 텐가?"

살인적인 무더위가 계속되는 한여름의 오후였다. 돈 까밀로가 우물에서 포도주병을 꺼내 집 안으로 가지고 들어갔다. 스미르초는 그의 뒤를 따랐다. 병마개를 따고 부엌 탁자에 놓여 있던 두 개의 잔에 포도주를 따르자 스미르초가 물었다.

"신부님, 대체 무슨 꿍꿍이십니까?"

"스미르초, 난 그저 느긋하게 시원한 포도주 한 잔을 들이키고 싶을 따름이네. 입 다물고 거기 앉게나. 이렇게 푹푹 찌는 8월엔, 그것도 점심까지 먹고 난 다음이라면 재미없는 정치 이야기는 잠시 접어 두자고."

스미르초는 자리에 앉아 포도주를 한 모금 들이마셨다.

"아, 시원하다! 독이라도 탄 건 아니겠지요?"

스미르초가 포도주잔을 이리저리 들여다보며 물었다. 돈 까밀로는 더 이상 그의 말에 신경 쓰지 않았다. 그는 말없이 잔을 비우고 다시 포도주를 따르다가 뭔가 생각났다는 듯 주머니를 뒤졌다. 그러고는 주머니에서 꺼낸 시가를 반으로 잘라 절반을 스미르초에게 내밀었다.

"시가는 안 피웁니다. 담배만, 난 아무리 꽁초라도 담배만 피워요."

스미르초가 말했다. 돈 까밀로는 자리에서 일어나 서랍에서 담배 한 갑을 꺼내 스미르초 앞에 던졌다.

"이런 물건도 집안에 둘 필요가 있지. 세상에는 시가보다 담배를 더 좋아하는 멍청이가 있게 마련이거든."

스미르초는 사양하지 않았다. 눈앞에 포도주는 물론이고 담배까지 있으니 세상천지 부러울 것이 없었다. 다른 모든 일들이 하찮게 여겨지기까지 했다. 공산당도, 붉은 깃발도, 노동자 혁명도, 뻬뽀네도…. 잠깐, 뻬뽀네라고?

"대장이 내가 여기 앉아있는 걸 보면!"

조용히 포도주를 마시고 있던 스미르초가 갑자기 자리에서 펄쩍 뛰어올랐다.

그 모습을 본 돈 까밀로가 빙그레 웃으며 말했다.

"걱정하지 마. 난 고자질쟁이가 아닐세. 하긴…. 그러고 보니 서로 말을 안 한 지도 꽤 됐군. 자네한테만 하는 말인데, 솔직히 뻬뽀네와 나 사이가 이렇게 된 것이 좀 아쉬워. 뻬뽀네가 결점은 많아도 천성이 나쁜 사람은 아니거든. 오히려 그보다 더

못된 사람들도 세상엔 부지기수지. 자네 같은 공산주의자들을 빼고도 말이네."

스미르초는 아무런 대답 없이 포도주를 한 모금 삼켰다. 그러고는 한숨을 내뱉었다.

"후우…."

씁쓸함이 섞여 있는 탄식이었다. 잔을 채우던 돈 까밀로가 귀를 쫑긋 세웠지만 스미르초는 더 이상 말을 잇지 않았다.

"병이 비었으니 한 병 더 가지러 가야 하는데…. 저장실 창고 문이 바로 앞에 있는데도 왜 이리 꼼짝하기가 싫은지…."

"에이, 말 돌리시기는! 저한테 갔다 오라고 하십쇼. 백포도주로요, 아니면 적포도주로?"

스미르초가 자리를 털고 일어섰다.

"적포도주가 좋겠네."

"섞어 마시는 것보다는 계속 백포도주를 마시는 게 낫지 않겠어요?"

"그렇긴 하지만 살라미 소시지를 안주로 하려면 적포도주가 제격이잖나."

그 말을 들은 스미르초는 쏜살같은 속도로 사라지더니 포도주 한 병과 살라미를 들고 다시 모습을 나타냈다.

"빵은 저기 찬장 안에 있고, 도마랑 칼도 거기 있네."

돈 까밀로가 더위에 지친 목소리로 말했다.

오늘처럼 찌는 듯이 더운 날에는 돈 까밀로의 말마따나 뭔가 시원한 걸 마셔줘야 한다. 거기다 입맛을 돋우는 살라미가 곁들여지면 더할 나위가 없다. 먹음직스런 살라미를 자르는 스미르초를 바라보며 돈 까밀로가 말했다.

"이 봐, 스미르초. 내 자전거를 타고 가서 뻬뽀네를 잠깐 불러오지 그래? 이렇게 먹음직스런 살라미 앞에서는 제아무리 뻬뽀네라도 성질을 못 부릴걸?"

스미르초는 아무 말 없이 고개만 저었다.

"스미르초, 오해는 마. 오늘만큼은 못된 장난을 칠 생각이 추호도 없네. 그래, 솔직히 내일이 되면 서로 주먹을 들이대고 다시 상처를 입힐지도 모르지. 하지만 지금은 다 같이 둘러앉아 소시지 좀 나눠 먹겠다는데 그렇게 까다롭게 굴 필요는 없잖나. 아무리 내가 자네들과 정치적으로 반대편에 서 있다고 해도 항상 그 더러운 정치에 대해서만 머리를 굴리고 있는 건 아닐세."

스미르초는 다시 한 번 고개를 저었다.

"신부님, 그냥 대장은 내버려두고 우리끼리 마시면 안 되겠어요? 구구절절 변명을 늘어놓고 싶진 않아요."

돈 까밀로가 유심히 그를 바라보았다.

"오호라, 이제 보니 자네들 크게 싸웠나 보군? 난 미처 몰랐지. 그렇다면 없었던 일로 함세."

"싸운 게 아니오! 신부님, 난 대장하고 절대 다투지 않아요!"

"그래그래, 스미르초. 오늘은 다 잊고 마시자고! 오늘따라 정치 이야기가 더 재미없구먼."

그러나 스미르초는 어느 정도 취기가 오르자 자기가 먼저 빼뽀네 이야기를 끄집어내고 말았다.

"먼저, 분명히 말해 두는데 이건 정치 이야기가 아니라 사적인 문젭니다. 신부님 같은 사람에겐 별로 중요하지 않을지 모르지만, 나 같은 사람한텐 꽤 골치 아픈 일이에요."

돈 까밀로가 이해한다는 듯이 고개를 끄덕였다.

"마음이 아프군. 그 인간이 부하들한테까지 그렇게 못되게 굴 줄이야…. 자넨 남의 포도밭에 들어와 함부로 포도를 따 먹는 망나니이긴 해도 빼뽀네에게는 항상 절대적인 충성을 바치지 않았나. 친구로서 신의를 저버리다니, 빼뽀네 그 사람 정말 못쓰겠군."

스미르초가 항의하듯 말했다.

"딱히 대장이 잘못한 건 없어요. 다만 우리 둘 사이에 심각한 견해 차이가 생겼을 뿐입니다. 대장은 변했어요…. 어떻게 설명을 해야 알아들으시려나? 만일 신부님이 사이클 세계 챔피언의 친구라고 합시다. 서로 둘째가라면 서러울 정도로 그 친구와의 우정은 아주 좋습니다. 그런데 갑자기 사이클 세계 챔피언이, 모든 것이 헛되다고 말하고 경주를 그만둔다면 어쩌겠어요? 그럼 그 우정은 더 이상 이전과 같을 수가 없잖아요?"

"겉모양을 중요하게 생각하는 자네라면 아마 그렇겠지."

돈 까밀로가 대답했다.

"하지만 사람의 속마음이 중요하다고 보는 나로서는 그건 큰 문제가 아닐세. 왜냐하면 난 한 남자의 친구이지, 세계 챔피언의 친구가 아니니까. 어려울 때일수록 우정이 빛을 발하는 법 아닌가?"

"그건 당연하죠!"

스미르초가 부르짖었다.

"하지만 그가 세계 챔피언 자리를 내놓는 게 안타깝지 않으세요? 신부님 마누라가 이빨이 다 빠진 호호 할머니가 되었다고 상상해 보세요. 슬프지 않겠어요?"

돈 까밀로는 고개를 절레절레 저었다.

"이보게, 스미르초. 뻬뽀네가 사이클 세계 챔피언도 아닐 뿐더러 나에게는 마누라가 있지도 않네. 자네, 더위를 너무 심하게 먹은 거 아닌가?"

스미르초가 고함을 질러대기 시작했다.

"아 진짜, 도대체 사람 말귀를 못 알아들으시네!"

"자초지종을 제대로 설명한 뒤에 날 탓하라고!"

돈 까밀로가 퉁명스레 말했다. 스미르초는 포도주가 가득 찬 잔을 들어 단숨에 들이키고는 그간의 일을 다시 설명하기 시작했다.

"신부님, 모든 잘못은 아내에게 응접실을 다시 꾸미라고 부추긴 대장 때문입니다…."

8월의 숨 막히는 어느 날 오후였다. 찌는 듯한 더위에 이마에서 땀이 뚝뚝 떨어질 정도였지만 돈 까밀로는 긴장을 늦추지 않고 자리를 지키고 있었다. 한 시간이 넘게 뻬뽀네의 집 뒤에 서서 그 집으로 들어간 남자가 다시 나오기를 기다리는 중이었다. 드디어 원하던 순간이 왔다. 남자가 밖으로 나와 집으로 가기 위해 다시 자전거에 올라탄 것이다.

돈 까밀로가 그 앞을 막아서며 인사를 했다.

"안녕하신가, 동지."

뻬뽀네는 의심이 가득한 눈초리로 돈 까밀로를 쳐다보며 기분 나쁜 듯 대답했다.

"안녕하시오, 신부님."

돈 까밀로는 어깨를 움찔했다.

"내 나름대로 예의를 갖추고 인사를 드렸다고 생각했는데 읍장 나리는 그렇게 느끼지 못했나 보군."

"뭘 하든 예의랑은 거리가 먼 양반이 무슨 말씀이시오! 신부님은 남의 성질 건드리는데 선수시잖소."

뻬뽀네의 가시 돋친 대답에 돈 까밀로는 고개를 들고 하늘을 보았다. 그러고는 과장된 모습으로 부르짖었다.

"주님! 이 사람이 주님의 자녀가 맞습니까? 세상을 온통 정치적으로만 보고 있지 않습니까? 주님, 이 사람이 석양이나 일출 아니면 달의 월식을 볼 때면 무슨 생각을 할까요? 봄이 와서 벚나무에 꽃이 피는 걸 볼 땐 어떤 생각이 들까요? 분출하는 화산, 회오리치는 바다나 눈사태 같은 자연의 힘 앞에서도 이 사람이 정당이나 마지막 선거에 대해서만 잔머리를 굴려댈 수 있을까요?"

빼뽀네는 돈 까밀로가 쏟아내는 푸념을 잠자코 듣고 난 다음, 질 수 없다는 듯 입을 열었다.

"칫, 그런 식으로 날 평가하지 마시오. 오히려 정치적인 문제가 생길 때면 빠지지 않고 머리통을 들이미는 신부님이 들어야 할 소리 아니오?"

돈 까밀로는 치밀어 오르는 화를 꾹 누르며 말을 돌렸다.

"빼뽀네. 내가 마을에서 자네를 마지막으로 본 지 100년은 된 것 같구먼. 자네가 건강한 것을 보니 좋아서 난 그저 솔직하게 반가움을 표현한 것뿐인데 자네는 그것을 몰라줄 건가."

"신부님 마음이 진심인지 아닌지 내가 무슨 수로 알겠소?"

돈 까밀로는 말없이 걷기 시작했다. 빼뽀네도 자전거를 끌며 걸음을 옮겼다. 길에는 안개가 자욱하게 끼어 앞이 잘 보이지 않았다.

두 사람은 천천히 길을 걸어갔다.

얼마쯤 지났을까. 인적이 없는 길을 걸으며 단 두 사람만이 세상에 존재하는 듯한 묘한 분위기 탓도 있었을 것이다. 어느덧 빼뽀네는 마음속의 의심을 걷어 들이고 돈 까밀로와 이야기를 나누고 있었다. 이런저런 대화를 주고받는 사이에 그들은 사제관 앞에 도착했다. 자연스럽게 돈 까밀로는 백포도주나 한 잔 들고 가라며 뻬뽀네를 잡아끌었다. 뻬뽀네 역시 사양하는 건 초대받은 사람의 도리가 아니라고 생각했다.

그들은 포도주 한 병을 마시고 밖으로 나왔다. 돈 까밀로가 뻬뽀네에게 말했다.

"피치네 집에 가는 길에 자네 집까지 바래다주겠네."

그들은 지름길로 접어들어 좁은 오솔길을 걷기 시작했다. 저지대에 위치한 그 오솔길은 논밭에서 내보낸 물이 고여 온통 진흙탕투성이였다. 뻬뽀네의 집 앞에 도착한 돈 까밀로는 더위에 지쳐 쓰러질 지경이었다. 당연하게도 뻬뽀네는 목이나 축이고 가라며 돈 까밀로를 붙잡았다. 현관 입구에 있는 그늘이 시원해 보였기 때문에 돈 까밀로가 말했다.

"여기 좀 앉을까?"

"아니, 저쪽으로 갑시다."

저쪽이란 응접실을 말하는 것이었다.

바싸 마을 사람들이 '응접실'이라 부르는 그 방 안에는 대개 손님을 초대했을 때 사용하는 커다란 식탁이 있고, 세상을 떠난 친척들의 사진이 걸려 있으며, 경품으로 받은 싸구려 물건들과 선물이 놓여있다. 이런 물건들 때문에 응접실에 앉아 있노라면 마음이 편치 않고 우울한 기분에 빠지게 되어 사람들은 평소 이 방에 발을 들여놓지 않는다. 그런데 뻬뽀네가 지금 그 응접실 문을 연다는 것이다. 돈 까밀로가 말릴 틈도 없이 뻬뽀네는 응접실 문을 열어젖혔다. 그 순간 돈 까밀로는 깜짝 놀라 입을 쩍 벌리고 말았다.

스미르초에게 이미 들어 알고 있긴 했지만 이 정도일 줄은 몰랐다. 사방에 벽지를 새로 붙였고, 바로크풍의 커다란 장식등을 천장에 매달았다. 온통 새 가구가 들어차 있는 건 물론이고 창문에는 레이스 커튼까지 드리워져 있었다. 굉장히 멋졌다. 바닥에 깔린 매끈한 대리석 장식은 크리스털처럼 반짝거렸다. 믿기지 않을 정도로 부드럽고 투명하고 깨끗했다. 돈 까밀로는 쉽사리 안으로 들어설 엄두를 내지 못했다.

"자, 어때요?"

뻬뽀네가 물었다.

"오! 정말 멋지군. 이렇게 근사하게 최신식으로 꾸민 응접실이라니. 도시에 있는 저택에서도 찾아보기 힘들 거야."

"아, 그렇게 과장할 것까지야…."

뻬뽀네가 자랑스럽다는 듯 우쭐대며 말했다.

"자, 자. 너무 긴장하지 말고 한 발짝 내디뎌 보시구려."

돈 까밀로가 안으로 조심스레 들어서고 뻬뽀네가 그의 뒤를 따랐다. 그 순간, 사람이 내는 소리라고 믿기 어려울 정도의 새된 비명이 들렸다. 뻬뽀네의 아내였다. 그녀는 응접실 안으로 막 들어서려고 하는 뻬뽀네를 확 밀치며 문가에 막아섰다. 그러고는 진흙으로 엉망이 된 뻬뽀네의 신발을 공포에 떨며 바라보았다. 뻬뽀네의 아내는 다친 독수리나 냄직한 기괴한 비명을 지르며, 발작하듯이 한참동안 소란을 피워댔다.

빼뽀네가 어디론가 사라졌다. 잠시 후 다시 모습을 나타낸 빼뽀네는 발에 덧신을 신고 있었다. 그 우스꽝스러운 네모꼴의 덧신은 바닥의 광택을 유지하기 위해 도시의 한 부자가 발명한 것이었다. 돈 까밀로는 덧신을 신고 스케이트 선수처럼 비틀거리며 걷는 빼뽀네를 바라보았다. 그의 목에는 진한 붉은색 손수건이 둘러져 있고 헝클어진 머리는 이마에 달라붙어 있었다.

태양 볕에 그을린 얼굴과 자동차 기름때로 절은 시커먼 손을 가진, 한때는 그리도 강한 남자였던 빼뽀네의 모습이 지금은 우습다 못해 처량해 보이기까지 했다. 돈 까밀로는 종이호랑이 같은 빼뽀네의 모습에 우울한 기분이 들어 그를 비웃고 싶은 마음이 싹 달아났다. 돈 까밀로 역시 문가로 걸어가 놓여 있던 다른 덧신을 신었다. 그리고 반짝거리는 바닥 위를 스케이트 타듯 미끄러졌다.

바닥과 마찬가지로 반짝거리는 식탁 옆에 두 사람은 말없이 앉았다. 빼뽀네의 아내가 잔과 포도주 한 병을 쟁반에 받쳐 들고 다시 모습을 보일 때까지 그렇게 말없이 앉아있었다. 아내는 식탁 위에 물건들을 내려놓고, 잔 두 개를 포도주로 채운 뒤 이렇게 말하며 자리를 떴다.

"잊지 마요! 병은 쟁반 위에, 그리고 잔은 잔 받침대 위에!"

돈 까밀로는 포도주를 마신 뒤, 입을 대었던 자국을 소매로 문질러 닦았다. 그리고 나서 잔을 받침대 한가운데에 조심스레 내려놓았다. 둘 중 아무도, 무슨 말을 어떻게 꺼내야 좋을지 몰랐다. 그때 다행히도 스미르초가 누런 봉투를 휘둘러대며 문가에 모습을 나타냈다.

“대장, 당 상부에서 온 전보입니다.”

“이리 가져와!”

갑작스러운 스미르초의 등장에 뻬뽀네가 깜짝 놀라며 소리쳤다.

“아니, 그냥 여기에 둘게요.”

문가에 있던 푹신한 의자 위에 편지를 놓는 시늉을 하며 스미르초가 대답했다. 그 모습을 보자 뻬뽀네는 잘나가던 시절의 목소리를 되찾았다.

“스미르초, 어서 가져오란 말이다!”

뻬뽀네가 외쳤다.

스미르초는 잠시 머뭇거리더니 문지방 옆에 놓여 있던 세 번째 덧신을 신고 대장을 향해 조심스레 걸음을 옮기기 시작했다.

“앉아서 목이나 축이고 있어.”

빈 잔을 채우며 뻬뽀네가 말했다. 스미르초는 어쩔 수 없다는 듯 입을 다물고 자리에 앉았다.

“잊지 마! 병은 쟁반 위에, 그리고 잔은 잔 받침대 위에!”

레이스 천 장식이 달린 잔 받침대를 스미르초에게 내던지며 뻬뽀네가 고함을 질러댔다. 뻬뽀네는 전보를 읽은 뒤 호주머니에 집어넣었다. 그러고 나서 잔을 단숨에 비웠다. 한동안 조용히 침묵이 흘렀다.

마침내 빼뽀네가 입을 열었다.

"비록 노동자 혁명의 날이 온다 해도 우리 집에서는 덧신을 신어야 할 거요."

"그 급전에 혁명이 왔다고 쓰여 있나?"

돈 까밀로가 물었다.

"아니, 이 전보는 다가올 선거에 대한 이야기요! 우리가 크게 승리할!"

상대편과 싸워서 이미 크게 이기기라도 한 듯 자신 있는 목소리로 빼뽀네가 대답했다. 대장의 위풍당당한 대답을 들은 스미르초는 덩달아 기분이 좋아져 금세 용기백배해졌다.

"그럼요, 대장!"

스미르초가 아부하듯 덧붙였다.

한 번 사는 인생인데

문을 연 도라도니의 아내는 돈 까밀로가 앞에 서 있는 것을 보고 깜짝 놀랐다.

"어머, 신부님 아니세요?"

그녀가 놀라서 말했다.

"그래 날세, 왜? 내가 못 올 데라도 왔나?"

"이 추위에, 눈이 이렇게 내리는데 사제관에서 여기까지 어떻게 오셨어요?"

"마차를 타고 왔지. 그나저나 남편은 집에 있는가?"

돈 까밀로가 널찍한 부엌으로 들어서며 도라도니의 아내에게 물었다. 여인이 유감스럽다는 표정을 지으며 대답했다.

"남편한테 할 말이 있어 오셨어요? 죄송해서 어쩌죠? 오늘 아침 일찍 소 세 마리를 끌고 시장에 갔는데 저녁에야 돌아올 거예요. 아들도 아버지를 따라가서 집엔 저 혼자예요."

"도라도니에게 할 말이었지만 부인에게라도 전할 수 있으니 그나마 다행이구먼…."

돈 까밀로가 중얼거렸다.

"나귀한테 먹일 밀이 좀 필요하네. 좀 도와줄 수 있겠는가?"

"신부님. 저희도 조금밖에 남지 않아서 20킬로그램 정도밖에 드릴 수가 없어요."

여인이 안타깝다는 듯 대답하자, 돈 까밀로는 별말을 다 듣겠다는 듯이 양팔을 벌렸다.

"적다고? 다들 이 집처럼 그 정도씩만 내준다면 다행이게!"

"남들도 자기 능력껏 하겠죠."

돈 까밀로가 주머니에서 종이와 연필을 꺼내는 동안에 여인이 말했다.

"도라도니네, 25킬로그램이라고 적으세요. 언제 보내드릴까요?"

"내 지금 마차를 끌고 왔네. 온 김에 직접 실어가도록 하지."

"힘드실 텐데요. 저는 관절염 때문에 도와드릴 수가 없어요."

여인이 걱정스레 말하자 돈 까밀로가 대답했다.

"걱정하지 말게. 난 관절염도 없고, 25킬로 정도의 밀이야 나 혼자서도 거뜬하게 옮길 수 있다네."

여인이 안내하자 돈 까밀로는 그녀의 뒤를 따라 곡식을 저장해두는 다락방으로 올라갔다. 창고를 겸한 다락방이었다. 열쇠로 문을 열며 여인이 말했다.

"신부님, 다락이 아주 지저분할 텐데 흉보지 마세요."

돈 까밀로가 대답했다.

"난 상관없네. 다른 것엔 눈도 안 돌리고 내가 가져갈 밀에만 신경을 쓰겠네."

여인이 말한 대로였다. 창고에 가 보니 밀 꾸러미는 어디 있는지 보이지도 않고 잡동사니들만 심하게 어질러져 있었다. 창고엔 원래 쓸데없는 물건이 잔뜩 쌓여 있게 마련이니까.

"아휴, 고물장수부터 먼저 불러야겠네요. 여기 널려있는 물건 모두 거저로라도 치워버려야겠어요."

여인이 한숨을 쉬며 말하자 돈 까밀로는 내심 반가워하며 물건더미를 뒤지기 시작했다.

"뭐 그런 거라면…. 저기 있는 난로를 고물장수에게 주는 대신 나에게 줄 수 있겠나? 유치원 복도에 갖다놨으면 싶군. 아이들이 복도에서 놀 때 너무 춥거든."

"다 망가진 건데요…."

여인이 말했다.

"다시 수리하면 쓸 수 있을 거야."

"신부님이 당장에라도 가져가시면 저야 반갑죠."

돈 까밀로는 잠시도 머뭇거리지 않고 먼지가 잔뜩 쌓인 지저분한 난로를 끄집어내 자루 안에 넣었다. 그러고는 거뜬하게 밀 25킬로그램과 같이 아래로 가지고 내려와 여인에게 작별인사를 건넸다.

“정말 고맙네. 자루는 며칠 안에 다시 갖다 주겠네.”

“밀을 담은 것만 돌려주시면 돼요. 난로를 담은 자루는 더 이상 필요 없는 폐품이니까 그냥 가지세요.”

짐을 다 실은 돈 까밀로는 마차를 돌려 길을 나섰다. 집집마다 들러 밀을 조금씩 더 얻어왔기 때문에 주변이 완전히 어두워진 뒤에야 사제관에 도착했다. 그는 얻어온 밀을 다 내리고 마차의 말을 풀다가 난로 일도 지금 마무리를 지어야겠다고 생각을 바꿨다.

‘변변치 못한 인간을 찾아가 내일 아침까지 고쳐달라고 해야 하겠군.’

돈 까밀로는 난로를 자루에서 꺼내 마차 위에 실은 뒤 ‘변변치 못한 인간’을 찾아 나섰다. 그 ‘변변치 못한 인간’은 아직 작업장에 남아 열심히 일하고 있었다.

“엉터리 대장장이 동무 계신가?”

작업장으로 조심스레 들어서며 돈 까밀로가 물었다.

“가게 문 닫았소!”

‘변변치 못한 인간’이 뒤도 돌아보지 않고 대꾸했다.

“아, 그러셔? 가게 문이 닫혔는데 내가 마술이라도 써서 들어왔을까?”

돈 까밀로가 놀리듯이 말했다.

“맘대로 들어왔잖소! 흥, 이제 아셨으면 나가 주시구려.”

빼뽀네가 퉁명스레 대꾸했다.

“그래 나가지. 그런데 이 난로를 두고 가겠네. 내일 아침까지 고쳐주게.”

빼뽀네가 낄낄거리며 말했다.

“신부님을 위해 내일 아침까지 고쳐 놓으라고요? 나한테 이걸 맡기고 엉덩이를 난롯불에 쪼이길 기다리다간 그 새 얼어 죽을 거요.”

“난로는 내가 쓸 게 아니라 유치원 아이들을 위한 걸세. 자네가 고칠 생각이 없다면 내 도로 가져가지.”

돈 까밀로가 그렇게 말하고 난로를 다시 들고 나가려 하자, 빼뽀네가 몸을 휙 돌리며 말했다.

“이젠 낡아빠진 난로까지 이용해서 사람을 정치적으로 궁지에 몰아넣을 생각이오?”

“정치는 접어두고 추위나 생각하세. 올겨울에 이 난로를 사용할 수 있게 고칠 궁리나 하게. 자네가 고칠 수 있다면 내일까지 찾으러 오겠네.”

“내일 아침 10시쯤에 들르시오.”

빼뽀네가 대답했다. 그는 돈 까밀로가 가 버리자 작업장의 셔터를 내렸다. 셔터는 시끄러운 소리를 내며 밤 공기를 갈랐다.

다음 날 아침 돈 까밀로가 종지기를 불러 난로를 찾아오라고

시키려던 참이었다. 바로 그때, 잔뜩 흥분한 도라도니가 미친 사람처럼 사제관 안으로 뛰어들어왔다.

"신부님, 나, 난로!"

숨이 넘어갈 듯 헐떡이며 도라도니가 소리쳤다.

"난로라니?"

"어제 우리 집사람이 드린 난로 말입니다! 어딨어요?"

"빼뽀네한테 갖다 맡겼는데. 지금쯤이면 다 고쳤을 걸세."

돈 까밀로가 말했다. 도라도니는 완전히 정신이 나간 사람 같았다.

"내 난로! 지금 당장 봐야 해요!"

그가 고함을 지르며 달려나갔다. 돈 까밀로도 재빨리 외투를 어깨 위에 걸치고 그 뒤를 쫓았다. 빼뽀네의 작업장 앞에서 도라도니를 겨우 따라잡았지만 그는 뒤도 돌아보지 않고 안으로 뛰어들어갔다. 한참 일하고 있던 빼뽀네는 갑자기 눈앞에 나타난 도라도니를 보고 어리둥절해하며 물었다.

"무슨 일이오?"

"난로! 신부님이 가져온 난로!"

도라도니가 고함쳤다.

"그리 열 낼 것 없네! 난로는 저기 다 고쳐 놓았으니까 말일세."

빼뽀네가 말했다. 도라도니는 난로에 다가가 난로 뚜껑을 열고 안을 들여다보았다. 그러다가 갑자기 난로를 번쩍 들어올려 뒤집어 흔들었다. 마침내 하던 짓을 멈춘 그는 시체처럼 얼굴이 하얗게 질린 채 뻬뽀네를 향해 몸을 돌리고 말했다. 힘이 다 빠진 목소리였다.

"내 물건…."

"자네 물건이라니?"

뻬뽀네가 물었다.

"난로 안에 넣어 뒀는데…."

도라도니는 금방이라도 눈물을 흘릴 것 같은 얼굴이었다.

"우리 집사람이 모르고 난로를 신부님에게 선물했단 말이야. 난 오늘 아침에 다락방을 찾아보고 나서야 난로가 없어진 걸 알았다고!"

뻬뽀네는 양팔을 벌리며 말했다.

"도라도니, 녹이 잔뜩 슨 난로 안에는 먼지만 가득 차 있었네."

"그럼 신부님은요?"

도라도니가 뒤늦게 쫓아온 돈 까밀로를 돌아보며 물었다.

"내가 뭘 찾아냈기를 바라나?"

돈 까밀로가 소리쳤다.

"뭔가 찾아냈다면 자네가 번거롭게 이럴 필요 없이 내가 먼저 갖다 줬겠지. 난로 안은 들여다보지도 않았네. 자네 부인이 내게 준 그대로 이리로 가져왔을 뿐이네."

도라도니는 접는 의자 위에 털썩 주저앉았다. 절망하는 표정이 역력했다.

"안에 뭔가 들어있었다면 자네 집에서부터 여기까지 가져오는 동안에 떨어졌을 수도 있지."

뻬뽀네의 말에 도라도니는 고개를 저었다.

"그럴 리 없어! 마누라 말로는 신부님이 자루에 넣어 난로를 가져갔다는걸. 자루에는 작은 구멍 하나 없었대."

뻬뽀네는 모자를 옆으로 돌려썼다.

"자루라니? 나에게 난로를 가져왔을 때 자루 같은 건 없었는데. 신부님, 안 그래요?"

"자루 안에 난로를 넣어 가져갔다고 우리 집사람이 분명히 말했다니까!"

도라도니가 주장했다. 돈 까밀로가 끼어들었다.

"진정하게. 누가 아니라 그랬나? 내 자네 집에서 난로를 가져올 때 자루 안에 넣었네. 그리고 우리 집에 와서 그 자루를 벗겨냈지."

뻬뽀네가 결론을 내렸다.

"그럼 이야기는 간단하네. 자루 안에 그 물건이 남아있거나 아니면 사제관에서 작업장으로 옮기는 도중에 떨어졌거나 둘 중 한 가지야."

도라도니는 초조해하며 돈 까밀로를 쳐다보았다.

"아직 그 자루를 갖고 있습니까?"

"당연하지. 잘 털어서 창고 안에 넣어두었네. 그 물건이 작은 거라면 자루 안에 남아있을 수도 있겠군."

돈 까밀로가 이렇게 말하자 도라도니가 머리를 쥐어뜯으며 부르짖었다.

"작다니! 이만큼 큰 뭉치인걸요! 1만 리라, 5천 리라, 그리고 1천 리라짜리 지폐로 된 100만 리라 뭉칫돈인데."

눈이 휘둥그레진 돈 까밀로와 뻬뽀네가 서로 쳐다보았다.

"아니, 자네는 100만 리라나 되는 큰돈을 다락방에 내팽개쳐진 낡은 난로 안에 두었다는 건가? 쥐라도 나와 다 갉아먹어 버리면 어쩌려고!"

뻬뽀네가 도라도니를 노려보며 외쳤다.

"쥐는 무슨! 돈은 철사로 꽁꽁 동여매어 양철통 안에 넣어 두었다고요! 그 통은 간신히 난로 안에 들어갈 정도의 크기여서 난로 뚜껑을 닫을 때도 잘 닫히지 않아 얼마나 애를 먹었는데. 아무리 난로를 뒤집어엎어도 저절로 빠져나올 수는 없어. 힘을 줘서 당겨야 겨우 빠질 정도였다고요!"

도라도니가 맞받아 외쳤다. 돈 까밀로는 고개를 절레절레 흔들었다.

"그럼 모든 게 간단해지는군. 그 돈다발은 옮기는 중에 저절로 난로 안에서 빠져나올 수 없다는 건, 나 아니면 뻬뽀네가 꺼냈다는 뜻이로구먼."

"제 말은 그게 아니고!"

도라도니가 대꾸했다.

"'누군가' 꺼냈을 거란 말이죠."

"내 분명히 말해두는데, 여기 와서는 남의 손을 탄 적이 없어. 나 혼자 난로를 청소하고 수리했네!"

뻬뽀네가 도라도니를 똑바로 바라보며 자신의 입장을 밝혔다. 돈 까밀로도 말했다.

"나도 마찬가질세. 자네 집에서부터 여기까지 오는 동안 난로는 나 혼자만 보고 만졌네. 그러니 경우의 수는 세 가지군. 내가 돈다발을 끄집어냈거나 아니면 뻬뽀네가 했거나 그것도 아니면 난로가 나한테 넘어오기 전에 다른 누가 손을 댔거나 말이야."

"그건 불가능해요! 돈은 내가 그저께 도시에 가 소 네 마리를 팔고 받아 온 겁니다. 집에 오자마자 난로 안에 집어넣었어요. 돈은 난로 안에서 몇 시간밖에 없었던 셈입니다. 내가 돈을 집어넣을 때부터 신부님이 난로를 가지고 갔을 때까지요. 내가 난로 안에 돈을 집어넣는 걸 본 사람은 아무도 없어요. 마누라와 아들 녀석은 이미 잠들어 있었으니까. 그리고 다락방 열쇠는 계속 내가 지니고 있다가 어제 아침 6시 반에 아들 녀석이랑 장에 가기 전에 마누라에게 주었어요. 아무에게도 그 열쇠를 넘겨주지 말라고 당부하면서요."

도라도니가 설명했다.

"난 자네 집에 오후 2시경에 갔었네. 혹시 아침 6시 반부터 오후 2시 전까지 누가 자네 부인이 알아채지 못하게 열쇠를 가지고 간 건 아닐까?"

돈 까밀로가 기억을 더듬으며 말했다.

"아뇨. 마누라는 혼자 집에 있었던 데다 열쇠를 항상 호주머니에 넣고 있어요."

도라도니가 말했다. 뻬뽀네가 자기 생각을 말했다.

"도라도니, 내 말 좀 들어보게. 이런 말 하기 좀 그렇지만 혹시 자네 부인이 호기심에 다락방에 들어간 건 아닐까? 자네도 알다시피 여자들이란 의심이 많아 열쇠를 아무에게도 주지 말란 소릴 들으면…."

도라도니가 고개를 저었다.

"아니, 마누라는 아니오. 만일 마누라였다면 내가 그렇게 두들겨 팰 때 다 털어놓았을 테지."

뻬뽀네가 주먹을 불끈 쥐고 흔들어 보이며 말했다.

"이보게, 어쨌든 내가 봤을 때는 난로 안에 아무것도 없었고 내 말은 거짓말이 아니야. 자네 사정은 경찰서장한테나 가서 이야기하는 게 좋겠어."

"나 역시 동감일세."

돈 까밀로가 덧붙였다.

"그래! 가지. 지금 당장 간다고! 나중에 두고 봅시다!"

화가 난 도라도니가 소리를 지르고 주먹을 휘둘러대며 멀어져 갔다. 뻬뽀네는 기분 나쁘다는 듯 돈 까밀로를 쳐다보며 고함을 쳤다.

"다른 사람까지 끌어들여야 직성이 풀리시오? 신부님이 저지른 성가신 일에 내가 이렇게 휘둘려야겠어요?"

"이런 일이 생길 줄 누가 알았겠나! 난 전혀 그럴 의도가 없었네!"

돈 까밀로가 퉁명스레 대꾸했다.

"그저 수선할 난로를 대장장이에게 가져왔을 뿐이야. 그 안에 뭐가 있는지는 보지도 않았네. 받은 그대로 여기에 가져왔을 뿐이라고."

"그리고 난 받은 그대로 고쳐 주었을 뿐이오. 자루 없이 말입니다! 자루 없이! 이해하시겠소? 자 이제, 저 망할 놈의 난로를 가지고 여기서 당장 나가시오."

"난 아무것도 가져가지 않겠네. 아무도 못 건드리게 저 난로를 그냥 여기에 두게. 난로는 법의 처분에 따라야 할 테니까. 이제부터 저 난로를 움직이는 자는 범죄 행위를 저지르는 걸세."

돈 까밀로는 화가 나 씩씩거리며 사제관으로 돌아갔다. 외투를 벗어 옷걸이에 걸자마자 문을 두드리는 소리가 들렸다. 경찰서장이었다. 서장이 조심스레 말했다.

"신부님! 유감스럽지만 신부님은 이 불유쾌한 사건의 용의자십니다."

"요, 용의자라고? 내가 무슨 관련이 있다고? 난 성직자일세!"

돈 까밀로가 말을 더듬었다.

"그야 아무도 의심하지 않는 사실이죠, 신부님. 하지만 애석하게도 좋은 일이건 나쁜 일이건 관련 혐의가 있는 자는 모두 용의자입니다. 범죄 행위의 희생자라고 말하는 사람도 포함해서요."

돈 까밀로는 단호하게 반대했다.

"서장, 나 같으면 도라도니의 아내부터 심문하겠네. 진실이 뭔지 유일하게 말할 수 있는 사람이니까."

"불행히도 유일하게 심문을 할 수 없는 사람이기도 합니다. 도라도니가 그녀를 다그치며 어찌나 두들겨 팼는지 뇌진탕으로 지금 병원에 입원해 있거든요. 자, 그럼 신부님. 성함, 출생 장소와 연월일, 직업 등을 말씀해주시죠."

돈 까밀로는 마치 범죄자라도 된 기분이 들었다.

아주 치밀하게 질의 심문이 이어졌고, 사건에 대해서 구체적인 조사가 행해졌다. 마을 사람들은 두 패로 나뉘었다. 한쪽은 모이기만 하면 '100만 리라를 훔친 자는 뻬뽀네다.' 라고 떠들어댔다. 그리고 다른 쪽은 드러내어 말하지는 않았지만 '100만 리라를 훔친 자는 돈 까밀로다' 라고 몰래 수군거렸다.

물론 대부분 사람들은 뻬뽀네가 그 일을 저질렀다고 생각했다. 가난한 시골 마을의 신부가 100만 리라를 가지고 무엇을 하겠느냐는 게 그들의 생각이었다. 이 마을에서 그 불쌍한 양반이 돈을 쓸데가 어디 있겠는가?

하지만 당의 살림살이를 하는 사람이라면 말이 달라진다. 뻬뽀네라는 인물은 당을 위해 어떤 위험도 감수하는 열성 당원이 아니었던가? 빼뽀네가 존경해 마지않는 스탈린은 자신의 젊은 시절에 당을 위해 우편 마차를 습격하지는 않았던가? 그리고 어떠한 필요 때문에 도적질을 했더라도 당원들에게 죄라기보다는 영웅적인 일로 추앙받지는 않았던가? 모든 것은 보는 관점에 따라 달라진다.

빼뽀네는 사람들이 자신을 비방하고 있다는 걸 잘 알고 있었지만 아무런 반응도 보이지 않았다. 빼뽀네가 전혀 흥분하지도 않고 소리를 질러대지도 않는다는 사실에 돈 까밀로는 당혹스러웠다. 사건은 해결될 기미 없이 시간만 계속 흘렀다. 드디어 빼뽀네와 돈 까밀로가 얼굴을 마주 보고 담판을 짓기에 이르렀다.

어느 추운 겨울날 오후였다. 만남은 인적이 드문 곳에서 이루어졌다. 두 사람은 손에 사냥용 총을 들고 서로를 매섭게 노려보았다. 먼저 입을 뗀 것은 빼뽀네였다.

"신부님. 여기에는 우리 셋밖에 없소. 나, 신부님 그리고 하느님뿐이오. 내가 신부님과 하느님 앞에 그 돈에 절대 손대지 않았고 누가 가져간 건지도 모른다고 맹세한다면 내 말을 믿으시겠소?"

마음속에서 우러나오는 듯한 진실한 그의 말에 돈 까밀로는 잠시 어안이 벙벙했다. 무슨 대답을 해야 좋을지 몰랐다. 한참을 생각하던 돈 까밀로는 짧지만 충분한 대답 한 마디를 찾아냈다.

"그래."

그러고 나서 쓸데없는 말을 덧붙였다.

"자네는 내가 자네에게 맹세한다면…."

"맹세할 필요 없소."

빼뽀네가 가로막았다.

"신부님이 하신 일이 아니란 걸 알고 있으니까."

돈 까밀로가 말을 더듬었다.

"그럼 나도 아니고 자네도 아니라면 대체 누구 짓이지?"

빼뽀네가 모르겠다는 듯이 양팔을 벌렸다.

"하느님은 아실 거요."

돈 까밀로는 집으로 돌아와 제대 위의 예수님에게 흥분한 목소리로 외쳤다.

"예수님. 그가 아니었습니다! 빼뽀네가 아니었어요!"

"돈 까밀로야."

예수님이 말씀하셨다.

"나한테 하는 말이냐? 내가 언제 그의 짓이라고 말한 적이 있었느냐?"

"아닙니다, 예수님. 저도 그런 말을 한 적이 없습니다."

"하지만 그렇게 생각했었나 보구나."

돈 까밀로는 고개를 푹 숙였다.

"네, 그렇게 생각했습니다. 그리고 그렇게 생각하면서 굉장히 안타까웠습니다. 제가 아는 빼뽀네는 시시한 좀도둑 따위가 아니니까 말입니다. 그럼 누구 짓일까요? 그 돈에 발이 달려 스스로 걸어나간 것은 아닐 텐데요!"

"당연히 그럴 리가 없지."

예수님이 말씀하셨다. 그날 밤 돈 까밀로는 날이 새도록 잠들지 못했다. 진실을 눈앞에 두고도 안갯속에서 헤매고 있는 것 같았다.

다음 날 아침 돈 까밀로는 작업장으로 뻬뽀네를 찾아갔다. 돈 까밀로가 말했다.

"난 움직일 수 없네. 자네가 나 대신 토리노에 좀 다녀오게."

"토리노에? 토리노에는 뭐하러 가는데요?"

뻬뽀네는 놀라 반문했다. 돈 까밀로는 왜 그가 토리노에 가야 하는지 설명했다. 그러자 뻬뽀네가 돈 까밀로에게 말했다.

"경찰서장에게 털어놓는 게 더 빠르지 않을까요?"

"아니. 경찰서장에게 누군가에 대해 말한다는 건 그 사람을 용의자로 고발하는 것이나 마찬가지야. 만일 그 작자가 아무런 상관이 없다면 어떡하고?"

뻬뽀네는 서둘러 토리노로 떠났다. 그리고 사흘 뒤 돌아와 곧장 경찰서장을 찾아갔다.

"사건에 연루된 사람으로서 이곳에 왔소. 밀고하기 위해서가 아니라 나 자신의 명예를 지키기 위해서 말이오. 그리고 본당 신부의 명예를 위해서도요. 우리를 의심받게 한 도라도니의 뭉칫돈이 사라지고 사흘 뒤, 도라도니의 아들이 군에 입대했소. 지금 그는 토리노에 3개월째 있는데 일반 사병치고는 꽤 호화스런 생활을 하면서 돈을 펑펑 써대고 있단 말이오. 그 돈이 어디서 나오는지 물어보고 싶지 않소? 그 돈을 어디서 구했는지 궁금하지 않느냔 말이오."

*

며칠 후 토리노의 형사들에게 심문을 받은 도라도니의 아들은 자기 집 다락방의 난로 안에 돈이 있었다고 말했다.

"그 돈은 우리 아버지보다 나한테 더 쓸모가 있단 말이에요."

그는 잘못을 뉘우치는 기색도 없이 도리어 큰소리만 쳐댔다.

"난 젊기 때문에 돈 쓸데가 많아요. 우리 아버진 아무것도 필요하지 않단 말이에요."

"자네 탓에 자네 어머니께서 두들겨 맞은 건 어쩌고?"

토리노의 형사반장이 젊은이에게 물었다.

"아, 뭐. 엄마들이야 원래 자식을 위해 희생하는 사람 아닙니까?"

별걸 다 묻는다는 듯 어깨를 움찔하며 젊은이가 대꾸했다.

"까짓거…. 한 번 사는 인생인데!"

토리노의 형사반장이 고개를 끄덕이며 동의했다.

"이보게, 자네 말이 맞네. 인생은 한 번뿐이니 즐겁게 살아야지. 하지만 그렇다고 해서 불한당 같은 놈으로 아무렇게나 살라는 말은 아니지!"

그러고 나서 형사는 젊은이의 주둥이에 정확한 연타를 날렸다. 그렇게 깔끔하고 속이 후련해지는 주먹질은 보기 힘들 정도였다. 달력에 '주먹질 성인'을 기념하는 날이 생기고도 남을 정도로 가치 있는, 통쾌하고 멋진 주먹질이었다.

행운권 추첨

농사꾼들은 농사는 항상 힘들다고 불평을 늘어놓는다. 비가 내리면 비가 내려서, 비가 내리지 않으면 비가 내리지 않아서 문제다. 수확량이 적으면 적은 대로, 또 수확량이 많으면 많은 대로 툴툴거린다. 그런 농사꾼들의 핑계를 돈 까밀로는 잘 알고 있었다. 하지만 그렇다고 해서 유치원을 위한 기부금 모금을 포기할 수는 없었다. 해마다 재정난에 허덕이기는 했지만, 유치원이 문을 열고 있는 한 계속 운영을 해 나가야만 했으니까.

다행히 올 한 해는 포도 생산량이 엄청나게 늘었고 치즈 가

격도 많이 올랐기 때문에, 기부금을 걷으러 나선 돈 까밀로는 꽤 낙관적이었다. 아무리 못해도 작년보다는 많은 기부금을 받아낼 수 있을 거라 예상했다. 그러나 주민 몇 명을 만나 본 결과 금세 낙심하고 말았다. 찾아간 집마다 토마토는 예상했던 것보다 수확량이 적으며, 사탕무는 당도가 떨어져 별 재미를 못 보았다고 한결같이 말했기 때문이다. 이렇게 나가다간 분명 다른 집에서도 똑같이 떠들어 댈 것이 뻔했다.

돈 까밀로는 고심한 끝에, 이번엔 방법을 바꿔 도전해 보기로 했다. 자선바자회를 열어 조금이라도 돈을 모을 계획을 세웠다. 근사한 경품을 마련해서 바자회를 열고 행운권을 팔아 유치원 운영기금을 마련하기로 한 것이다.

*

경품추첨이나 자선바자회에 대해서만큼은 시골도 도시와 다를 바가 없다. 경품을 기부하는 사람들은, 다 쓰러져 가는 오두막집을 말끔하게 정리할 수 있는 절호의 기회라고 생각한다. 그래서 내가 쓰자니 필요가 없고 남을 주자니 욕먹을 것 같은, 그러나 차마 버리기에는 아까운 물건을 바자회에 내놓는다. 때문에 자선바자회에 내놓을 기증품을 받으러 오는 사람에게 더할 나위 없이 관대해지고, 집안의 살림살이를 이것저것 내주기에 바쁘다.

돈 까밀로는 보름에 걸친 준비 끝에 성당을 자선바자회 장소로 완벽하게 변모시켜 놓았다. 그러나 바자회장이라고 꾸며놓은 그 모습을 보고 있자니 저절로 한숨이 새어 나왔다. 모인 물건들은 한심할 정도로 모양새가 형편없었다. 만일 돈 까밀로에게 그럴 의지만 있었더라면, 그 기회에 마을의 허접쓰레기들을 몽땅 치워버릴 수도 있었을 것이다. 실제로 그가 성당 안뜰에 모든 물건을 늘어놓았을 때, 그 위에다 시멘트를 덮어버리고 싶은 충동이 들 지경이었으니 말이다. 하지만 어찌할 도리가 없었다. 유치원 운영 기금 마련을 위해서는 바자회가 반드시 진행되어야 했다.

아무튼 구색은 대충 맞추었으니, 이제는 사람들을 확실하게 끌어들일 만한 두세 가지 특별 경품을 내세워야 했다. 특별 상품들을 마련하지 못한다면 아무도 행운권 표를 사지 않을 건 뻔한 일이었다.

돈 까밀로는 아직 조반니네 집과 읍사무소를 방문하지 않은 상태였다. 그는 이 두 곳에서 특별 경품을 받아내리라 다짐하며 조반니네 집으로 향했다. 그러나 조반니는 토마토와 사탕무 농사를 망쳤다는 둥 이러쿵저러쿵 핑계를 늘어놓으며 백포도주 50병 이상은 내놓을 수 없다고 선수를 쳤다. 돈 까밀로는 이제 절망에 빠졌다. 내키지 않았지만 읍사무소에 마지막 희망을 거는 수밖에 없었다.

돈 까밀로는 뻬뽀네를 찾아갔다. 그러나 문을 열고 나온 뻬뽀네는 돈 까밀로가 말을 꺼낼 틈도 주지 않았다.

"신부님."

뻬뽀네가 말했다.

"다 들었습니다. 유치원을 운영할 돈이 부족하다면서요? 읍사무소와 같은 상태라고 하더군요. 그러나 딱 한 가지 읍사무소랑 차이가 있다면 유치원은 돈을 모으기 위해 자선바자회를 열 수 있지만 읍사무소는 그럴 수 없다는 겁니다. 그러니 우리가 신부님보다 더 막막한 처지올시다."

돈 까밀로는 숨을 길게 내쉬고 난 뒤, 조용히 입을 열었다.

"읍장 동지 지금 읍사무소가 경품 기부를 거절하겠다는 말을 하는 건가?"

"아뇨, 무슨 그런 섭섭한 말씀을 하십니까. '읍사무소는 읍사무소가 갖춘 능력만큼 기부하겠다' 는 말이지요."

뻬뽀네는 책상 서랍을 열더니 손으로 한 움큼 물건을 집어 꺼냈다.

"여기 최상품 연필 쉰 자루, 지우개 서른 개, 공책 스물다섯 권 그리고 쉰 개의 펜입니다. 거기다 내 개인이 기부하는 걸로 해서 '원자 왁스' 라는 상표의 바닥 닦는 왁스 다섯 통도 내놓으리다."

"아니, 그런 걸 어디다…."

마침내 돈 까밀로가 분을 이기지 못하고 씩씩거리자, 뻬뽀네가 단호하게 그의 말을 막았다.

"잠깐, 신부님은 지금 읍민 뻬뽀네가 아니라 이 마을의 읍장을 상대로 이야기 중인 걸 잊지 마시오. 문구 용품은 직접 가지고 가시려오, 아니면 우리가 성당으로 보내드릴까요?"

돈 까밀로는 화가 치밀어 올라 대답조차 할 수가 없었다. 몇 분이나 제자리에서 서성이다가 문을 향해 걸어갔다. 문지방에 이르러 몸을 돌리고 말했다.

"내 자네에게 무슨 말을 하고 싶은지 아나?"

"내 귀는 항상 열려 있습니다. 말씀해 보시오."

"정말 역겹군. 가난뱅이나, 부자나, 공산주의자나, 반공산주의자나 모두 똑같아!"

"아니, 신부님! 애꿎은 공산당은 왜 걸고 넘어집니까?"

돈 까밀로가 책상으로 성큼성큼 걸어오더니 뻬뽀네를 코 앞에서 뚫어져라 쳐다보았다.

"왜냐고? 이런 짓을 하고도 그런 소리를 하는가?"

"그게 무슨 말씀입니까? 내가 무슨 잘못을 했다는 거요? 공산주의자가 왜 역겹다는 건지 설명 좀 해주시오. 어떤 경우에도 공산주의자들은 이치에 맞게 행동한단 말입니다."

돈 까밀로는 책상 위의 연필을 한 움큼 움켜쥐고 뻬뽀네의 코를 향해 치켜들며 큰 소리로 말했다.

"그렇게 사리분별이 뛰어난 공산주의자가, 고작 연필 쉰 자루를 기부라고 하는 건가? 절망적인 기분으로 도움을 청하러 온 신부를 이렇게 푸대접하는 것도 모두 당이 그렇게 하도록 시킨 거겠지? 세상에서 제일 역겨워!"

"읍사무소가 하는 기부라니까요!"

뻬뽀네가 답답하다는 듯이 소리쳤다.

"공산주의자완 상관없단 말입니다. 신부님은 공산주의자들이 역겹다고 말하기 전에 공산당 지부의 대답을 들어야 할 거요."

돈 까밀로는 연필을 책상에 내려놓고 옆구리에 손을 갖다 댄 채 버티고 섰다.

"그래, 결국 자네가 하고 싶은 말은 내가 인민의 집으로 가서 무릎이라도 꿇으라, 이거였구먼. 하나 묻지. 내가 자선바자회를 위한 기부를 부탁하러 가면 그 인간들이 뭐라고 대답할 것 같은가, 자네 생각엔?"

뻬뽀네는 어찌 알겠느냐는 듯 어깨를 으쓱하며 말했다.

"글쎄요."

그가 중얼거렸다.

"내 생각엔 신부님이 인민의 집으로 가신다면 아마 전기 헤드라이트랑 기어가 달린 최신형 자전거 같은 걸 기부할 것 같은데요. 안장 덮개랑 자물쇠랑 짐 싣는 바구니까지 달린 최고급품으로요."

돈 까밀로는 입을 딱 벌린 채 잠시 그를 바라보았다.

"사람을 놀려도 유분수지."

마침내 돈 까밀로가 외쳤다.

"내가요? 뭐 그럴지도…. 그런데 인민의 집은 아니올시다. 엄청나게 비싼 최신형 자전거를 원하는 사람은 인민의 집에 간단한 신청서만 작성해 발송하면 되거든요."

돈 까밀로는 조소하듯 웃어댔다.

"내 정치적 신념을 그깟 자전거 한 대에 팔아먹으란 게로군."

뻬뽀네는 고개를 저었다.

"아니, 신부님. 난 그냥, 단순한 신청서를 두세 줄 적어 보내면 두 시간 뒤에 공장에서 막 뽑아낸 물건이 성당에 도착할 거라고 말하는 거요. 물론 경품 중에 가장 돋보이는 자리에 자전거가 전시되어야 하는 건 당연하겠지요. 그리고 당연히 '이탈리아 공산당 기부' 라고 적힌 현수막까지 걸어야 하고요. 신부님의 수고를 덜 수 있도록 근사하게 만들어진 현수막은 우리가 준비해 보낼 겁니다."

"번거롭게 그럴 것 없네."

돈 까밀로가 쌀쌀맞게 대답했다.

"현수막이랑 자전거 따위는 자네나 갖게! 감히 누굴 핫바지로 보는가! 나를 공산당 선전에 써먹을 궁리를 하다니…."

"신부님, 최고로 비싼 최신형 자전거에 멋진 스쿠터 한 대까지 끼워 준다면 어떻겠소?"

"그 자전거에 피아트 자동차에나 다는 엔진을 장착해 준다 해도 관심 없어!"

"허 참, 안타깝네. 암튼 생각이나 좀 해보시오, 신부님."

"긴말 필요 없네."

돈 까밀로는 허탈해하며 성당으로 돌아가 제대 위의 예수님에게 하소연했다.

"예수님. 이 세상 사람 중에 누가 가장 불행합니까?"

"너다, 바로 돈 까밀로다."

예수님이 웃으며 대답하셨다. 돈 까밀로가 당황해서 예수님을 올려다보며 말했다.

"저요? 왜요?"

"네 마음이 분노로 가득하기 때문이니라."

돈 까밀로는 절망적으로 매달리며 말했다.

"예수님, 오늘 제게 일어난 일을 보셨지요. 그런 일을 겪고 난 뒤에도 화를 내지 말아야 했습니까?"

"그렇다, 돈 까밀로."

돈 까밀로는 눈물을 흘리며 말했다.

"예수님, 제가 아흔아홉 개의 대문을 두드리는 동안 아무도 문을 열어주지 않았습니다. 그러다 마침내 백 번째 문이 열렸는데 알고 보니 그건 저를 약 올리려고 한 것이었습니다. 이런데 제가 어떻게 마음이 편할 수 있겠습니까?"

"돈 까밀로, 난 매일 십만 개나 되는 영혼을 두드리지만 아무도 마음을 열지 않는다. 하지만 십만 개의 영혼을 두드린 뒤에 한 영혼이 마음을 열면 내 마음은 기쁨으로 가득해지느니라. 비록 그 영혼의 문 뒤에 조롱이 숨어있다 할지라도 말이다. 하느님을 알지 못하는 건 하느님을 조롱하는 것보다 천 배는 더 나쁜 일이니라. 하느님을 알지 못하는 자는 결코 빛을 볼 수 없는 눈먼 장님이기 때문이다.”

돈 까밀로는 예수님의 말씀을 완벽히 이해했다. 그러나 여전히 화가 가라앉지 않아 어떻게든 자기 생각이 옳다는 걸 증명하려고 고집을 피웠다.

“예수님. 만일 제가 배가 고픈데, 아흔아홉 명의 사람들이 제게 빵 조각 하나 주지 않습니다. 그런데 먹음직스런 빵을 주면서 정직하지 못한 행동을 하도록 부추기는 백 번째 사람이 있다면, 그 사람이 앞의 사람들보다 더 나쁜 거 아닙니까?”

“물론 그렇다, 돈 까밀로. 만일 뻬뽀네가 하느님의 계율에 어긋나는 행동을 하라고 너를 부추겼다면 그는 정말 나쁜 사람인 것이다.”

돈 까밀로는 땀이 흐르는 이마를 훔쳤다.

“그게…. 뭐, 그 인간이 제게 주님의 계명에 어긋나는 짓을 하도록 부추겼다고 단정하기는 좀 그렇습니다. 주님의 계명에 최신형 자전거와 자선 사업에 대한 언급은 없으니까요…. 어쨌든 뻬뽀네의 말에 제가 따르지 않아 다행입니다. 그의 꿍꿍이 속이 훤하지 않습니까? 예수님.”

“돈 까밀로야. 네게 뭐라고 딱히 대답할 말이 없구나. 나는 자전거나 바자회 쪽의 전문가가 아니니 말이다.”

돈 까밀로가 슬픈 목소리로 말했다.

"예수님. 그렇게 말씀하시다니…. 예수님마저 저를 약 올리셨다는 걸 알게 되면 빼뽀네가 얼마나 좋아할지 짐작할 수도 없습니다."

돈 까밀로는 사제관으로 돌아와 힘겹게 모은 경품들을 정리하기 시작했다. 잠시 후 스미르초가 도착해 현관 가까이 있는 테이블 위에 연필과 다른 문구류를 내려놓았다.

"읍사무소에서 보낸 겁니다, 신부님."

스미르초가 말했다.

"이 연필들은 뾰족하게 잘 깎으면 송곳으로 사용할 수도 있답니다."

"읍장 동지에게 감사한다고 전해주게. 이걸 가져오느라 괜히 번거롭게 한 건 아닌지 모르겠군."

"전혀 번거롭지 않았습니다. 존경하는 신부님께 도움이 될 수 있다면 언제든지 기쁜 일입죠. 저 고물 무더기를 옮기는데 도움이 필요하시다면 기꺼이 도와드립죠."

돈 까밀로는 털이 바짝 곤두선 고양이 모양의 석고상을 그 무더기에서 끄집어 올려 곧바로 스미르초의 머리통을 향해 집어 던졌다. 하지만 스미르초는 이미 방어태세를 갖추고 있었다. 그는 날아오는 고양이 석고상을 한 손으로 잽싸게 받아 조심스레 테이블 위에 내려놓았다.

"언제 갖게 될지 모를 엔진 달린 자전거보다는 고양이 석고

상이 훨씬 값진 걸세."

돈 까밀로는 이렇게 말하고 나서 하얀 석고로 만든 고양이의 꼬리 부분을 떼어냈다. 그리고 그것을 구두로 밟아 가루로 만들어버리면서 분을 삭였다.

조반니가 기부한 포도주를 눈에 잘 띄는 곳에 진열했음에도 불구하고, 사제관 마당에 차려진 바자회 전시장은 기가 막힐 정도로 실망스러웠다. 다시 한 번 돈 까밀로는 자선바자회고 뭐고 다 집어치우고 싶다는 충동을 강하게 느꼈지만, 꾹 참고 제단의 예수님에게 고민을 털어놓으러 갔다.

"예수님. 목적이 수단을 정당화할 수 있습니까?"

"아니, 그럴 수 없다. 돈 까밀로, 죄악에서 선이 생겨날 수는 없는 법이니라. 선을 얻고자 죄를 행한다는 것은 말이 안 된다. 인간은 항상 하느님의 계명에 따라 행동해야 한다. 하느님의 계명은 죄짓는 것을 금하고 있지 않으냐."

"예수님, 스트리키닌은 아주 위험한 독입니다. 하지만 의사들이 적당하게 복용량을 지정해 주면 의학 약품으로 쓸 수도 있습니다."

"돈 까밀로, 신자들의 양심은 약국에서 조제되지 않는다."

돈 까밀로는 고개를 숙이며 물러났다.

아무리 생각해봐도 더 이상 손 벌릴 데가 없어 절망적인 기분이 들었다. 돈 까밀로는 식당에 있는 작은 책상 앞에 앉아 한숨을 푹 내쉬었다. 그러다 결국 종이를 집어 들어 신청서를 작성하기 시작했다.

그로부터 한 시간 뒤, 스미르초가 최신형 자전거를 작은 트럭에 싣고 왔다. 자전거와 함께 엄청나게 큰 글씨가 적힌 현수막도 함께 배달되었다.

"신부님, 눈에 제일 잘 띄는 상석에 전시해 두는 거 잊지 마십쇼."

스미르초가 얄밉게 덧붙였다.

경품으로 사용될 물건들이 바자회장에 모두 전시되자, 사람들이 구름처럼 모여들었다. 최신형 자전거는 '공산당 기부' 라는 현수막 아래 놓였다. 이 자전거와 현수막은 사람들에게 가공할 만한 충격을 불러일으켰다.

공산당 반대파의 대표격인 스필레티가 강하게 불만을 표시하며 비난을 퍼부었다.

"신부님, 나 같았으면 저 오합지졸 패거리한테는 기부를 청하지도 않고, 받지도 않았을 겁니다."

"나 역시 그랬을 거야. 당신이나 다른 사람들이, 청소하는 셈 치고 내어 준 쓰레기 같은 물건들 대신 경품에 적합한 뭔가를 내놓았더라면 말이야."

"기부가 없으면 아예 바자회를 하지 말았어야죠. 그럼 망신당할 이유도 없을 것 아닙니까?"

"그야 그렇지."

솟구쳐 오르는 짜증을 참지 못한 돈 까밀로가 소리쳤다.

"그리고 자네처럼 인색한 사람이 이렇게 공공연한 장소에서 큰 소리를 낼 일도 없었을 거야! 사람들이 우아하고 깔끔한 신사라고 생각하도록 평소에는 그 성질머리를 잘 포장하고 있으니까!"

당연히 공산당원들이 우르르 몰려와 자기네가 내놓은, 엔진이 달린 자전거를 보고 즐거워했다. 그들은 가슴을 불쑥 내밀고 거드름을 피우며 자전거 옆을 떠나지 않았다. 행운권 추첨을 하는 날 뻬뽀네도 간부 당원들과 함께 왔다. 경품을 전시해 놓은 방과 성당 마당에는 사람들이 바글바글했다.

마지막 남은 표들도 모두 팔려나갔다. 반쪽은 표를 산 사람이 가지고 가고 나머지 반쪽은 돈 까밀로의 옆에 있는 경품함에 넣어졌다.

드디어 추첨이 시작되었다. 쓸 만한 경품은 50개 남짓 뿐이었다. 나머지 조잡한 싸구려 물건들은 아무도 빈손으로 집으로 돌아가지 않게 하는데 쓸모가 있었다.

"가장 좋은 1등 경품은 최신형 자전거요!"

돈 까밀로가 모두에게 말하고, 경품 함에 손을 넣어 조심스레 한 번호를 뽑아들었다.

"847번!"

돈 까밀로가 소리쳤다.

"847번이 자전거에 당첨됐습니다!"

그 자리에 있는 아무도 대답을 하지 않았다.

"자전거는 847번 표를 가진 사람에게 돌아가게 됩니다!"

돈 까밀로가 다시 한 번 소리쳤다.

"행운권에 당첨된 사람은 바자회가 마칠 때까지 상품을 찾아 가시기 바랍니다. 두 번째 경품은 백포도주 50병이 담긴 꾸러미입니다. 번호는…."

다시 번호를 뽑아들었다. 230번이었다. 230번 표를 가지고 있던 남자가 표를 휘두르며 앞으로 나왔다. 그는 좋아서 연방 히히덕거리며 주변 사람들의 도움을 받아 포도주 꾸러미를 받아갔다.

실질적으로는 이미 바자회가 끝난 것이나 다름없었다. 왜냐하면 사람들은 하나같이 그 자전거가 누구에게 돌아갈 것인가 하는 데만 관심이 있었기 때문이다. 자전거와 포도주를 제외하고 나머지 경품은 다 하찮은 것이었다. 하지만 '쓸 만한' 50여 가지의 경품이 다 나누어질 때까지 아무도 움직이지 않았다.

번호표 추첨이 모두 끝나자 사람들이 웅성거리기 시작했다. 그 50여 명의 당첨자 중 하필이면 자전거에 뽑힌 사람만이 나타나지 않고 있었기 때문이다. 사람들은 행운의 주인공이 누구일까 굉장히 궁금해했다.

"내가 말입니다."

한 젊은이가 외쳤다.

"846번 표를 샀는데, 이 안에서 샀단 말입니다. 그런데 마지막으로 그 표를 살 때 아직 네 장의 표가 팔리지 않았던 걸 내 눈으로 똑똑히 봤어요. 847번, 848번, 849번 그리고 850번이 남아 있었어요. 표가 제대로 다 팔린 건지 확인 좀 해봐야겠습니다. 설마 팔리지도 않은 표를 절반으로 잘라 그 반쪽을 그냥 투표 상자에 넣고 제비뽑기를 하는 건 아니겠지요?"

사람들의 웅성거림이 커졌다. 누군가 돈 까밀로에게 이 젊은이의 주장을 알리러 갔다. 정황을 모두 들은 돈 까밀로가 사람들을 향해 외쳤다.

"속임수는 없소! 우린 팔린 표의 나머지 반을 투표함에 넣었단 말이오. 자 이게 바로 여러분이 가지고 있던 거고 여기 이건 경품 함에서 나온 거요. 표는 남김없이 다 팔렸소."

"그걸 누가 증명해 줄 수 있습니까?"

젊은이가 투덜거렸다.

"여기 이 자리에 있는 경찰서장과 공증인이 증명하오!"

"아니, 경찰서장과 공증인이라고 해서 표가 팔렸는지 아닌지 무슨 수로 알 수 있겠어요? 누군가 표를 반으로 찢어 주머니에 넣었다면? 혹은 나머지 반쪽이 투표함 속으로 같이 들어갔다면? 누가 알겠어요?"

돈 까밀로의 얼굴이 붉으락푸르락했다.

"자네가 방금 말한 그 누군가는 바로 나겠군! 내가 마지막 표

넉 장을 팔았으니 말이야!"

"아니, 난 그렇게 말한 건 아니고…."

젊은이는 기어드는 목소리로 중얼거렸다. 그러나 마지막으로 볼멘소리를 덧붙이는 것을 잊지는 않았다.

"아무튼 표가 여기서 팔린 게 확실하다면 그 847번 표를 산 사람이 대체 왜 나타나지 않는 겁니까?"

돈 까밀로는 녀석의 목을 잡아 벽에 내동댕이치고 싶은 마음이 굴뚝 같았지만 참을 수밖에 없었다.

"여러분!"

돈 까밀로가 외쳤다.

"나는 분명히 몇 분 전에 나머지 표를 모두 팔았소. 847번 표를 산 사람이 여기 있는 것은 틀림없소. 여러분 모두 주머니 속을 잘 살펴보시기 바라오. 경품은 바자회가 마칠 때까지 모두 받아가야 합니다. 아까 내게 표를 사신 분은 주머니를 뒤져보시구려."

다들 주머니를 뒤져댔다. 그러다 갑자기 누군가가 중얼거렸다.

"이런, 내가 가지고 있었군."

뻬뽀네가 돈 까밀로에게 표를 내밀며 앞으로 나섰다.

"자, 이제 다 됐지?"

돈 까밀로가 기분 좋게 말했다.

"이제 안심이 되나, 젊은이? 읍장님에게 1등 경품이 돌아가게 되어 무척 기쁘군. 더 이상 이렇게 딱 맞아 떨어질 수가 없어. 공산당에서 기부한 경품이 공산당으로 돌아가게 됐으니 말이야."

사람들은 여기저기서 불만의 소리를 토해냈다.

"저 사람은 이번 자선바자회를 위해 별로 한 것도 없어. 왜, 무엇 때문에 기부한 거야?"

"자전거를 기부하고, 그다음엔 자기가 다시 받아가는군. 비올 때 나무에 물을 주는 인간들이니 어련하겠어!"

그 말을 들은 뻬뽀네가 흥분해서 시뻘게진 얼굴로 소리쳤다.

"무슨 멍청한 소릴 하는 거요? 나도 다른 사람들처럼 신부님한테 표를 샀소. 제일 좋은 경품이 내 몫이 된 걸 나더러 어쩌란 말이오?"

"이제 와서 어쩌긴. 진즉에 표를 사지 말았어야지."

치비아 노인이 투덜거렸다. 스미르초가 자전거의 핸들을 잡고 뻬뽀네에게 속삭였다.

"대장, 저놈들은 그냥 떠들게 내버려둬요. 우린 정당하게 이 물건에 당첨된 거니까요."

스미르초가 출구를 향해 걸음을 떼었다. 뻬뽀네는 이를 드러내고 으르렁거리며 그 뒤를 따랐다.

"공산당식으로 정당한 게지."

돈 까밀로가 쓴웃음을 지으며 말했다.

"항상 큰소리치면서 거들먹거리더니, 사실은 속 빈 강정이었군그래!"

이 말을 들은 뻬뽀네가 몸을 돌려 주먹을 휘둘렀다.

"다시 한 번 뭔가를 부탁하러 나를 찾아오기만 해 봐라. 그때는 국물도 없을 거요!"

돈 까밀로가 웃으며 대답했다.

"자, 여기. 자네들의 현수막도 가져가게. '공산당 기부' 라고 쓰는 대신 '공산당이 하는 헛된 약속' 이라고 적어야 할 거야."

뻬뽀네는 돈 까밀로에게 반격하려다가 그를 보는 다른 사람들의 질투 어린 시선을 느끼곤 서둘러 자리를 떴다.

*

돈 까밀로는 의기양양하게 그 자리를 빠져나와 십자가의 예수님에게 보고 드리러 갔다.

예수님이 그에게 말씀하셨다.

"돈 까밀로."

"네, 주님."

돈 까밀로가 공손하게 대답했다.

"뻬뽀네에게 표를 팔고 왜 나머지 반쪽을 손안에 숨기고 있었느냐?"

"주님, 무슨 말씀을 하실지 압니다. 저도 고민했습니다."

돈 까밀로가 어쩔 수 없다는 듯이 양팔을 벌리며 말했다.

"하지만 사람들에게 공산당이 주는 선물을 가져가게 할 수는 없잖습니까. 앞으로도 공산당에게 계속 뭔가를 바라게 되면 어떻게 합니까. 정치에서는 개개인이 아니라 정당끼리 겨루기 때문에 악역을 자청할 필요도 있는 법입니다. 이 불쌍한 종을 용서해 주옵소서. 예수님의 이름으로 기도드립니다. 아멘."

"너는 정말 못 말릴 정도로 뼛속까지 정치로 물들어 있구나, 돈 까밀로!"

예수님이 탄식하셨다.

아버지의 죄

클레멘티나는 사리 분별력이 뛰어난 여자였다. 그녀와는 모든 일에 대해 객관적인 시각으로 편안하게 대화를 나눌 수 있었다. 단, 아들 파비아노에 대한 얘기만 빼고.

파비아노가 열 살 때의 일이었다. 그애의 아버지, 보라스키가 파비아노의 뺨을 두어 대 때렸다. 이것이 그가 아들에게 손을 댄 처음이자 마지막이었다. 왜냐하면 이를 지켜본 클레멘티나가 충격을 받고 쓰러져 이틀이나 자리에 몸져누워 있었기 때문이다. 그녀는 한 달 내내 남편이 무슨 말을 하건 들은 체도 않고 소름이 돋을 정도로 매섭게 보라스키를 쏘아보기만 했다.

이런 탓에 파비아노는 아무도 못 말리는 응석받이 외동아들로 자라났다. 클레멘티나는 보라스키가 전쟁에 나가 있는 동안 혼자 모든 집안일을 도맡아 할 정도로 억척스러운 여자였다. 그러나 그녀는 파비아노에 대한 문제만큼은 꿈쩍도 하지 못했다. 아들이 원하는 것은 무엇이든 다 들어주는 헌신적인 엄마였다. 만약 아이에게 총알이 날아온다면 대신 그 총알을 맞는 것도 두려워하지 않을 정도였다.

보라스키 가족은 외딴 시골에 넓은 농지를 소유하고 있었다. 보라스키와 클레멘티나는 파비아노가 초등학교를 마칠 즈음 시골에서 아이의 공부를 계속시킬 건지를 놓고 고민에 빠졌다. 보라스키는 아이를 도시의 기숙학교에 보내자고 제안했다. 그러나 클레멘티나는 아들과 떨어져 지내는 게 달갑지 않았다.

"매일 아침 기차역까지 차로 데려다 주고, 돌아올 때 데리러 갈 거예요. 아이가 아직 어리니까 항상 내 눈에 보이는 곳에 두고 싶어요."

하지만 파비아노는 중학교를 마치고 고등학교에 입학하자 도시에 남아 공부하고 싶다는 의사를 밝혔다. 길고 지루한 협상 끝에 결국 도시에서 하숙하면서 토요일마다 꼬박꼬박 집으로 돌아오기로 합의를 보았다.

하숙집을 고르는 데만도 적잖은 시간이 걸렸다. 클레멘티나 부인이 함께 돌아다니며 자기 아들은 완벽한 집에 살아야 한다고 하숙집 주인들에게 잔소리를 해댔기 때문이다.

파비아노는 2학년이 되자 공부해야 할 게 많아졌다는 핑계로 대부분의 주일을 도시에서 보냈다. 그리고 3학년이 되자 집에는 성탄절과 부활절 방학 때만 돌아오겠노라고 단호하게 선언했다.

아들이 고등학교 3학년이 되고 정확히 한 달이 지난 어느 날 저녁, 보라스키가 말을 꺼냈다.

"고등학교 졸업장을 받으면 파비아노한테 집으로 돌아와 일을 도우라고 해."

클레멘티나가 갑자기 고개를 치켜들었다.

"고등학교를 졸업하면 파비아노는 도시에 있는 대학에 보낼 거예요."

보라스키가 대꾸했다.

"내 나이도 벌써 쉰여섯이 넘었소. 재산이며 소작농 관리 같은 자질구레한 문제에 신경 쓰는 데 나도 지쳤소. 파비아노가 도와주면 한결 쉽지 않겠소?"

"나 하나로는 부족하다는 말이에요? 그러게 내가 관리할 사람을 뽑으라고 했잖아요?"

클레멘티나가 말했다. 보라스키가 펄쩍 뛰며 소리쳤다.

"남한테 맡기라고! 이 땅은 우리 아버지한테 물려받은 거요. 그러니 당연히 내가 관리해야지. 잘 유지하고 넓혀서 더욱 좋아진 농지를 내 아들에게 물려줄 거야! 벌써 열여덟 살인데, 우리가 더 기다리다간 아이가 도시 생활에 젖어 시골에서 살기 싫어할지도 모르잖아."

"파비아노는 학위를 받을 거예요."

클레멘티나는 막무가내로 고집을 피웠다.

"이 일을 하는데 변호사나 문학 박사가 될 필요는 없잖소. 고등학교 졸업장을 따는 것으로 충분하지 않겠소? 농사꾼의 대학은 땅이란 말이야."

"그래도 졸업장은 받아야지요!"

클레멘티나가 거세게 항의했다.

"아이 학비를 당신이 대지 않겠다면 내가 대죠. 내 결혼 지참금으로 받은 걸 다 팔아서라도요! 당신의 이기심 때문에 파비아노가 적성을 살리면서 자신의 인생을 살아가지 못하게 되는 건 절대 용납할 수 없어요. 파비아노는 자기가 원하는 걸 할 권리가 있다고요. 아무튼 아직 이 문제에 대해 말하기엔 이른 것 같네요. 일단 고등학교나 졸업하면 그때 가서 다시 얘기하도록 합시다."

보라스키는 더 이상 말을 할 수가 없었다. 아내의 눈초리가 매서워지고, 목소리도 쌀쌀맞게 변했기 때문이다.

그로부터 일주일 뒤, 파비아노가 집에 왔다. 필요한 책을 챙겨서 그다음 날 아침 일찍 출발할 예정이었다. 저녁 식탁에 앉아 있던 보라스키가 아들의 인사에 심드렁하게 대꾸하자 클레멘티나가 목소리를 높였다.

"당신은 아들이 돌아온 게 마음에 안 들어요?"

"파비아노 때문이 아니오. 다른 사람들이 나를 열 받게 해서 그래."

보라스키가 대꾸했다.

"무슨 일이에요?"

클레멘티나가 물었다.

"폴리니가 떠나겠대. 35년 동안 하던 농장 일을 다 때려 치우고 도시에 가서 일하겠다는군."

그때, 파비아노가 끼어들었다.

"당연하죠."

아버지가 고개를 들어 놀란 눈으로 아들을 바라보았다.

"뭐가 당연하다는 말이냐?"

"35년 동안이나 하인으로 일만 했으니 자유롭게 살겠다는 게 당연하단 말이죠."

파비아노가 침착하게 말했다.

보라스키가 반박했다.

"내가 언제 그를 하인 취급했단 말이냐! 폴리니는 최고로 좋은 농지를 경작하는 소작농으로서 잘 대접받아왔어! 난 그에게 새집을 주고 자동차와 필요한 기계뿐 아니라 좋은 품종의 가축을 골라 우리에 넣어 주었단 말이다."

파비아노는 자기가 알 바 아니라는 듯 무심한 표정으로 말을 이었다.

"소 잃고 외양간 고치는 일은 누구라도 해요. 이런 일이 일어날 것이라는 걸 예상하셨어야죠. 지주들은 소작농들을 너무 심하게 다룬다니까!"

아들은 조용한 목소리로 천천히 말했다. 보라스키는 협박을 당하는 듯한 기분이 들었다. 그가 말을 더듬었다.

"나, 나는 지주가 아니야. 난 그냥 토지를 조금 가진 평범한 농사꾼일 뿐이야!"

파비아노가 인정했다.

"물론 아버지는 자신을 평범한 농사꾼이라고 말씀하고 싶겠죠. 그렇지만 땅을 조금이라도 가진 사람들은 자기 땅에서 일하는 사람들까지 자기 소유물인 듯 착각하고 있어요. 예를 들어 파시즘이 일어났을 때 말이에요. 아버지 같은 농사꾼들은 공산주의자들에게 맞서 파시스트들과 손을 잡고 어떻게 하면 자신의 땅과 이익을 지킬까 궁리만 했지요. 소작농들을 부려먹으면서요. 이게 진실이에요."

울분에 가득 찬 목소리로 보라스키가 대꾸했다.

"1922년에 난, 지금 네 나이인 열여덟 살이었다. 아버지와 함께 우리 땅을 지켰지. 할아버지는 가난한 소작인이었지만 다른 사람들보다 두 배로 땅을 이용할 줄 알았으므로 악착같이 일해 한 뙈기씩 땅을 넓혀갔다. 1922년에 일어난 파업 때 공산당들이 소젖을 짜는 걸 원치 않는다고 해서 우리가 축사의 소들을 죽어가게 내버려 둬야만 했겠느냐? 우리는 파업에 반대하는 일꾼들을 설득해서 파업참가자들로부터 그 일꾼들을 지켜야만 했다고! 네 말대로라면 공산당들이 우리 경작지에 쳐들어오는데도 가만히 앉아 깡그리 빼앗아 가라고 그들을 내버려 두었어야만 했었겠구나?"

파비아노는 신중하게 말을 이었다.

"꼭 그렇다는 건 아니에요. 당시엔 경작지에서 뼈 빠지게 일하던 사람들이 땅을 지키기를 원했지만 지금은 지키려고 하지 않으니까요. 땅은 더 이상 사람들의 관심사가 되지 못하고 있거든요. 대지주들도 이제야 문제의 심각성을 깨닫고 땅을 경작하는 사람들에게 신경을 쓰는 거예요. 물론 아직도 이런 변화의 흐름을 깨닫지 못하고 소작인들을 함부로 대하는 사람도 있지만요."

보라스키는 깜짝 놀란 눈으로 아들을 바라보았다.

바로 그때, 저녁마다 늘 하던 카드놀이를 즐기기 위해 돈 까밀로가 들어왔다. 아직 식탁이 치워지지 않은 것을 본 돈 까밀로는 잠시 당황스러워했다.

"내가 너무 일찍 온 모양이군."

돈 까밀로가 말했다. 보라스키가 대꾸했다.

"아뇨. 너무 늦게 오셨습니다, 신부님. 조금만 더 일찍 왔더라면 아들이 아버지를 훈계하는 걸 들으셨을 텐데요."

파비아노가 항변했다.

"훈계라니요! 그저 현상을 논리적으로 분석했을 따름이에요.

폴리니 아저씨가 별안간 농사일을 그만둔다고 해서 아버지가 충격을 받았길래 그 이유를 설명했을 뿐이에요. 이탈리아의 역사를 제가 만들어 낸 건 아니잖아요. 파시즘이 이탈리아 역사의 일부라는 것도 학교에서 배웠을 따름이에요…."

돈 까밀로가 신중하게 물었다.

"그렇게 판단하기엔 너무 일러. 사건에 대한 객관적인 판단을 내리기 위해서는 조금 더 시간이 흘러야 한다고 생각하지 않나?"

"진실은 하루라도 일찍 아는 것이 좋죠."

파비아노가 단정적으로 말했다.

"더욱이 '아버지의 신경을 건드리지 않기 위해 밝히지 않는'다면 그게 오히려 어리석고 정직하지 못한 일이죠. 아니, 정직한 아버지라면 '아들아, 내가 이것과 저것을 실수했다. 나랑 같은 실수를 하지 않도록 네게 잘 설명해주고 싶구나.' 라고 말씀하셔야 하는 거 아녜요?"

돈 까밀로가 보라스키를 향해 몸을 돌렸다.

"자네 아들 말이 맞네. 자신의 실수를 있는 그대로 인정하는 일은 무척 중요한 일이지."

"동감입니다."

보라스키가 시인했다.

"그러나 문제는 내가 정치적인 일에 휘말려 잘못을 저지를 사람이 아니란 겁니다. 난 토지 소유주로 살아왔지만 아무에게도 귀찮은 일을 떠맡긴 적이 없었소. 나를 위협하는 경우엔 방어했고 내 것에 대해서만 다른 사람들에게 권리 행사를 했을 뿐이오. 난 평생 선량한 기독교인으로, 그리고 한 가정의 믿음직한 가장으로 살아왔소. 내 그리 내세울 건 없지만 크게 잘못한 것도 없다고 생각합니다."

파비아노가 아니라는 듯 고개를 저었다.

"아버지의 문제를 그렇게 축소하면 파시즘의 역사 또한 백지처럼 결백하게 된다고 생각하세요? 20년 동안의 독재도요? 정부에 대항하는 사람들을 무조건 감옥에 처넣은 건요? 그리고 인종 박해는요? 식민주의와 제국주의는요? 세계를 발칵 뒤집어 놓은 나치의 전쟁은요? 고통, 폭력, 무고한 죽음, 흘린 피, 파괴, 폐허는 누가 책임져야 하나요? 이 모든 걸 악마의 장난으로, 아니면 운명의 장난으로 돌려야 하나요?"

돈 까밀로는 어쩔 수 없다는 듯 양팔을 벌리며 파비아노에게 말했다.

"얘야, 기독교적 사랑의 의미를 잃어버린 인간들의 운명으로 해두자꾸나."

"신부님의 말씀은 너무 간단하고 쉽네요."

파비아노가 응수했다.

"잘못된 생각을 가지고 개인적인 이익을 위해 폭력을 행사한 사람들은 분명히 죄악을 저지른 셈이에요. 그들은 행동에 대한 책임을 지고 낱낱이 대가를 치를 필요가 있죠."

"그래, 네 말이 맞아."

돈 까밀로가 기품 있게 인정했다.

"하지만 난 네 아버지가 평생을 어떻게 살아왔는지 잘 알아. 제국주의나 인종 박해나 나치의 전쟁이나 기타 등등의 책임을 네 아버지에게 부과할 수는 없어."

파비아노가 대꾸했다.

"신부님이 뭘 말씀하시려는지 알아요. 기독교적 양심은 악으로는 더럽혀지지 않는다는 거죠? 악은 언제나 악이고 선은 언제나 선이라서 악으로부터 선이 생겨날 수 없다는 거군요. 신부님의 논리에 의하면 악한 사람은 악마의 길을 걷고, 선한 사람은 선한 길을 걸어요. 정당하지 못한 삶을 살아가는 사람은 이를 빨리 알아채고 참회해야 하겠죠. 자기 자신은 진실한 믿음으로 이를 행했다고 생각할지라도 그것은 잘못된 믿음이니까요. 신부님은 우리 아버지가 바르게 살고 있다고 생각하시는군요. 그런데 저는 아버지에게 책임을 돌리고 있으니 제가 잘못되었다는 말씀이시고요."

"옳지 못한 사람은 성공하지 못하는 법이네. 그러나 자네 아버지는 당당히 성공했잖나."

돈 까밀로가 말하자 파비아노가 비웃었다.

"전문가들의 표현을 빌리면 이게 바로 '성직자와 파시스트의 결탁' 이지요."

돈 까밀로가 파시즘으로부터 선물 받은 유일한 것이 있다면

1922년에 카모니로부터 위협을 받고 억지로 집어삼킨 피자마기름 한 잔뿐이다. 파비아노의 말에 화가 치밀어 오른 돈 까밀로는 두 주먹이 근질거리는 걸 느꼈다. 하지만 아들을 끔찍하게 챙기는 클레멘티나 부인이 옆에 서 있었다. 그녀는 아들 파비아노의 말을 심각한 표정으로 듣고 있었다.

돈 까밀로는 자리에서 일어나 이렇게 말했다.

"카드치기엔 너무 늦었어. 내일 아침 미사도 드려야 하고."

"만일 일꾼들이 파업하기로 결정을 내리면 내일 아침에는 나도 할 일이 산더미 같이 쌓일 겁니다."

보라스키가 중얼거렸다. 바로 그 순간 일꾼 감독이 들어와 일꾼들이 자정부터 파업하기로 결정했다고 알렸다. 파업 얘기는 자신의 일이 아니라는 듯 파비아노는 도시에 가져갈 짐을 꾸리기 위해 자리에서 물러났다. 아들은 방으로 들어가며 어머니에게 말했다.

"내일 아침 첫 기차를 타고 출발하겠어요."

새벽 4시에 필로메나 할멈이 파비아노를 깨우러 와서, 중요한 일로 어머니가 마당에서 기다리고 있다고 전했다. 커피 한 잔을 서둘러 마시고 마당으로 나간 파비아노는 가축우리 안에 있는 어머니와 마주쳤다.

클레멘티나는 머리에 수건을 뒤집어쓰고 발에는 긴 장화를 신고 있었다. 그리고 보라스키, 일꾼 감독 그리고 두 명의 노인은 소젖을 짤 기계를 손질하고 있었다. 집안일을 돌봐주는 가정부의 도움을 받아가며 클레멘티나 부인은 여물통에 건초를 채워넣었다.

파비아노를 보자 어머니가 구석에 있던 나무로 된 쇠스랑을 집어 아들의 손에 쥐여주며 말했다.

"넌 거름을 정리해라. 수레는 저기 있다."

"엄마, 기차가 30분 후에 출발해요."

"넌 아무 데도 못 가."

어머니가 거칠게 말했다.

"오늘 수업 때 숙제를 발표해야 한단 말이에요."

파비아노가 부르짖었다.

"학교 숙제보다 집안일이 더 급하다."

어머니가 딱 부러지게 말했다.

"중간고사 성적에 중요한 과제예요. 좋은 성적으로 대학에 가려면…."

"입학시험은 없어!"

클레멘티나 부인이 인내심을 잃고 고함을 질렀다.

"이제 공부는 끝이다. 넌 이미 지나치게 많이 공부했어."

파비아노는 어머니가 진심으로 하는 말인지 도저히 믿을 수가 없었다. 하지만 클레멘티나 부인은 당황해 하는 파비아노의 팔을 붙들어 잡고 수레 손잡이를 쥐여주며 명백하게 자신의 뜻을 전했다.

그러고는 '찰싹' 소리가 나도록 그의 엉덩이를 손바닥으로 때렸다. 교육학 입문서다운 행동이었다. 뒤이어 '딱' 소리가 날 정도로 세게 머리를 쥐어박았다. 열여덟 살짜리의 머리통을 열두 살짜리 어린애다운 생각으로 되돌려 놓기 위한 최고의 방법이었다. 시골의 나이 든 여선생마저 감탄할 만한 정확하고 완벽한 솜씨였다.

보라스키에게 이 '찰싹', '딱' 하는 소리는 마치 아름다운 음악처럼 들렸다. 보라스키가 황홀한 표정을 지으며 말했다.

"베르디가 위대한 작곡가라면 클레멘티나는 뛰어난 연주가야!"

쇠스랑을 손에 쥔 파비아노가 투덜거리며 거름 더미를 뒤적거리기 시작했다.

"이건 파시스트적인 방법이야!"

"노동부에 고소해라."

클레멘티나 부인이 덤덤하게 말했다. 하지만 사건은 거기서 끝났다. 그건 모두에게 잘된 일이었다.

패배한 승리

나피 집안은 거의 한 세기 동안 바로티 집안의 소작농이었다. 그래서 오랜 세월 두 집안은 서로에게 가족처럼 여겨졌다. 그런데 이상하게도 매번 나피 집안의 제일 어른인 비아 노인이 빌라비앙카에 모습을 보일 때마다, 바로티는 40도 가까이 열이 올랐다. 마찬가지로 바로티가 포사 보리타작 마당 안으로 들어설 때마다 나피 일가 모두에게 40도 가까운 열이 올랐다.

바로티는 정치에 관여한 적도 없을뿐더러, 관여하고 싶은 생각도 전혀 없었다. 반대로 정치에 관심이 많은 나피 집안사람들은 소유주와 소작농에 대한 이야기가 나올 때마다 딱딱한 정치문제에 대해 열변을 토하곤 했다.

예를 들면 이런 것이다. 비아 노인이 바로티에게 뽕나무를 뽑아내자는 제안을 했으나 바로티는 이 제안을 받아들이지 않았다. 바로티가 뽕나무를 뽑아내지 않은 건 물론 정치와는 아무런 상관이 없었다. 단지 뽕나무에 국한된 문제였다. 그러나 나피 집안사람들은 이것이 자본주의 지주와 노동자 사이의 일이라고 보았다. 사사건건 이렇게 대립하다 보니 두 집안 사이의 관계는 점점 악화되어 갈 뿐이었다.

나피 일가를 고집이 센 사람들이라고 말하지만 바로티 역시 호락호락한 인물은 아니었다. 바로티는 쓸데없이 고집을 피우는 나피 일가를 더 이상 상대하고 싶지 않았다.

"영감님이 모르고 있나 본데, 이 땅은 내 거요. 내 땅에 내가 원하는 나무를 심는 건 당연한 거 아니오. 그게 맘에 안 들면 다른 땅을 찾아보슈."

그러자 비아 노인이 손가락을 치켜올리며 말했다.

"그런 말 하기 전에, 자네를 팔에 안고 키운 사람에 대한 존경심을 지키시게. 45년 전 자네가 어린애였을 때 내게 수없이 업혔던 걸 기억이나 해 보라고!"

바로티가 비꼬듯이 되물었다.

"이제는 내 등에 당신네를 업고 있으니 서로 비긴 거 아닙니까?"

"그때 신줏단지 모시듯 등에 업고 다니지 말고 논두렁에 내던져 버릴 걸 그랬어!"

화가 날 때면 스무 살 청년처럼 입이 거칠어지는 68세의 비아 노인이 버럭 고함을 질렀다.

*

이런 상황에, 엎친 데 덮친 격으로 파사가토에 얽힌 사건이 벌어졌다.

얼마 전 포사 농지를 둘로 나누며 흐르던 개천을 전부 메워 버리고, 대신 농지 동쪽 가장자리에 새로 개천을 만든 일이 있었다. 바로티 가 농지의 배수물은 개천을 따라 바깥으로 빠지게 되는데 그곳의 통로를 파사가토라고 불렀다.

파사가토는 시멘트로 만들어진 너비 50센티미터 정도, 길이는 10~12미터쯤 되는 둥근 배수로였다. 이곳이 고양이가 지나간다는 뜻의 파사가토라 불리는 이유는, 몸이 유연하고 행동이 재빨라서 어떤 구멍이든 잘 빠져나가는 고양이나 드나들 수 있을 정도의 비좁은 구멍이었기 때문이다.

아무도 이를 개구멍이라고 말하지 않았다. 물을 흘려보내는 50센티미터 폭의 파사가토 관 안에는 부식토나 덤불 등이 배수로의 반을 차지할 정도로 쌓여 있어 몸이 유연한 고양이라면 모를까 개는 도저히 드나들 수가 없었으니까.

어느 날 바로티는 경작지를 한 바퀴 둘러보기 위해 집을 나섰다. 오랜만에 바깥 산책을 하게 된 바로티의 개는 신이 나서 주인의 뒤를 쫓아다녔다. 파사가토 앞을 지날 때였다. 고양이 한 마리가 민첩하게 몸을 날려 배수로 구멍 속으로 모습을 감추었다. 이를 지켜보던 개가 고양이의 뒤를 쫓아 달려갔다. 고양이의 행동을 그대로 따라 하던 개는 여러 가지 쓰레기와 덤불로 가득한 진창에 처박히고 말았다. 그러고는 배수관에 처박혀 헤어나지 못하고 그 속으로 빠져 들어갔다.

바로티는 개가 그런 상황에 빠진 것을 한시간이나 지나서야 알아차렸다. 배수관 구멍 안에서 뭔가가 낑낑대는 듯한 소리를 듣고 다가가 보니 자신의 개가 오물더미에 파묻혀 헐떡이고 있는 게 아닌가!

바로티는 도움을 청하러 나피네 집으로 달려갔다. 그러나 나피네 식구 두세 명과 함께 돌아왔을 땐 그저 불행하게 세상을 뜬 개에 대한 명복을 비는 것 외에는 할 수 있는 일이 없었다.

"그야말로 개죽음이군."

비아 노인이 중얼거렸다.

바로티는 몹시 괴로워하며 집으로 돌아왔다. 며칠이 지났지만 불쌍한 개에 대한 생각이 머리를 떠나지 않았다. 얼마 후 비가 내리기 시작하자 이제는 생각이 나는 정도가 아니라 골치 아픈 문제가 되어 버렸다. 왜냐하면 억수 같은 비가 이틀에 걸쳐 내리고 난 뒤, 농지가 베네치아의 운하처럼 온통 물에 잠겨

버렸다고 비아 노인이 알려왔기 때문이다.

바로티는 소리쳤다.

"이게 무슨 소리요? 새로 낸 배수로로 물이 흘러내려 가지 않는단 말입니까?"

"아니, 그게 아니고 파사가토가 문제네."

비아 노인이 대답했다.

"뭐, 처음 있는 일은 아니잖소. 파사가토가 막히면 뚫어야죠. 알아서 뚫으면 되잖소."

바로티가 대수롭지 않다는 듯 말했다.

"흥, 그건 우리가 할 일이 아니네."

비아 노인이 쌀쌀맞게 대꾸했다.

"자네가 할 일이야. 자네 때문에 막혀버렸으니까."

"왜 내 탓이라는 겁니까?"

"파사가토에 처박힌 개가 어디 우리 개였나, 자네 개였지. 주인집 개까지 소작농 관할인가? 쳇."

"웃기는군! 그럼 돌덩이나 덤불은 소작농 관할이어서 파사가토가 막힐 때마다 뚫으셨나요?"

비아 노인이 답답하다는 듯이 고개를 저었다.

"말이 안 통하는군. 돌덩이, 덤불, 진창은 자연재해들이지. 우박이나 가뭄 혹은 안개처럼. 우리 탓도 자네 탓도 아닌 게야. 하지만 만일 자네 개가 내 어린 손주 놈 다리 하나를 물어 뜯으면 그 다리를 반반씩 손해배상 해야 하는 건가? 자네 개니까 자네 책임이지. 그 개는 제 멋대로 파사가토에 기어들어갔어. 원칙적으로 따져 보게. 농지와는 상관이 없는 일이야. 자네 개가 문제를 일으켰으니 자네가 수습하는 게 당연하지. 가만히 놔두고 아무도 치우지 않는다면 이제부터 벌어지는 홍수 피해는 자네 혼자서 다 수습해야 할 거야."

비아 노인의 주장은 맞는 말이었다. 법률을 공부한 바로티도 노인의 말이 옳다는 걸 알고 있었다. 그러나 순순히 그의 말을 받아들이기에는 바로티의 자존심이 허락하지 않았다.

"그래요, 다 맞는 말이오. 하지만 만일 영감님이 개천에 빠지는 걸 내가 목격한다면 농지랑 아무 상관 없는 일이라 해도 나는 영감님을 끌어올릴 겁니다. 사고가 난 걸 가만히 보고 있을 수는 없으니까요."

"좋을 대로 생각하게. 하지만 나는 자네를 끌어올리지 않을 거야. 자네가 개천에 빠지는 꼴을 본다 해도 말일세!"

비아 노인이 냉정하게 대답했다.

"난 계약서에 적힌 것만 실행할 뿐이야."

"흠, 좋습니다. 그럼 나도 지금부턴 그렇게 하겠어요!"

바로티는 다섯 명의 인부를 보내 무슨 수를 써서라도 막힌 파사가토를 뚫으라고 했다. 마침내 파사가토가 뚫려 배수로 물이 다시 길을 따라 흘러갔다.

그 뒤 바로티는 포사의 경작재배 상황을 살펴보러 갈 때면 두 명의 증인을 꼭 대동했다. 그러고는 매번 계약에 어긋나는 걸 발견할 때마다 나피 집안에 알리곤 했는데, 그때는 말로 하는 것이 아니라 반드시 글로 써서 전달했다.

다섯 번째 편지가 도착하자 화가 머리끝까지 치솟은 비아 노인의 큰아들이 빼뽀네를 찾아갔다. 그는 빼뽀네에게 편지들을 보여주며 자초지종을 설명했다.

"읍장님, 다음번에 바로티가 증인들과 함께 우리 집 마당에 나타나면 발길질을 해서 내쫓아 버릴 작정이오."

"아니야, 아무에게도 발길질해선 안 되네."

빼뽀네가 음흉하게 말했다.

"만일 그가 고약하게 굴면 자네도 고약하게 굴면 되지. 당장 편지를 쓰게."

나피가 당황스러워하며 빼뽀네를 바라보았다.

"뭐라고 쓰죠?"

"문제 되는 건 다 쓰게. 수선해야 할 것들, 위생 시설, 부담스러운 징수, 불공평, 횡포, 계약상의 침해 등등 말이야."

빼뽀네의 설명이 그의 궁금증을 전부 해결해 준 것 같지는 않아 보였다. 나피가 힘없이 말했다.

"바로티는 탐욕스런 작자지만 계약은 잘 지키는 편인데요."

"빌어먹을 대지주 놈이 계약을 잘 지킬 거라면 그건 착각일세!"

빼뽀네가 조롱하며 대꾸했다.

"계약이란 계약서에 적힌 것만 뜻하는 게 아니야. 계약서에 적혀 있지 않지만 더 중요한 의무도 있게 마련이야. 그래, 자네 계약서에 주인이 진딧물 없는 배수구를 마련해줘야 한다는 게 적혀 있던가?"

"아뇨."

"그런데 자네 배수구에 진딧물이 있지?"

"셀 수 없을 정도로 많죠!"

"좋아. 먼저 진딧물에 대한 이야기로 시작하지. 바로티가 보낸 편지에 대한 맞대응으로 말이야. 그리고 위생 규칙 법규에 따라 배수로를 재정비해 줘야 하는데 제대로 이행되지 않는다고, 읍사무소 앞으로 민원 편지 한 통을 쓰게나. 그러면 내가 자네 집에 위생 감정가를 파견해 확인 작업을 한 후, 명령을 이행하라고 바로티에게 조처를 함세."

나피는 집으로 돌아와 조언대로 진딧물 문제를 가지고 첫 번째 보복을 감행했다. 그리고 사흘 후에 뻬뽀네의 집에 다시 나타났다.

"답장이 왔소."

"뭐라 하든가?"

"배수로와 방구석마다 일주일에 한 번씩 흰 약을 치기로 합의했어요. 흰색 가루약도 보내왔던 걸요. 아주 잘됐어요. 진딧물이 사라져 버렸어요."

뻬뽀네는 얼굴이 새파래지도록 노기를 띠며 말했다.

"병신처럼 그 작자가 자네를 갖고 놀게 내버려뒀나! 어쨌든 계속하게. 다음은 화장실에 대한 이야기를 물고 늘어질 차례야. 자네 집 화장실은 어떤가?"

나피는 별걸 다 묻는다는 듯 양팔을 벌리며 말했다.

"다른 집과 같죠, 뭐. 화장실이 뭐 어디 가겠어요?"

"좋아. 이번에도 통지서를 보내게. 말을 듣지 않으면 우리가 명령서를 띄움세."

그렇게 해서 나피는 다시 편지를 쓰게 됐고 바로티는 곧바로 답장을 보내왔다.

> 귀하의 정당한 지적에 대해 조치를 취합니다. 읍사무소에서 식수 설비를 마치는 대로 알려 주시면 적절한 위생 설비를 하도록 하겠습니다. 지금까지 읍사무소에서 식수 설비를 갖추지 않았던 관계로 화장실에 전기 펌프를 설치하지 못했습니다. 읍사무소에서 350미터 길이의 전기선을 위한 제반시설을 어떻게 마련할 수 있을지 통지해주는 대로 그 즉시 우물을 파고 전기 펌프를 달아 드리겠습니다.

사건이 해결될 기미가 보이지 않았다. 오히려 점점 복잡해져 갈 뿐이었다. 뻬뽀네는 나피에게 이번엔 양계업에 대해 물고 늘어지라고 조언했다.

"자네들은 양계업도 하고 있지?"

"물론이죠. 닭, 달걀 등등…. 다른 사람들처럼 닭을 길러 1년에 몇 마리씩 주인집에 주고 있지요."

"양계는 법적으로 금지되어 있네. 그걸 알고 있었나?"

"예, 하지만 집주인이 허락해 줬어요. 암탉하고 돼지는 소작농 관할이라고요. 그건 소유주와 상관없는 거예요."

"그게 중요한 게 아니야. 자네 계약서에 닭이나 돼지사육을 금하는 게 적혀있나?"

"모르겠는데요."

"바로 그 걸세. 계약이 만료되면 알게 될 걸세."

나피 집안사람들은 삐뽀네와 함께 양계에 대한 건을 어떻게 처리할 것인지 의논한 끝에 최상의 결정을 내릴 수 있었다. 계약이 만료되는 첫날, 그들은 편지를 발송했다.

> 오늘부로 계약이 만료되었으므로 더 이상 양계 사업은 하지 않음을 통보합니다. 우리가 키우던 식용 수탉을 귀하에게 보내는 대신 본 서신을 대신 발송하는 바입니다. 이 서신으로 닭 대신 수프를 끓여 드시기 바랍니다. 기름기 없고 합법적인 수프가 만들어질 것입니다.

바로티는 기분이 나빠졌다. 받던 닭이야 없었던 셈 치면 되니까 상관이 없는데, 나피 집안이 계속 시비를 거는 것에 기분이 몹시 상했다. 그래서 말끔히 상황을 정리하기로 결정을 내렸다.

바로티의 답장은 다음과 같았다.

본인의 농지를 임대하여 사용하고 계시는 귀하께 서신을 보냅니다. 올해의 계약을 끝으로 더 이상 귀하는 본인 농지의 경작인으로 간주되지 않음을 알려드리고자 합니다. 올해 추수가 끝나는 대로 퇴거해 주시기 바랍니다.

그 이후로 바로티는 더 이상 포사에 모습을 드러내지 않았다. 나피 일가는 갑작스러운 상황에 화가 났다. 그리고 사건은 나날이 복잡해져 갔는데, 왜냐하면 빼뽀네와 그 일당이 이 사건을 자신들의 일로 다루기 시작했기 때문이다.

건물 모퉁이와 신문 기사에 그리고 빌라비앙카 저택 대문 위에 붉은 타르로 적힌 수상쩍은 글이 나돌기 시작했다.

'바로티, 인민의 착취자, 각오하라! 죽음의 시간이 다가온다!'

하지만 바로티는 꿈쩍도 하지 않았다. 그는 자신을 보호하기 위한 법률을 잘 알고 있었다. 밖으로 얼굴을 내비치지 않고 통지서로 모든 일을 처리했다. 그들 사이의 싸움은 한 해를 넘겼다. 결국 나피 일가는 비아 노인이 임대했던 농지를 모두 잃고 한겨울에 쫓겨나게 되었다.

이사하는 날, 나피 집안의 짐을 실은 트랙터가 포사의 보리 타작 마당을 나섰다. 다리를 건너자 한 남자가 서 있었다.

"이봐요, 영감님. 비 올 때 떠나는 거요?"

그가 비아 노인에게 소리쳤다. 바로티의 재산 관리인이었다.

비아 노인이 다가갔다. 그는 막내 손자의 손을 붙잡고 있었다. 조금 더 큰 다섯 명의 손자들과 늙은 누렁개 한 마리가 그 뒤를 따르고 있었다.

관리인 앞에 멈춰 선 비아 노인이 그를 똑바로 바라보며 말했다.

"난 여기서 한 발자국도 움직이지 않을 거야. 그놈이 내게 인사하러 오지 않는다면."

당황한 관리인이 말을 더듬었다.

"아니…. 왜, 왜 이러시오? 이렇게 막무가내로 행동해도 된다고 생각하면 그건 큰 오산이오."

트랙터 위에 앉아있던 큰아들이 끼어들었다.

"아버지. 그냥 가세요! 비가 올 것 같아요. 그 망할 놈은 내버려두세요!"

"너는 입 다물어!"

노인이 퉁명스레 소리쳤다. 그러고는 바로티의 재산 관리인에게 말했다.

"그놈이 내게 작별 인사하러 오지 않는 이상 난 여기서 꿈쩍도 하지 않을 걸세."

노인이 차가운 목소리로 다시 말했다. 부슬부슬 가랑비가 내리기 시작했다. 노인은 아이를 자신의 오버코트 아래로 잡아당겼다. 개는 그의 발치에 웅크렸다.

"100년 만에 드디어 나피 일가가 포사를 뜨는군. 한 세기 동안, 나피 집안이 바로티 집안에 좋은 일을 많이 하기도 했지."

비아 노인은 비를 맞으며 조각상처럼 우뚝 서 있었다. 관리인은 노인을 지켜보다가 아무래도 움직일 것 같지 않자 차에 올라 빌라비앙카 저택으로 달려갔다.

바로티는 자신의 서재 벽난로 앞에 서 있었다.

"비아 노인이 나리를 뵙고자 합니다."

재산 관리인이 자초지종을 설명했다.

"그 작자와 그 일가족 몽땅, 다시는 내 눈앞에 나타나지 말라고 그래!"

바로티가 대답했다.

"나리, 길 한복판에 어린 손자와 개가 함께 버티고 서 있습니다. 비를 맞으면서요. 나리께서 인사하러 오지 않으면 꼼짝 않겠답니다. 그 집 큰아들은 마지막 짐을 실은 트랙터 위에 앉아 옆에서 기다리고 있습니다. 제가 나리라면 가겠습니다. 나리께서도 아시다시피 그 집 아들이 반미치광이라…."

한참 동안 말이 없던 바로티가 마침내 자리에서 돌아섰다.

"자네는 여기 있게. 나 혼자 가지."

포사의 작은 다리 앞에 도착한 바로티가 차에서 내려섰다. 멀리 트랙터 운전석 앞에 앉아 있던 나피가 그를 보자 고개를 돌렸다. 바로티는 작은 다리 위로 걸음을 떼었다. 반대편 큰 길

한가운데로 검은 외투를 걸치고 빗속에 서 있는 비아 노인의 모습이 보였다.

바로티가 다리 중간쯤 왔을 때 노인의 검정 외투가 들썩거리더니 아이가 얼굴을 내밀었다. 발치에 웅크리고 있던 누렁이도 일어섰다. 바로티는 잠시 망설이다가 비아 노인을 향해 성큼성큼 다가갔다. 비아 노인이 외투 단추를 풀었다.

"한 세기 만에 나피 일가가 포사를 뜨는군."

비아 노인이 말했다.

"신사답게 살았으니 마지막까지 신사답게 당당히 떠나야지."

비아 노인의 오른손이 외투에서 나오더니 바로티의 오른손과 중간에서 만났다. 농사꾼다운 투박하고 긴 악수였다. 비아 노인의 오른손이 외투 아래로 다시 감추어졌다가 커다란 수탉 두 마리를 움켜쥐고 다시 나타났다.

"모든 것에는 주인이 있기 마련이고, 그 타고난 운명을 따르는 법이야."

바로티에게 두 마리의 수탉을 내밀며 비아 노인이 말했다.

닭을 받아든 바로티는 그 자리에 못 박힌 듯 걸음을 떼지 못했다. 아이와 개와 함께 비아 노인이 천천히 걸음을 옮기기 시작했다.

비아 노인이 몸을 뒤로 돌려 과장되고 엄숙한 동작으로 모자를 벗었다. 그리고 모자를 다시 쓰고 트랙터 위에 올라탔다. 트랙터가 털털거리며 시동을 건 뒤 움직여 사라졌다. 길이 텅 비고, 넓은 보리타작 마당도 황량하니 내버려졌다.

그 휑한 길 한가운데 바로티는 여전히 꿈쩍하지 않고서 있었다. 오른손엔 모자를, 왼손에 닭을 들고 조각상처럼 미동도 하지 않았다.

그리고 멀어져 가는 트랙터의 소리인지 아니면 자신의 심장 박동 소리인지 알 수 없는 소리에 귀를 기울이고 있었다.

겨울비가 내리고 있었다.

곤충학자의 동상

멀리 도시에서 공증인이 찾아왔는데, 그는 말수가 적은 사람이었다. 그는 뻬뽀네를 보자마자 단도직입적으로 결론을 말했다.

"읍장님. 간단하게 '예', '아니오'로만 대답하시면 됩니다. 전 중개인이 아니라 유언집행인이니까요."

"농지에 관한 것이라면 기꺼이 대답할 수 있소."

뻬뽀네가 말했다.

"하지만 기념 동상에 관한 것이라면 먼저 읍 의회와 읍민들의 의견을 들어봐야 하오."

공증인은 가방 안에 다시 서류를 집어넣었다.

"결정하기까지 보름이 남았습니다. 다른 타협이나 해결 방안이 없다는 걸 명심하십시오. 전부 받아들이거나 아니면 아무것도 없소. 이게 바로 고인의 뜻이오."

"우린 살아있는 자건 죽은 자건, 남의 명령은 받지 않소!"

빼뽀네가 단호하게 소리쳤다. 이것은 아주 중요한 일이었기 때문에 자신의 참모들과 토론을 벌인 뒤에도 뾰족한 수가 나오지 않자 빼뽀네는 이 안건을 의회에 넘겼다.

"우리 마을 출신인 루이지 롤리니가 30년 동안 살던 토리노에서 세상을 떠났소. 그는 피오파차 농지를 양로원에 남긴다는 유언장을 남겼소. 단, 우리가 부친의 기념 동상을 광장 한복판에 세운다는 걸 승인하는 조건하에 말이오. 물론 양로원은 도움이 필요하지만 광장은 묘지가 될 수 없소."

빼뽀네의 말을 들은 필레티가 분노를 터뜨렸다.

"읍장! 읍장이 말한 루이지 롤리니 부친의 이름은 안셀모 롤리니요. 과학자로서 높은 평가를 받은, 세계에 널리 인정받는 분이오. 잘 모르시는 것 같아 알려드리는 바요!"

"새삼스러운 일이오."

빼뽀네가 대꾸했다.

"안셀모 롤리니가 어떤 사람이었는지는 잘 알고 있소. 마을의 중앙 광장에 기념 동상을 세울 정도의 일은 조금도 하지 않았다는 것도 말이오. 광장은 인민 노동자의 신성한 장소요. 거짓된 부르주아의 동상이 세워지는 건 절대 받아드릴 수 없소."

"옳소!"

대다수가 삐뽀네의 말에 동조하며 고함쳤다. 하지만 필레티는 전혀 기죽지 않았다.

"안셀모는 누구처럼 엉터리 정치협잡꾼이 아니라 과학자였소."

필레티가 소리쳤다.

"그의 연구는 곤충학계에서 아주 중요한 업적으로 기려지고 있단 말이오."

삐뽀네는 입가에 비웃음을 띠며 고개를 좌우로 저었다.

"곤충학은 과학이 아니오. 돈 많은 부자의 취미일 뿐이오."

"함부로 말하지 마시오, 읍장!"

필레티가 버럭 소리를 질렀다.

"읍장은 곤충학이 뭔지도 모르니 그렇게 말을 막 하지!"

하지만 이런 상황을 예상했던 삐뽀네는 미리 생각해 두었던 말을 천천히 꺼냈다.

"초등학교 3학년 정도면 알 수 있는 교양을 가지고 뭐 그리 호들갑인가? 열 살 정도만 되면 굳이 곤충학을 공부하지 않고도, 오늘날의 인민들은 나비 뒤나 쫓아다니는 작자들에게 관심 없다고 대답할 수 있소. 오늘날 과학과 문화의 진정한 대표자는 사회문제의 뒤를 쫓는 사람들이오."

열이 뻗칠 대로 뻗친 필레티는 더 이상 말을 잇지 못하고 회의장을 박차고 나가 버렸다. 필레티는 다음번에 뻬뽀네를 만나면 호되게 복수를 해 주리라 마음먹었다.

물론 곤충학은 대중의 관심을 끄는 학문은 아니다. 그래서 의회에서는 곤충학자의 실질적인 가치에 대한, 그리고 곤충학자의 기념동상을 공공광장에 세우는 게 적절한지 아닌지에 대한 의견들이 분분이 오갔다.

그러나 땅의 실질적인 가치에 대해, 다시 말하면 40헥타르에 해당하는 피오파차 같은 비옥한 농지를 포기하는 게 적절한 일인지 아닌지에 대해서는 말이 필요 없었다. 그 농지는 최소한 7천만리라 가량의 자산가치를 가졌고, 해마다 120톤에 해당하는 안전한 소득을 내고 있었다.

유명 조각가가 만든 멋진 기념 동상은 이미 준비되어 있었다. 주춧돌은 대리석으로, 몸체는 청동으로 만들어진 값비싼 동상이었다. 읍 위원회에서 롤리니의 제안을 받아들이기만 하면 고 루이지 롤리니의 유언 집행인들은 광장 한복판에 그 기념 동상을 세울 참이었다. 하지만 기념 동상을 광장에 세우려는 것에 대해 의회에서는 아직도 반대의 목소리가 높았다.

읍 의회를 설득하기 위한 방안으로, 도시의 유지들이 참여하는 '안셀모 롤리니 기념회' 가 구성되었다. 이들은 기념회 회원들의 명단을 넣은 홍보물을 만들었다. 이 유언에 대해 찬성하는 이유와 자신들의 입장을 읍민들에게 알릴 생각이었다. 기념회는 인쇄소에 홍보물 초고를 넘기기 전에 권위 있는 자신들의 대표자를 읍장에게 파견했다. 읍장의 이름을 명단에 넣을 것인지 말지, 최종 결정을 내리기 위해서였다.

기념회에서 보낸 '권위 있는 대표자'는 읍장을 찾아가 이렇게 말했다.

"위대한 곤충학자 안셀모 롤리니를 기리는 기념회가 구성되었소. 이 영광스런 기념사업에 읍장 동지께서 우리와 뜻을 같이 하리라는 것을 확신하는 바요."

"뭐, 별로 관심이 없소."

뻬뽀네가 시원찮게 대꾸했다. 기념회의 대표자는 읍장의 반응에 대해 의아해하며 다시 한 번 물었다.

"동의하지 않는다는 뜻이오? 무슨 의향인지 잘 이해가 안 가는구려. 대답을 잘못하신 건지 아니면 내가 못 알아 들은 건지…."

"난 더 이상 할 말이 없소. 내 말을 알아듣고도 딴청이시오, 신부님."

뻬뽀네가 대답했다.

"난 성직자들의 음모에 절대로 응하지 않을 거요."

돈 까밀로가 미소를 지었다.

"저명한 고향 인물을 기념하는 것이 어째서 음모를 꾸미는 일이 되나? 내 이름이 기념회 명단에 들어가긴 했지만 난 언제라도 이 일에서 빠질 의향이 있네."

"아, 그런 염려는 하지 않아도 됩니다. 신부님! 때가 되면 우리가 다 알아서 빼줄 테니 말이오!"

뻬뽀네가 소리쳤다. 돈 까밀로는 침착하게 말했다.

"세상사 모든 일은 읍장의 결정이 아니라 하느님의 섭리를 따르는 게 아니겠나. 현재 읍장의 손아귀에는 내가 대표하는 사업회의 숭고한 사업에 대한 성공이 달려있을 뿐이네."

뻬뽀네는 화를 내며 말을 내뱉기 시작했다.

"그쪽에서 광장에 진딧물 사냥꾼의 동상을 세운다면 난 동상을 철거해 뽀 강에 처박아 버릴 겁니다. 그뿐만 아니라 그쪽 모두를 공공 토지 불법 점유로 고발할 거요. 그러니 당장 포기하시오! 광장은 인민의 것이니까! 성직자 따위가 정치적인 술수에 써먹을 데가 아니란 말이오."

돈 까밀로는 더 이상 말할 기분이 들지 않았다.

뻬뽀네의 책상 옆에 있는 책꽂이에 두툼한 위인전 시리즈가 꽂혀 있었다. 돈 까밀로는 'ㄹ' 자가 뒷면에 찍혀 있는 책 한 권을 집어 들고 책장을 넘겼다. 그리고 자신이 찾던 페이지가 나오자 뻬뽀네 앞에 펼쳐 보이며 말했다.

"자, 여기를 읽어보게. 안셀모 롤리니는…."

뻬뽀네가 책을 거칠게 덮어버리며 고함쳤다.

"다 압니다! 고명하신 롤리니 선생에 대한 이야기는 전부 다 기억하고 있다고요!"

"이런 고향 사람이 있다는 건 마을 사람 모두의 영광일세. 읍민 모두의 애향심을 고취시키는 거야. 이런 기초적인 사실도 이해하지 못한다면 읍장으로서, 읍민으로서 자넨 자격이 없네."

"신부님이 성직을 그만둘 때 나도 읍장직을 그만둘 거요. 만일 안셀모 롤리니가 마을 사람 모두의 자랑거리라면 신부님 쪽에서나 받아들이지 그러시오. 기념비를 굳이 세우고 싶다면 사제관 앞뜰에다 세우면 될 게 아닙니까!"

돈 까밀로는 뻬뽀네를 빤히 바라보며 소리쳤다.

"말도 안 되는 소리!"

몇 분 뒤, 돈 까밀로가 말했다.

"자네가 곤충학자를 그리 싫어한다면 할 수 없지. 하지만 자네의 똥고집 때문에 7천만 리라의 유산을 양로원에서 받지 못한다는 건 이해하기가 힘들군."

화가 치민 뻬뽀네는 주먹으로 책상을 내려쳤다.

"우리가 언제는 서로를 잘 이해했던 적이 있었소?"

돈 까밀로는 어처구니없다는 듯 어깨를 움찔했다.

"뻬뽀네, 그 이야기는 그만두세. 다시 문제의 요점으로 돌아가자고. 자네가 나를 이해하건 못하건 그건 나중에 이야기하고. 지금은 안셀모 롤리니에 대한 기념사업을 읍 의회에서 승인해 주었으면 좋겠네."

"절대로 안 되오!"

뻬뽀네가 또다시 책상을 주먹으로 내려치며 대답했다. 돈 까밀로는 어쩔 수 없이 발길을 돌려야 했다.

돈 까밀로는 사제관에서 그를 기다리고 있는 기념사업회 위원들에게 결과를 설명하러 갔다.

"그래, 어찌 됐습니까?"

필레티가 초조해하며 물었다.

"받아들이지 않았소."

돈 까밀로가 한숨을 쉬며 대답하자 그가 음흉한 미소를 띠며 큰 소리로 말했다.

"좋았어, 이 일을 계기로 읍장자리에서 뻬뽀네를 쫓아내고 말 겁니다! '노동자 계급이 아니라 부르주아에 속한다는 사실 하나 때문에, 양로원에 남긴 7천만 리라의 유산을 거부하다! 마을에 엄청난 도움이 될 유산을!' 하핫, 우린 엄청난 트집거리를 잡은 겁니다. 이 일이 널리 퍼지면 뻬뽀네는 마을 사람들의 적이 될 거요!"

기념회는 즉각적인 행동개시를 위해 계획을 궁리했다.

"무엇보다도 먼저 성명서를 만들어야 해요. 이 일에 찬성하는 사람들의 이름이 적힌 롤리니 기념회 성명서를 만듭시다. 거기에 읍장의 이름이 빠진 것을 마을 사람들에게 알리고 읍의회에 공식적인 해명을 요구하도록 합시다. 마을 사람들이 읍장을 사임시키라고 들고 일어설 거요. 이번엔 그가 정치적으로 살아남기 힘들 겁니다."

위원회는 저녁 늦게까지 치밀한 계획을 세웠다. 드디어 성명서가 완성되자 회원 중 한 사람이 그것을 인쇄공 바르키니에게 가지고 갔다.

필레티와 돈 까밀로는 밤을 꼬박 새우며 사제관에서 자리를 지키고 있었다. 자정이 가까운 시간에 인쇄물 견본이 도착했다. 돈 까밀로는 눈을 부릅뜨고 인쇄물을 천천히 큰 소리로 읽어내려가기 시작했다. 필레티는 그 옆에서 돈 까밀로가 견본을 읽어 내려가는 것을 집중해서 듣고 있었다.

능숙한 인쇄공 바르키니는 위원회가 요청한 것에서 한치의 오차도 없이 견본을 만들어 놓았다. 돈 까밀로는 소파에 앉아 졸고 있던 인쇄공의 조수에게 이대로 대량 인쇄를 하면 된다고 다시 넘겨주었다.

"바르키니에게 빨리 인쇄하라고 전하렴."

필레티가 조수에게 말했다.

"내일 아침 6시까지, 벽보 붙이는 전담팀이 인쇄물을 찾으러 갈 거다."

벽보를 붙이는 젊은이들은 훌륭하게 제 몫을 다했다. 필레티와 기념사업회의 모든 사람들은 구경거리를 즐기러 8시에 집에서 나왔다. 그런데 이상하게도 8시 반경이 되자 필레티를 비롯한 다른 사람들이 기가 푹 죽어 사제관으로 돌아오는 게 아닌가. 필레티는 말없이 돈 까밀로에게 성명서 한 장을 보여주었다. 제일 먼저 돈 까밀로의 눈에 띈 것은 기념회원들 이름 사이에 적힌 뻬뽀네의 이름이었다.

돈 까밀로는 멍하니 필레티를 쳐다보았다. 그는 절망적으로 양팔을 벌렸다.

"보시다시피입니다, 신부님."

그가 말했다.

"견본과 원문을 확인하러 벌써 바르키니에게 들렀다 오는 길이에요. 모두 없어졌습니다. 바르키니는 인쇄를 마치고 나서 자러 갔대요. 읍장의 이름이 있었는지 없었는지조차 기억하지 못합니다."

"우리가 교정을 볼 땐 없었지 않나!"

돈 까밀로가 큰 소리로 물었다.

"다시 말해 봤자 소용없어요."

필레티가 결론지었다.

"기가 막힌 사실은 딱 하나에요. 읍장의 이름이 선전물에 인쇄됐다는 거요. 화는 나지만 바르키니와 그의 조수에게 책임을 물을 수는 없어요."

슬픔에 잠긴 기념회 위원들이 사제관을 떠나자 돈 까밀로는 제대 위의 예수님을 만나러 성당으로 달려갔다.

"예수님."

그가 말했다.

"뻬뽀네가 이 문제에 대해 심사숙고한 뒤 자기 이름을 집어 넣은 것 같습니다. 조수로 일하는 아이가 인쇄소에 돌아갈 때 뻬뽀네가 그 녀석을 잡았겠지요. 그러고는 자기 이름을 넣고, 나중에 견본과 원문을 없애버리라고 시켰을 겁니다. 만일 이 사실을 발설했다간 다칠 거라고 협박도 했겠죠. 제가 교정봤을 때만 해도 뻬뽀네의 이름은 없었는데….”

“정말 그렇게 확신하느냐, 돈 까밀로? 뻬뽀네가 한 짓이 맞느냐?”

예수님이 다시 한 번 묻자 돈 까밀로는 잠시 망설이다 대답했다.

“사실…. 예수님도 아시겠지만 엊저녁에 제가 무척 피곤했습니다.”

돈 까밀로가 시인했다.

“그런 상태에서 제 못난 손이 그만 저도 모르게 그 인간의 이름을 써넣었을 수도 있었다는 생각이 듭니다.”

예수님이 빙그레 웃으며 말씀하셨다.

“내 생각에도, 너의 오른손이 몰래 저지른 일 같구나.”

“아무튼 더 잘된 일입니다. 롤리니의 명예도 인정받고 양로원은 손해를 보는 대신 큰 도움을 받게 되었으니까요. 이래저래 모두 마을에 이익이 될 겁니다.”

4월의 어느 화창한 일요일, 1830년부터 1918년까지 살다 간 저명한 곤충학자 안셀모 롤리니에 대한 기념 동상이 마을 광장에 세워졌다. 훌륭한 작품이었다. 대리석의 주춧돌 위에 세워진 청동상은 자신의 위용을 맘껏 뽐냈다.

기념식이 끝날 무렵 돈 까밀로가 뻬뽀네를 향해 돌아서며 말했다.

"동상을 세우니 예전의 광장은 뭔가 부족했었다는 걸 알 수 있어. 안 그런가, 읍장 나리?"

"모르겠소. 계속 지켜봐야 할 것 같소."

뻬뽀네가 우울한 표정으로 대답했다.

*

하루, 이틀, 일주일이 지나고 드디어 마을 축제가 열리는 6월이 되었다.

역시 더 나았다. 아무리 뻬뽀네라 해도 부르주아 곤충학자의 동상이 자리하고 있는 광장 한복판에 무도회장을 열지는 못하리라는 돈 까밀로의 예상이 맞아떨어졌다. 축제 전날 저녁, 돈 까밀로는 황량한 광장 한복판에 우뚝 선 안셀모 롤리니의 동상을 바라보면서 흡족한 미소를 지었다.

다음 날 아침, 돈 까밀로는 날아갈 듯한 기분으로 잠자리에서 일어나 첫 미사를 봉헌하고 광장으로 달려갔다. 그런데 광장에 들어선 순간 그는 뻣뻣하게 굳어 버렸다.

지난해와 마찬가지로, 화려한 무도회장의 천막이 광장을 크게 덮고 있었다. 선전 포스터들은 뻬뽀네 일당이 기획한 '민속 춤 축제'의 시작을 알리고 있었다. 전날 저녁까지만 해도 곤충학자 안셀모 롤리니의 동상이 압도하던 광장 한복판에 천박한 무도회장 천막이 펼쳐지다니! 돈 까밀로는 믿을 수 없다는 듯 고개를 절레절레 흔들었다. 그러다가 빼뽀네와 눈이 마주쳤다.

"자네 돌았나?"

돈 까밀로가 부르짖었다.

"동상을 치우고 무도회장 천막을 치다니! 이러고도 유산 상속인이 맡긴 임무를 잘 수행하고 있다고 할 수 있겠나?"

"아니 뭐가 어때서 그래요, 돈 까밀로."

빼뽀네가 웃으며 대답했다.

"나는 맡은 임무에 대해 한 치의 소홀함도 없는 사람이오. 직접 안으로 들어가 확인해 보시오. 내 말이 틀리나."

돈 까밀로는 천막 옆쪽의 갈라진 틈을 열고 들어갔다. 천막을 받치고 있는 두 개의 기둥 사이, 축제가 벌어지는 바로 그 한복판에 청동 곤충학자가 위엄 있게 서있었다.

"오늘은 롤리니씨도 분명히 신이 날 거요. 음악도 좋고, 파트너도 미인이고 말이오!"

빼뽀네가 싱글벙글 동상을 바라보았다. 경악한 돈 까밀로는 뒤로 한 걸음 물러서며 부르짖었다.

"너무 어처구니가 없어, 온 세상 사람들이 다 웃겠다!"

말은 그렇게 했지만 정작 돈 까밀로는 조금도 웃을 수가 없었다.

보좌신부와 돈 까밀로

구름이 잔뜩 끼어있던 하늘이 맑게 개면서 해가 방긋 얼굴을 내밀었다. 채소밭에서 호미질을 하고 있던 돈 까밀로의 기분도 덩달아 밝아졌다. 하지만 이 행복은 그리 오래 가지 못했다. 종지기의 모친이 가져온 소식 때문이었다.

"신부님. 드디어 보좌 신부님이 도착했답니다."

노파가 말했다. 돈 까밀로는 호미질을 계속하며 심드렁하게 대답했다.

"그럼 이리 데려오시오."

노파는 당혹스러워하며 그를 쳐다보았다.

"지금 사제관에서 기다리고 있는데요."

"보시다시피 나는 사제관이 아니라 여기 있소. 그러니 이리 데리고 오시오."

종지기의 모친은 툴툴거리며 사제관으로 돌아갔다. 잠시 후 젊은 신부 하나가 채소밭으로 나와 돈 까밀로의 등 뒤에 섰다.

"안녕하세요, 신부님."

돈 까밀로는 호미질을 멈추었다. 그리고 젊은이를 향해 몸을 돌렸다.

*

"돈 질도라고 합니다."

"안녕하시오."

돈 까밀로는 왼손에는 호미를 쥔 채, 흙이 묻어 있는 오른손을 털고 악수를 청했다. 손마디의 뼈가 으스러질 듯 세게 쥐는 바람에 젊은 신부가 깜짝 놀라 눈을 동그랗게 떴다.

"주교님의 편지입니다."

돈 질도가 편지를 건네며 말했다. 돈 까밀로는 주교의 글이 적힌 편지를 대강 훑었다. 그러고는 젊은 신부에게 말했다.

"신경 쓰시지 않아도 된다고 했는데…. 내 비록 나이를 먹으면서 아픈 곳이 조금씩 생기긴 하지만 아직은 혼자 본당을 이끌어갈 수 있다고 말이오. 아무튼 주교님이 내 수고를 덜어주고 싶어 하니 나로선 환영할 수밖에. 어서 오시오, 돈 질도."

젊은 신부는 점잖게 고개를 숙이며 인사했다.

"감사합니다. 돈 까밀로 신부님. 뭐든 시켜만 주십시오."

"고맙소. 그러면 당장 해줄 일이 하나 있긴 하오만."

돈 까밀로가 대답하고는 버찌나무 쪽으로 다가갔다. 그리고 가지에 걸려 있던 호미를 집어 젊은 신부의 손에 쥐여주었다.

"둘이서 하면 일이 더 빨리 끝날 거야."

젊은 신부는 호미를 내려다보더니 다시 고개를 들어 돈 까밀로를 바라보았다.

"저어, 저는."

젊은 신부가 잠시 말을 멈췄다.

"이런 도구는 사용해 본 적이 없어서…."

"염려하지 마시게. 내 옆에 붙어서 그대로 따라 하면 되네."

젊은 신부는 굉장히 예민하고 자존심이 강한 젊은이였다. 그는 감정이 상한 듯 얼굴이 시뻘게져서 울먹이는 목소리로 대꾸했다.

"신부님. 저, 저는 영혼을 돌보러 왔지 채소밭을 가꾸러 온 게 아닙니다."

"지당한 말씀. 그러나 우리의 식단을 풍성하게 해줄 야채나 콩을 얻으려면 채소밭을 가꿔야 한다는 것도 잊으면 안 되지."

돈 까밀로가 호미질을 하기 시작했다. 손에 호미를 쥔 젊은 신부는 이러지도 저러지도 못하고 밭고랑 사이에 서 있을 뿐이었다.

"아니, 뭐든지 시켜만 달라던 아까 그 돈 질도는 어디로 갔나? 나를 돕고 싶은 마음이 벌써 사라진 겐가?"

고개를 들지 않은 채 돈 까밀로가 말했다.

"신부님을 돕고 싶지 않은 게 아닙니다!"

젊은 신부가 부인하며 외쳤다.

"전 여기에 성직자로 왔다는 거죠!"

"돈 질도, 좋은 성직자의 첫 번째 덕은 겸손이오."

젊은 신부가 이를 악물고 돈 까밀로에게 다가왔다. 그리고 그의 옆에 앉아 호미질을 하기 시작했다. 지그시 바라보던 돈 까밀로가 말했다.

"신부님. 내가 기분을 상하게 했거나 잘못한 게 있다면 나한테 화풀이하시오. 아무 죄 없는 땅에 그러지 말고."

젊은 신부는 아무 대답도 않고, 묵묵히 밭일을 계속했다.

생각했던 것보다 일이 두 시간 정도 빨리 끝났다. 땀과 흙으로 지저분해진 돈 까밀로와 젊은 신부가 사제관으로 돌아오자 11시를 알리는 종이 울렸다.

"다른 일을 하나 더 할 수 있겠군."

오두막을 향해 걸음을 옮기며 돈 까밀로가 말했다. 톱질해야 할 느릅나무가 마당에 놓여 있었다. 젊은 신부는 정오 종이 울릴 때까지 돈 까밀로가 톱질하는 것을 도와야만 했다.

그는 치밀어 오르는 화를 꾹꾹 눌러 참느라 속이 거북해졌다. 그 결과, 점심시간이 되어 식탁에 앉았을 때는 이미 식욕이

뚝 떨어져 있었다. 그는 수프를 몇 숟갈 뜨는 둥 마는 둥 하더니 이내 수저를 내려놓았다.

"밥맛이 없더라도 걱정하지 마시오. 갑자기 분위기가 바뀌어 그런 거니까."

돈 까밀로는 돼지고기가 들어간 수프를 두 접시나 해치웠다. 식사를 마친 돈 까밀로가 시가를 꺼내 물고는 젊은 사제에게 다시 말을 건넸다.

"그래, 마을은 맘에 듭디까?"

"방금 온 걸요."

"다른 마을하고 크게 다를 게 없다오, 친애하는 돈 질도. 어디나 선량한 사람들과 못된 사람들이 살고 있소. 누가 진실로 착하고 나쁜지 파악하는 게 어려운 게 문제지만…. 다만, 정치적인 관점에서 볼 때 이 마을은 빨갱이들의 목소리가 크다는 걸 일러두겠소. 그들의 영향력이 계속 커지는 것을 막기 위해 온갖 방법을 다 동원하지만 소용이 없고, 점점 더 힘들어만 진다오."

그러자 젊은 신부가 대답했다.

"방법이 문제겠지요."

돈 까밀로가 호기심을 내보이며 그를 바라보았다.

"무슨 좋은 방법이라도 있으신가?"

"아뇨, 무슨 기적적인 방법이 있는 것은 아닙니다, 신부님. 저는 그저 다른 시각으로 상황을 바라볼 필요가 있다는 걸 말하고 싶은 겁니다. 공산당들의 입장에서는, 눈에 보이지도 않는 천국 이야기를 늘어놓는 종교 따위는 아무짝에도 쓸모가 없어요. 우리는 공산주의자들이 왜 그렇게 성공했는지 생각해 봐야 합니다. 그들은 가난한 사람들에게 '우리와 함께하시오. 우린 부자들의 것을 빼앗아 가난한 사람들에게 주니까 당신들은 잘 살 수 있을 거요. 신부들은 하늘의 천국을 약속하지만 우리는 땅의 복지를 당신들에게 줄 거요' 라고 말합니다."

돈 까밀로가 고개를 끄덕였다.

"무슨 소린지 알겠네, 돈 질도. 그러나 우리가 그들처럼 '세상의 욕심을 채우기 위해 살아야 한다' 고 말할 수는 없지 않소."

"물론 그럴 수는 없죠. 그냥 '특권을 가진 자들의 복지를 보호한다' 는 인상을 주지 않으면 됩니다. 의무에 대해 말하는 대신 권리에 대해 말해 주는 거죠. 각자 자신의 의무를 다하면 모든 권리도 자동적으로 존중된다고요. 가난한 사람들에게는 의무를 강조하는 것보다, 권리를 강조하는 편이 더 다가가기 쉽습니다."

돈 까밀로는 심각한 표정으로 듣고 있다가 고개를 끄덕였다.

"맞는 말이군. 한마디로 말해 공산주의자들과 경쟁해야 한다면 그들의 정당성을 무효화할 필요가 있단 말이지."

"네, 바로 그겁니다. 사악한 자들의 특권을 보호하는 데 쓰는 정당성은 정의롭지 못하죠. 신성한 하느님의 계명에 어긋나니까요."

돈 까밀로는 양팔을 활짝 벌렸다.

“이것 보시게, 친애하는 돈 질도. 참 멋진 생각을 가지고 있구먼. 자네의 의견에 동의하네. 앞으로 잘 부탁하네.”

비상한 머리 회전 능력을 지닌 젊은 보좌 신부는 제 생각을 차분하게 설명하면서 돈 까밀로의 머리를 혼란스럽게 했다. 그는 마을 본당에 서서 미사를 집전하는 자신의 모습을 상상하며 성취감에 휩싸였다.

“친애하는 신부님. 저는 제 사명을 잘 알고 있고, 꼭 완수할 겁니다. 이미 신부님은 훌륭한 일들을 많이 하셨어요. 제 도움을 받을 권리가 있으십니다. 채소밭을 호미질하거나 나무를 톱질할 때뿐만 아니라 사람들에게 말씀을 전할 때도 말입니다.”

돈 까밀로는 부끄러운 기분이 들었다.

“용서하게. 난 자네가 이처럼 교양과 학식을 겸비한 사제라는 걸 미처 깨닫지 못했네.”

보좌 신부는 화려한 언변을 자랑하며 돈 까밀로와의 한판 대결에서 깨끗하게 승리했다. 그리고 그날 저녁 미사를 거행하며 앞으로의 변화를 예고했다. 보좌 신부는 거침없이 일을 처리했다. 사흘이 지나, 돈 까밀로가 그에게 말했다.

“자네는 정말 적당한 순간에 온 것 같네. 난 건강이 좋지 못해 좀 쉬어야 하거든. 괜찮다면 얼마 동안 내가 하던 일을 맡아 줄 수 있겠나? 이런 계절엔 어깨 통증이 심해서 말이야. 습기가 없는 곳에서 햇볕을 쬐며 지내야 하는데 여긴 몇 달째 비만 내리고 있다네."

이건 바로 보좌 신부가 기대하던 바였다. 그는 기쁨을 감추며 돈 까밀로에게 "전혀 불편하지 않으니 어디든지 다녀오라"고 대답했다.

그리하여 돈 까밀로는 긴 피정을 떠났다. 사실 거리상으로는 그리 멀지 않은 곳이었다. 채소밭과 운동장이 내려다보이는 사제관의 2층 두 개의 방이 그의 차지가 되었다.

종지기의 모친이 그에게 먹을 것을 가져다주었다. 돈 까밀로는 책을 한 궤짝 가져와 읽으면서 2층에 틀어박혀 내려오지 않았다. 그리고 침실 옆에 있는 방에 작은 제대를 만들어 매일 아침마다 미사를 올렸다.

혼자 미사를 올리는 그의 옆에는 하느님이 함께 계셨다.

그가 사제관 2층에 틀어박힌 지 보름이 지났다. 점심을 가져온 종지기 모친이 느닷없이 말문을 열었다.

"신부님, 이젠 그만 아래층으로 내려오세요. 보좌 신부가 성당을 다 망쳐놓고 있어요."

"망치다니? 내 생각엔 아주 잘하고 있는 것 같던데."

"잘하다니요! 그분은 성직자가 아니에요. 직업 정치인이지! 많은 사람들이 더 이상 성당에 오지 않는답니다."

"걱정하지 마시오. 새로운 방식에 신자들도 곧 익숙해질 거요. 다 좋아질 거요."

돈 까밀로의 바람대로였다면 좋았으련만 시간이 흘러도 신자들은 돈 질도의 새로운 방식에 적응하지 못했다.

어느 날 아침, 종지기 모친이 다시 찾아왔다. 그녀는 지금 어떤 상황이 벌어지고 있는지 흥분하며 말해 주었다.

"신부님, 어제 뻬뽀네가 뭐라고 했는지 아세요? 돈 질도가 교회를 텅텅 비게 하는 날 그가 교회를 당 집회장으로 쓸 거랍니다. 그 신앙심 깊은 필로티가 왜 더 이상 교회에 가지 않느냐는 질문에 뭐라고 했는지 아세요? '교회에 돈 질도의 강론을 들으러 가느니 인민의 집으로 뻬뽀네 연설을 들으러 가는 게 더 나아. 뻬뽀네는 나를 훨씬 덜 모욕하거든.' 이렇게 대답했답니다!"

돈 까밀로는 버틸 수 있는 최대한까지 버티려 했다. 그러나 결국 40여 일이 지나자 침착함을 잃고 말았다. 돈 까밀로는 자신이 만든 작은 제단의 십자가 앞에 무릎을 꿇었다.

"예수님, 전 제 상관의 뜻 앞에 겸손하게 머리를 숙였습니다. 돈 질도에게 완전한 행동의 자유를 주기 위해 이곳에 틀어박혀 물러나 있었습니다. 예수님, 요즘 제가 얼마나 괴로웠는지 아실 겁니다. 하지만 전 내일 아래층으로 내려가 돈 질도의 멱살을 움켜잡아 우체국 택배로 그를 다른 도시로 보내버릴 생각입니다! 저를 용서해 주십시오."

다음 날 아침 8시였다. 창문의 덧창을 열자 태양이 눈부시게 빛나며 활기찬 하루의 시작을 알려 주었다. 돈 까밀로는 고개를 내밀어 따스한 햇볕과 그 평화를 만끽하면서 잠시 그대로 서 있었다.

얼마 지나지 않아 시끄러운 소리가 들려 왔다. 운동장 안으로 무리 지어 들어오는 주일학교 아이들의 모습이 눈에 보였다. 오늘은 삐뽀네 팀과 시합이 있는 날이었다. 아이들은 준비를 하고 운동 연습을 시작했다. 돈 까밀로는 흐뭇한 얼굴을 하고 아이들을 지켜보았다.

그런데 오늘따라, 이전에는 그런 적이 없을 정도로 아이들의 상태가 형편없었다. 이리저리 열심히 뛰어다니고는 있지만 서로 사인이 맞지 않아 혼란스러워하는 기색이 역력했다. 경기가 제대로 진행되질 않았다. 돈 까밀로는 괴로운 감정에 휩싸이기 시작했다.

'저런 식으로 삐뽀네 팀과 경기를 했다간 박살이 나겠군.'

바로 그 순간 운동장에 돈 질도가 모습을 나타냈다. 그는 고함을 지르며 경기를 중단시킨 뒤 아이들을 불러모았다. 그리곤 열심히 무어라 말하기 시작했다.

'저놈이 이젠 내 축구팀마저 망쳐놓을 모양이군!'

돈 까밀로가 분을 삭였다.

'당장 그만두지 않으면 바로 내려가 본때를 보여줄 테다!'

하지만 보좌 신부는 운동장에서 나갈 기미가 전혀 보이지 않았다. 오히려 행동으로 보여주려는지 센터포워드 위치로 달려가 서는 게 아닌가. 그러더니 발 사이에 공을 끼고, 숨이 끊어질 듯이 요란스럽게 달리기 시작했다. 아이들은 눈이 휘둥그레져 젊은 신부를 바라보았다.

돈 까밀로는 화가 나서 노발대발했다. 순식간에 아래로 달려갔다. 운동장에 도착한 돈 까밀로는 돈 질도의 목을 움켜잡고 그를 사제관까지 질질 끌고 왔다.

"이제."

돈 질도에게 엄한 목소리로 명령했다.

"치렁치렁한 사제복은 벗게! 셔츠와 바지로 갈아입고 경기에 출전하라고!"

"하, 하지만 제, 제가…."

돈 질도가 말을 더듬었다.

"어떻게 그럴 수 있겠어요?"

"무릎까지 오는 양말에 가짜 수염을 달고 복면을 쓰게. 그럼 아무도 자네가 신부인 걸 못 알아볼 거야. 내 축구팀을 제대로 관리해야 할 것 아닌가!"

"하지만 여기서 제가 할 일은…."

"자네 일은 바로 이거야. 내 축구팀이 승리하게 하는 것! 빨갱이 팀이 찍소리 못하게 박살 내란 말이야!"

주일학교 팀은 적군을 대파했다. 박살을 내서 아예 가루로 만들어 버렸다. 뻬뽀네와 그 일당들은 너무 낙담해서 넋이 나간 반면, 다른 사람들은 기뻐서 어쩔 줄을 몰랐다. 그날 저녁 돈 까밀로는 특별히 한 상 푸짐하게 차려 보좌 신부를 대접했다. 식사를 마치며 돈 까밀로가 말했다.

"자네는 당분간 사회적 요구를 잊어버리고 그저 축구팀에만 전념하게. 다른 건 신경 쓰지 말고. 공산주의자들의 세력 확장을 저지하는 일은 이제부터 내가 알아서 하겠네."

국왕의 포도주 말바시아

"조콘도, 그 특별한 말바시아* 한 병 마실 수 없겠나?"

이 말은 조콘도가 해마다 일주일에도 수십 번씩 듣는 말이었다. 사람들은 지겨워하지도 않고 오히려 날이 갈수록 더 재미있어 하며 조콘도를 놀려댔다.

음식점을 하는 사람이라면 참을성이 많아야 하는 법이다. 이런 면에서 보면 조콘도는 자기 일을 꽤나 잘 해내는 유형이었다. 손님들이 아무리 시비를 걸어도 흥분하지 않고 잘 버텨냈다. 이 못된 장난은 심리적인 충격 효과가 가장 큰 순간을 기가

* 말바시아(malvasia) : 그리스 원산의 백포도주의 일종.

막히게 포착해 일어나곤 했는데, 꼭 음식점 안에 손님들이 바글바글할 때 버럭 고함을 질러 조콘도뿐만 아니라 그 안에 있던 다른 손님까지 깜짝 놀라게 했다.

"조콘도! 그 특별한 말바시아 한 병 마실 수 없겠나?"

그런 말을 들을 때도 조콘도는 모른 척하며 묵묵히 자기 일을 했다. 그러다 가끔씩은 다른 종류의 달콤한 백포도주를 갖다 주면서 이렇게 중얼거리곤 했다.

'이거나 마시고 꺼져!'

*

'특별한 말바시아' 의 역사는 1908년경에 시작되었다. 그 당시 조콘도는 두세 살 된 어린 아기였고 그의 아버지 아밀카레는 작은 음식점을 운영하고 있었다.

음식점 주인인 그의 아버지는 뛰어난 포도주 전문가였다. 화학약품을 전혀 사용하지 않고 옛날 방식으로 포도주를 배합하는데 탁월한 손재주를 가지고 있었다. 마치 조물주가 포도나무 재배자의 사명을 주어 그를 세상에 보낸 것처럼….

하지만 불후의 명작을 남긴 라파엘로가 캔버스와 붓 그리고 약간의 물감조차 갖지 못했듯이, 이 타고난 포도나무 재배자 아밀카레 또한, 사는 집 한 채와 음식점 그리고 포도주를 저장해 두는 창고 외에는 포도밭 한 뙈기도 소유하지 못했다. 그저 다른 사람들이 재배한 포도를 얻어 약간의 포도주를 담그는 것으로 만족하며 살 수밖에 없었다.

그러나 그는 언젠가 직접 포도나무를 재배하겠다는 희망을 버리지 않았다. 그리고 오랜 기다림 끝에 드디어 자신의 꿈을 이룰 수 있었다. 집 근처 밭을 사들여 포도나무를 심게 된 것이다. 손바닥만 한 땅이어서 포도나무밭이라고까지 말하기에는 좀 부족했지만 그에게는 꿈의 실현이라는 상징적인 땅이었다. 아밀카레는 그 정도만으로도 만족해했다.

몇 해가 지나고 그는 자신이 직접 재배한 포도를 수확할 수 있었다. 수확량은 많지 않았지만 다른 포도와 비교할 수 없는 최상의 품질을 지니고 있었다. 아밀카레는 포도주를 만들어 병을 창고 제일 좋은 자리에 보관하고 포도주가 익기를 묵묵히 기다렸다.

드디어 포도주 첫 병을 따는 날, 아밀카레는 너무 흥분해 아침부터 열이 났다.

저장 창고 안으로 혼자 들어갔다. 입술에 잔을 가져가는데 감동 때문에 손이 덜덜 떨릴 지경이었다.

그는 소량의 포도주를 천천히 맛보고 난 뒤 조금도 지체하지 않고 창고 밖으로 달려나갔다. 마차에 말을 매고 번개처럼 재빠르게 어디론가 향했다.

그가 도착한 곳은 카스텔리노에 사는 공증인 바로치의 집이었다. 황급히 마차에서 내려 현관문을 두들기자 나이 지긋한 바로치가 모습을 드러냈다.

아밀카레가 외쳤다.

"얼른 모자를 쓰고 저랑 같이 가시죠!"

잔뜩 흥분한 아밀카레를 보고 뭔가 큰일이 생겼다는 것을 알아차린 바로치는 아무 말 없이 그의 뒤를 따랐다. 약 반 시간 후 두 사람은 음식점에 도착했다. 아밀카레의 안내로 창고 안에 들어간 다음, 나이 지긋한 공증인이 그제야 뒤늦게 물었다.

"무슨 일로 이러는지 알 수 있겠나?"

"선생님의 의견을 듣고 싶습니다."

"무엇에 대한 의견 말인가?"

"이 말바시아에 대한 의견이오."

공증인이 얼굴을 찌푸리고 탐탁지 않다는 듯 소리쳤다.

"말바시아! 여자애들이나 좋아할 포도주 말인가!"

아밀카레는 창고 구석으로 가더니 포도주 한 병을 들고 왔다. 병마개를 따고 한 방울을 땅에 버린 뒤 잔에다 조금 따라 공증인에게 내밀었다.

공증인은 열린 문을 향해 몸을 돌리고 포도주를 빛에 비춰 보더니 잔을 입술에 갖다 대고 한 모금 마셨다. 혀와 입천장으로 오랫동안 음미하면서 생각에 빠졌던 그는 다시 한 번 확인하려는 듯 더 많은 양의 포도주를 입에 머금었다.

마침내 바로치가 빈 잔을 아밀카레에게 돌려주며 말했다.

"국왕의 포도주군."

무뚝뚝하지만 속이 깊은 공증인 바로치는 포도주에 대해서라면 일가견이 있는 전문가였다. 그런 공증인 바로치가 아밀카레의 포도주가 왕의 포도주라고 선언한 것이다.

"누가 내 평가를 주관적이라고 해도 어쩔 수 없어. 그렇지만 나는 절대 평범한 포도주를 맛있다고 하는 사람은 아니야. 내 명예를 걸고 말할 수 있네. 이 포도주는 세상에서 최고일세."

바로치가 단언했다.

아밀카레가 정신을 차리고 이 평가를 받아들이는 데는 약간의 시간이 걸렸다. 그는 얼떨떨한 기분으로 질문했다.

"성가시게 해드린 대가로 뭘 드려야 하죠?"

"자네의 말바시아 한 잔."

공증인이 대답했다.

공증인 바로치가 돌아가고 난 뒤 아밀카레는 그가 한 말을 곰곰이 생각해 보았다. 그리하여 마침내 다음과 같은 결론을 내렸다.

'이건 분명히 국왕의 포도주야. 왜냐하면 바로치 씨가 그렇게 말했거든. 그럼 국왕의 포도주를 누가 마셔야 하지? 별 볼일 없는 시골 사람들? 아니면 우리 가게를 찾아오는 어느 멍청이? 아니야, 국왕의 포도주라면 마땅히 왕이 마셔야지.'

그는 도시로 가서 〈국왕의 포도주–아밀카레생산〉이라고 적힌 상표를 인쇄해 왔다. 그리고 포도주 열두 병에 상표를 붙이고 튼튼한 상자에 넣은 뒤 공증인의 편지를 동봉해서 왕에게 부쳤다. 얼마 지나지 않아 왕궁에서 아밀카레 앞으로 보내는 답장이 도착했다.

편지에는 '짐은 보내준 선물에 대단히 감동하였으며 아밀카레의 포도주가 세상에서 최고로 맛있음을 인정함' 이라고 적혀 있었다.

영원히 기억될 날이었다. 아밀카레는 그 편지를 금박 장식이 된 액자에 넣어, 계산대 뒤 커다란 국왕의 초상화 아래에 있는 지하 선반 한가운데에 걸었다. 그 후로 이 작은 선반 양옆에는 항상 두 병의 말바시아 포도주병이 놓이게 되었다.

아밀카레는 원칙과 도리를 지키며 사는 사람이었다. 그는 생각했다.

'폐하가 내게 큰 영광을 선사했는데 돈 몇 푼 벌자고 국왕의 호의를 이용하면 쓸모없는 인간이지. 국왕의 말바시아로 불린다면 국왕만 마셔야 해. 물론 보내기 전에 포도주가 완벽한지 알아야 하니 내가 먼저 그 포도주를 맛봐야겠지.'

아밀카레는 매년 스무 병이나 열다섯 병 정도의 포도주만 소량 생산했다. 그 중 열다섯이나 열두 병 정도가 왕에게 선물로 보내졌다. 그리고 세 병은 남겨두었다. 한 병은 잘 익었는지 맛보기 위해, 남은 두 병은 작은 선반에 놓아두기 위해서였다.

이런 식으로 매년 왕의 말바시아 포도주 두 병이 아밀카레의 창고에 남게 되었다. 어느덧 왕에게 보내지 않고 보관용으로 남아있는 포도주가 열두 병이 되었다. 아밀카레는 아주 특별하고 예외적인 경우가 생겼을 때만 이 보관용 포도주를 땄다.

여기까지가 이 포도주에 얽힌 행정적인 사연이다. 역사적인 사연은 더욱 더 극적이다.

아밀카레는 매년 정확하게 '왕의 말바시아' 열두 병을 왕에게 보냈다. 그리고 선반에 만들어진 작은 제단은 아밀카레 가 죽을 때까지 남아있었다. 그러나 그가 세상을 떠난 뒤 그의 아들 조콘도는 단지 몇 개월밖에 그 작은 제단을 유지할 수가 없었다. 공화국이 들어서면서 사람들이 더 이상 왕이나 왕비에 대한 이야기를 달가워하지 않게 되었기 때문이다. 바로 그 시점부터 조콘도에게 그 특별한 '말바시아' 한 병을 부탁하는 장난이 시작되었다.

죽기 전 아밀카레는 아들에게 이런 유언을 했다.

"조콘도, 왕의 포도주를 부탁한다. 날 욕되게 하지 말아라."

조콘도는 효심이 뛰어난 착한 아들이었다. 그러나 세상이 바뀌었는데 어떻게 죽음을 각오하면서까지 아버지를 만족시킬 수 있겠는가.

전쟁과 공화국의 혼란이 끝나고 모든 것이 이전으로 돌아가나 싶었다. 하지만 곧 또 다른 공화국이 들어서면서 왕이 망명길에 오르게 되었다. 권력이란 이렇게 무상한 것이다. 왕이 없어져버리자 어찌할 바를 모르고 한참 동안 조바심을 내던 조콘도는 마침내 혼자서 결론을 내리고 마음의 평화를 찾았다.

'왕이 말바시아를 더 이상 받지 못하는 게 내 탓이 아니란 점을 아버지도 이해하시겠지.'

조콘도는 이렇게 마음의 평화를 찾았지만 손님들은 그를 가만두지 않았다. 국왕의 망명과 동시에 조콘도를 놀리는 장난도 다시 시작되었다.

"조콘도, 그 특별한 말바시아 한 병 마실 수 없겠나?"

그 후로 7~8년 동안 이 짓궂은 장난은 계속되었다. 조콘도는 언제나 태연한 척 이를 받아넘겼고 또 그래야만 했다.

하지만 오늘은 달랐다.

*

평화로운 저녁이었다. 한 시간 후면 가게 문을 닫을 시간이었다. 밖에는 억수같이 비가 퍼붓고 있었다. 음식점 안에는 카드놀이를 하는 손님 네 명이 자리를 지키고 있었다. 바로 뻬뽀네, 스미르초, 비지오 그리고 브루스코였다.

조콘도는 대리석으로 만든 계산대 위에 팔을 괴고 꾸벅꾸벅 졸고 있었다. 그때 갑자기 스미르초가 큰 목소리로 외쳤다.

"조콘도, 포도주 한 병 더 주게."

"아니, 기왕이면…."

카드를 뒤섞으며 뻬뽀네가 말을 이었다.

"분위기 좀 바꾸게 그 유명한 말바시아를 한 병 갖다 주게나!"

스미르초, 비지오 그리고 브루스코가 낄낄거렸다.

"말바시아 말이오?"

계산대 뒤에서 걸어 나오며 조콘도가 대답했다. 여느 때와 다른 그의 반응에 빼뽀네는 조금 놀랐지만 그를 놀리는 짓을 그만둘 생각은 없었다.

"그래. 그 특별한 말바시아. 얼마 전까지만 해도 저 선반 위에 올려져 있던 포도주 말일세. 커다란 초상화 옆에 두 병의 말바시아가 차려져 있던 작은 제단이 있었지. 어디로 치워버렸나? 비지오, 자네도 기억나지?"

"기억하고말고요. 그 유명한 말바시아 이름이 뭐였더라?"

"맙소사, 이름이 혀끝에서 맴도는데 기억이 안 나네."

비지오와 브루스코가 차례로 말했다.

"되게 웃기는 이름이었는데…."

한바탕 말장난이 계속되었다.

"웃기는 이름이 아니었소! '국왕의 말바시아' 요. 우리 아버지가 직접 지은 이름이지!"

조콘도가 소리쳤다.

"맞아, 그거야!"

빼뽀네가 재밌어하며 소리쳤다.

"바로 그 이름이었어. 아니, 그런데 어쩐 일로 그 말바시아를 더 이상 만들지 않나?"

"여전히 만들고 있소."

조콘도가 대답했다. 예상하지 못했던 대답에 뻬뽀네 일당은 모두 당황했다.

"아직도 그 말바시아를 만든다면 지금은 뭐라 부르고 있나?"

스미르초가 물었다.

"여전히 '국왕의 말바시아' 라고 부르고 있소."

"저런!"

뻬뽀네가 소리쳤다.

"그럼 지금은 누구한테 보내나? 술고래 국왕한테?"

"아무한테도 안 보내고 창고에 보관해뒀소. 국왕이 돌아오면 그동안 보내지 못했던 것들과 함께 보내려고요."

조콘도가 설명했다. 네 명이 서로의 얼굴을 쳐다보더니 웃음을 터뜨렸다.

"조콘도가 오늘 저녁에는 무지하게 농담을 하고 싶은가 봐!"

뻬뽀네가 유쾌하게 외쳤다.

"자, 기분 좋게 람브루스코나 마시자고."

"람브루스코라, 좋지요. 내 당장 가져다 드리리다. 하지만 내 말은 농담이 아니오. 있는 그대로의 사실을 말한 거요."

조콘도가 창고로 가자 네 사람도 자리에서 일어나 그의 뒤를 따라갔다. 창고에 도착한 조콘도는 작은 창문이 달린 문 앞에 섰다. 그는 창고 문을 열고 전기 스위치를 찾았다. 창고 안에 불이 켜졌다.

"구경들 하슈."

비켜서며 조콘도가 말했다. 먼저 뻬뽀네가, 그리고 난 뒤 다른 세 명이 창고 안쪽을 들여다보았다.

〈국왕의 포도주–아밀카레 생산〉이라는 상표가 붙은 병들이 가지런히 진열된 선반이 나타났다. 선반 한가운데에는 두 개의 초상화가 걸린 작은 제단이 갖춰져 있었다. 이미 세상을 뜬 왕과, 살아있는 왕의 초상화였다.

"45년부터 53년까지 만들어진 9년 된 포도주들이요. 12 곱하기 9하니까, 백여덟 병이요. 거기에 해마다 왕실 보관용 두 병까지 더해 열여덟 병이 더 있소."

뻬뽀네가 고개를 끄덕였다.

"전부 저기에 뒀었군!"

"그렇소."

"그리고 왕이 돌아오길 기다린단 말이지?"

조콘도가 대꾸했다.

"당신들도 마찬가지 아닙니까? 지금 당신들이 노동자 혁명을 일으킬 수는 없지만 그 혁명을 포기한 건 아니지요. 언젠가 있을 노동자 혁명을 위해 계속 준비하고 있지 않소? 나 역시 왕의 귀환을 기다리며 모두 보관하고 있는 거요. 만약 노동자 혁명이 먼저 일어난다면 이 포도주는 당신네가 마실 테고, 왕이 먼저 돌아온다면 왕이 마시게 될 거요."

“결국 자네에게는 한 병도 남지 않겠군.”

삐뽀네가 안타깝다는 듯 중얼거리자 조콘도가 말했다.

“왕에겐 내가 기꺼이 내주겠지만 다른 경우는 내게서 훔쳐가는 꼴이 되겠죠. 아무튼 사람마다 자기 생각이 있고 다른 이의 생각을 존중해야 하는 법이니까 마음대로들 생각하시오. 난 선한 민주주의자니까.”

“흥, 자네 머릿속에는 왕에 대한 추억이 남아 있는데 선한 민주주의자라…. 이거 정리 좀 해야겠군…. 어쨌든 내 생각에 자넨 정말 못된 음식점 주인이야. 훌륭한 음식점 주인이라면 포도주 상표를 바꿔 식당에 내놓아야 해. 음식점 주인은 응당 자신이 만든 최고의 포도주를 고객에게 제공해야지. 언제까지 정치적 향수에 빠져있을 건가?”

“그럼, 이름을 뭐라고 바꿔야 하는데요?”

조콘도가 물었다.

“‘국왕의 말바시아’ 대신 ‘대통령의 말바시아’ 라고 말이야?”

“공화국 대통령은 내 포도주가 필요 없을 거요. 본인 것도 많이 있을 테니까. 게다가 바로치 씨가 포도주를 맛봤을 때 우리 아버지에게 한 말은 ‘대통령의 포도주’ 가 아니라 ‘국왕의 포도주’ 였소.”

삐뽀네가 고개를 저으며 낄낄거렸다. 그러곤 물었다.

“조콘도, 혹시 저 왕실 보관용 포도주 중에 읍장 몫은 한 병 없나?”

"없어요. 전부 국왕을 위한 포도주요. 보시다시피 상표에 써 있소."

"잠깐!"

스미르초가 고함쳤다.

"저기 첫 번째 줄 왼쪽에서 세 번째 병에는 상표가 없어!"

사실 그것은 원래 붙어있던 상표가 어딘가에 떨어진 것이었다. 조콘도가 구멍을 통해 살펴보더니 말했다.

"상표가 있건 없건 내용물은 항상 똑같은 거요. 하지만 저건 댁들이 마셔도 좋소. 대신 왕의 건강을 위해서 건배하시오."

빼뽀네가 어깨를 돌리더니 출구를 향해 걸어가며 외쳤다.

"됐네! 값이 너무 비싸! 가난한 노동자가 마실 물건이 아니야."

모두는 테이블로 돌아와 카드를 다시 집어 들었다. 10여 분 후에 조콘도가 다시 다가와 말했다.

"그럼 람브루스코 한 병 갖다 드릴까요?"

빼뽀네가 잠시 생각한 뒤 대답했다.

"아니, 그 말바시아나 가져오게. 아무리 비싸도 제값을 치르겠네. 노동자는 항상 폭리를 취하는 작자들의 희생양이니까."

조콘도는 잠시 사라졌다가, 몇 분 뒤 특별히 크리스털 잔 다섯 개를 들고 왔다. 투명한 잔들이 금관 악기처럼 반짝거렸다. 조콘도가 가지고 온 병의 마개를 따며 설명했다.

"왕실 보관용 1945년 산이오."

다섯 개의 잔마다 포도주를 조금씩 따랐다.

"왕의 건강을 위해!"

조콘도가 잔을 들며 말했다.

"건배…."

잔을 들며 나머지 네 명이 중얼거렸다. 다 같이 포도주를 마시고 모두 맛을 음미하더니, 눈이 휘둥그레져서는 한 모금씩을 더 마셨다.

빼뽀네가 잔을 쟁반 위에 내려놓으며 선포했다.

"이건…. 정말 국왕의 포도주로군! 공화국에 대해 내가 품고 있는 모든 존경과 헌신의 이름으로 말하는데, 이름값을 하는 술이야!"

스미르초도 자기 잔을 내려놓으며 말했다.

"대장 의견에 동감이오."

"이하 동감이오!"

비지오와 브루스코가 말했다. 빼뽀네가 잔을 다시 채우고 다른 사람들에게도 따라주었다.

"한 번 선택한 이념은 변하지 않아."

빼뽀네가 조용한 목소리로 말했다.

"우주가 일곱 가지의 기적을 행한다고 해도 자기가 옳다고 생각한 이념을 바꾸어서는 안 되지. 그렇지만 명백한 증거 앞에서 고개 숙이는 용기와 정직함도 필요할 때가 있어. 여기 이

자리에 이탈리아 공산당수가 있어도 나는 역시 이 포도주를 국왕의 포도주라고 인정하겠네!"

"맞는 말씀이오!"

일동이 동의했다. 조콘도는 감동으로 마음이 벅차올라 아무 말도 하지 못했다. 이탈리아 통일이라도 이뤄낸 듯한 가슴 뭉클한 분위기에 휩싸여 자신도 모르게 창고로 달려가 왕실보관용 포도주를 한 병 더 가지고 왔다. 이번엔 상표가 붙은 병이었다.

밖에는 아직도 억수 같은 비가 내리고 있었다.

뻬뽀네와 부하들이 두 번째 명백한 증거 앞에, 그리고 어쩌면 세 번째로 나올지도 모르는 '국왕의 말바시아'를 두고 자유롭게 건배할 수 있도록 조콘도는 조용히 상점 문을 닫았다.

카뮤레터 논쟁

공산당 신문 '우니타'는 미국에서 가져온 작은 약병 하나로 어린아이가 목숨을 건졌다는 기사를 며칠 동안 계속 내보내고 있었다. 아이가 건강해졌는데도 여전히 기삿거리가 되는 까닭은 공산당들이 이 문제를 민감하게 받아들이고 있었기 때문이다. 그들은 아이에 대한 이야기가 미국 대사가 만들어낸 정치 공작이라며 지치지도 않고 열심히 떠들어 댔다.

사건은 뽀 강이 흐르는 둑 옆의 조그마한 마을에서 벌어졌다. 돈 까밀로의 사제관에서 4킬로미터밖에 떨어지지 않은 마을이었다. 그래서 이 사건이 논쟁이 됐을 때, 뻬뽀네는 자신의 일인 듯 대단한 열의를 가지고 참여했다. 하루도 빠지지 않고 목소리를 높여 설쳐댔다.

오늘도 뻬뽀네는 술집 앞에서 사건의 경위와 논쟁의 원인을 설명하는 중이었다. 돈 까밀로가 나타나자 그는 목소리를 한층 더 높였다.

"정치적 선동을 하는데 획기적인 사건이 필요하다는 건 어쩔 수 없다고 칩시다. 그런데 이 사람들을 용서할 수 없는 이유는 아이를 이용해서 정치적 이득을 얻으려 한다는 점이오. 자식이 있는 사람이라면 굳이 설명하지 않아도 이해할 거요. 하지만 자식이 없는 데다 앞으로도 자식을 가질 수 없는 사람은 절대로 내 말을 이해하지 못할 것이오."

모두 돈 까밀로를 쳐다보려고 몸을 돌렸다. 돈 까밀로는 그제서야 자기를 두고 한 말이라는 걸 알아채고 양팔을 벌리며 말했다.

"읍장 동지, 환자가 일곱 살짜리 어린애가 아닌 마흔 살 먹은 어른이었다고 해도 미국 대사는 사람을 구하기 위해 약병을 가져왔을 걸세."

"구하긴 뭘 구해요! 아이가 죽어가던 상황도 아니었는 걸."

"자네가 의술에 대해 그렇게 탁월한 지식을 가지고 있었는지 미처 몰랐네."

돈 까밀로가 대꾸하자 뻬뽀네가 목소리를 높였다.

"물론 난 의사가 아니오. 하지만 전문가들의 의견을 듣자니,

군이 대서양 횡단 비행이라는 구경거리를 연출하지 않고도 바로 옆 나라 네덜란드에서 약을 가져올 수가 있었을 거라고 합디다!"

"전문가들의 연구에 경의를 표하는 바일세. 그러나 읍장의 전문가 동무들이 간과한 게 하나 있네. 그 아이는 네덜란드산 감마 혈청을 가지고는 회복시킬 수 없었네. 미시간 주 보건부가 독점으로 가지고 있던 특별한 혈청이 필요했어. 소용없는 네덜란드의 혈청 대신 미국에 가서 병을 고칠 수 있는 혈청을 가지고 온 게 그리 잘못인가? 자신의 임무에 충실한 미국 대사를 어떻게 질책할 수 있겠나?"

빼뽀네는 품위 없이 낄낄거리며 웃더니, 곧 머리를 설레설레 흔들었다.

"뭐? 툭하면 어려운 문자를 쓰시는군! 감마 혈청이 어쩌고 저쩌고. 어디 가방 끈 짧은 사람은 입이나 뻥긋하겠소?"

"이보게, 문자가 아니라 의학 용어일세. 그리고 한 가지 덧붙이자면, 그건 과학자들이 붙인 이름일세."

돈 까밀로가 점잖게 대답했다. 그러자 빼뽀네는 성질을 참지 못하고 거칠게 반론했다.

"하지만 아픈 아이의 꿈에 나타난 성모마리아 일은 어떻게 된 거요? 감마 혈청을 과학자들이 만들어낸 거라고 쳐도 아이 꿈에 나타난 성모마리아 이야기는 성직자들이 만들어 냈다는 걸 인정해야 할 거요."

돈 까밀로는 기가 막힌다는 듯 뻬뽀네를 바라보았다.

"읍장 나리, 성직자는 아이나 어른의 꿈에 전혀 간섭하지 않네. 사람들은 꿈꾸고 싶을 때, 스스로 원하는 걸 꾸는 걸세."

뻬뽀네가 침착함을 잃고 고함쳤다.

"그래서 미국 비행기가 대서양을 날고 있는 그 시간에, 아픈 아이가 바라는 대로 꿈꿨단 말입니까? 그래서 성모마리아 꿈을 꾸었소? 마중 나온 그녀가 아이를 천국으로 데리고 가 예수 그리스도를 만나게 해 주는 꿈을 말이오. 그리곤 미국 대사와 함께 아이 앞에 서서 모든 일이 잘 풀릴 거라고 설명했다니, 그것 참 딱딱 들어맞는구려."

돈 까밀로는 어이가 없다는 듯 뻬뽀네에게 따졌다.

"뻬뽀네, 그럼 자네 생각엔 아이가 어떤 꿈을 꿨어야 하는 건가? 레닌이 아이를 러시아로 데리고 가면 스탈린이 나와 경제개발 5개년 계획에 대해 설명하는 꿈이라도 꿨어야 하나?"

모여 있던 사람들이 웃음을 터뜨렸다. 그러자 뻬뽀네는 더 심하게 흥분했다.

"이야기를 정치적으로 끌고 가지 마시오, 신부님! 여하튼 우린 이런 꿈을 아이 탓으로만 돌리는 꼴을 가만히 두고 보진 않을 겁니다. 공산당은 아이를 정치적으로 이용하는 걸 용서할 수 없소! 아무도 그런 동화는 믿지 않는다고!"

돈 까밀로가 대답했다.

"많은 사람이 천국을 믿고 있을 뿐만 아니라 천국으로 가기 위해 어떻게 살아야 하는지에 대해서도 신경 쓰고 있네. 그 사람들은 항상 정직하게, 또한 신의 섭리를 믿는 까닭에 항상 평온하게 살고 있지."

빼뽀네는 모자를 벗어 던지고 옆구리에 주먹을 갖다 댔다.

"신의 섭리!"

빼뽀네가 부르짖었다.

"약병이 미국에서 왔기 때문에 이 자리에서 신의 섭리에 대해 말할 수 있는 겁니다. 만일 러시아에서 왔다면 당신은 신의 섭리에 대해 더 이상 할 말이 없을 거요. 오히려 악마의 간섭이라고 떠들어댔겠지!"

돈 까밀로는 고개를 저으며 말했다.

"아닐세, 읍장. 주님을 믿는 것은 진리일세. 결코 신부가 엉터리 이야기를 말하진 않아. 신부는 신의 섭리가 국적이나 정당과 아무런 상관이 없다는 걸 잘 알고 있지. 국가에 상관없이 은총의 표시가 나타나기도 한다는 것도…."

"아멘."

스미르초가 한마디 했다.

"여하튼 이 사건의 경우에는 신의 섭리가 동쪽이 아니라 서쪽에서 일어난 게 사실이지."

돈 까밀로가 말했다.

"그래서 어쩌라고요, 흥! 미국 만세, 러시아는 망해라!"

빼뽀네가 못마땅한 듯 고함을 꽥 질렀다. 돈 까밀로는 미소를 지었다.

"적어도 미국 만세는 맞는 말이지. 읍장 동지께서 굳이 원한다면야. 그런데 왜 러시아가 망해야 하나? 이 사건에 러시아가 무슨 잘못을 했다고? 아이의 회복을 방해라도 했나? 읍장 동지, 난 객관적이라네. 이 사건이야말로 러시아가 아무에게도 나쁜 짓을 하지 않은 유일한 경우야. 그런데 자네가 원하는 대로 '미국 만세!' 라고 외치는 대신 아픈 아이를 회복시켜준 '신의 섭리 만세!' 라고 외치는 게 더 낫지 않겠나."

빼뽀네의 얼굴이 흥분으로 인해 붉어졌다.

"회복시키는 대신에."

빼뽀네가 부르짖었다.

"그 아이를 아예 병에 걸리지 않게 할 수는 없었답디까?"

그 말에 돈 까밀로가 대꾸했다.

"뭔가 잘못 알고 있구먼? 아이가 아픈 건 신의 섭리와는 상관없네. 오히려 자연의 섭리에 속하는 거야. 숙련된 기계공인 읍장 동지도 기계가 고장 날 때까지는 엔진이 완벽하게 작동하는 걸 알잖나? 자동차 엔진에 작은 도관 하나가 막히면 이게 신의 섭리인가, 아니면 미세먼지 때문인가? 물질에 관계된 건 모두 자연과 밀접한 관련이 있지. 그런데 모든 것이 레닌에 의해 창조됐다는 러시아에서는 아마 병이란 게 존재하지 않나 보네?"

유심히 듣던 빼뽀네가 뭔가를 생각해내고는 표정이 밝아졌다. 그는 돈 까밀로가 말을 끝내자 스미르초에게 미소를 지으며 돌아섰다. 그는 목청을 돋우며 큰 소리로 말했다.

“스미르초. 그렇다면 우리 기계공들이 작은 도관을 막는 미세먼지를 닦아내어 기계를 고치는 것도 신의 섭리인지 신부님께 물어보겠나?”

스미르초가 돈 까밀로를 바라보며 말했다.

“피고인은 원고 측의 질문을 들으셨소?”

“물론, 잘 들었네. 이 질문에 대해 나는 ‘기계공은 신의 섭리를 나타내는 사람이 아니고 손에 드라이버를 쥔 사람에 불과하다’ 고 대답하겠네. 우린 성스런 존재가 아니라 자연의 일부분일 뿐이니까.”

빼뽀네는 대답을 듣고 혀를 끌끌 찼다.

“그렇다면 신부님, 다른 예를 들어봅시다. 작은 나사 하나가 빠져버렸기 때문에 카뷰레터가 더 이상 작동이 안 된다고 칩시다. 불운하게도 그 카뷰레터는 미제올시다. 그래서 여기서는 교환부품을 할 수 없는 상황일 때 어쩌시겠소? 다행히도 이 사실을 알게 된 미국 대사가 워싱턴에서 부품을 가져다주었고, 빠진 나사를 채우자 자동차가 굴러가게 됐소. 이런 경우에도 부품 조각이 미국에서 왔으니 ‘신의 섭리 만세!’ 라고 외쳐야만 되겠소. 애초에 카뷰레터가 동쪽이 아니라 서쪽에서 온 것이니 신부님의 논리는 다를 수도 있나 보오.”

빼뽀네 일당이 열광하며 소리를 질러댔다. 돈 까밀로는 그들이 실컷 떠들어대게 내버려둔 다음 조용해질 때를 기다려 차분한 목소리로 대답했다.

"내 논리는 모든 일에 있어서 똑같이 적용되지. 그건 물질적인 기계의 결함에 대한 수리에 불과해."

"신부님! 자연의 섭리에 따라 나사가 빠졌고 카뷰레터가 고장이 났소. 그리고 자연의 섭리에 따라 아이가 병이 들었소. 고장이 났다가 고쳐진 것은 둘 다 똑같은데 아이를 구해줬다고 해서 미국 대사에게만 신의 섭리를 적용하는 거요? 그 둘이 무슨 차이가 있길래 그렇소?"

뻬뽀네가 따져 물었다.

"아이는 카뷰레터가 아니라는 중대한 차이가 있지."

돈 까밀로가 설명했다.

"카뷰레터는 믿음을 지닐 수 없지만 아이는 믿음을 지닐 수 있지. 아이는 믿음을 가지고 있는 데다 그 믿음을 솔직하게 드러내기까지 했어. 말하자면 이건 믿음을 지닌 순수한 인간이 자연의 재난을 겪었을 때의 치료법에 대한 이야기네. 신에 대한 믿음은 자네가 이해할 수 없는 것일세, 읍장 동지. 그래서 자넨 아이의 일에 있어 신의 섭리를 보지 못하고 대서양 횡단과 미국 대사만 보는 걸세. 귀가 없는 자는 음악이 뭔지 이해하지 못하는 것처럼, 하느님에 대한 믿음이 없는 자는 신의 섭리가 무슨 뜻인지 이해할 수가 없어."

화가 난 뻬뽀네가 고함쳤다.

"그렇다면 이 신의 섭리란 건, 필요로 하는 사람에게 주어지는 물건은 아니구먼! 만일 백 명의 사람이 굶주리고 있는데 단지 일곱 명의 사람만 신의 섭리를 믿는다면 하느님은 그 일곱 명에게만 고기 통조림을 내려 주시겠군!"

"아닐세. 하느님은 백 명 모두에게 고기 통조림을 보내주시네. 하지만 일곱 명만이 통조림 따개를 가지고 있지. 다른 이들은 신의 섭리를 믿지도, 원치도 않기에 통조림 따개가 없을 뿐이지."

빼뽀네는 침착함을 잃어버린 채 진땀을 흘리고 있었다.

"신부님, 동화 같은 이야기는 한쪽으로 치워두고 사실을 봅시다. 신의 섭리를 믿는 사람만이 통조림 따개를 가지고 있고, 고기를 먹을 수 있다면, 어째서 러시아에는 아무도 신의 섭리를 믿지 않는데 모두 통조림 따개를 가지고 있느냐, 이 말이오."

"하지만 통조림이 없지."

돈 까밀로는 빼뽀네의 억지스러운 비유에도 여유롭게 미소 지으며 답변했다. 사람들이 돈 까밀로의 대답에 연신 고개를 끄덕이자, 빼뽀네는 화가 머리끝까지 치솟았다.

"말장난 한 번 잘하는군요, 돈 까밀로. 매번 말장난으로 논점을 흐리지 마시오. 우린 구체적인 사건을 놓고 다루고 있는 거요. 순진한 아이를 정치 선동으로 더럽히기나 하고 말이야. 당신의 모든 말은 내가 틀렸다는 걸 증명하지 못했소."

돈 까밀로는 상관없다는 듯 어깨를 들썩였다.

"알고 있네. 자네가 2 더하기 2가 5라고 굳게 믿는데 어떻게 내가 4라고 증명할 수 있겠나? 이 사건도 마찬가지야. 난 자네가 틀렸다는 걸 증명할 수 없네. 하지만 만일 정치 선동이 아이를 구한 거라면 난 '정치 선동 만세' 라고 소리치겠네. 내 아이가 있는데 아이의 목숨이 러시아식 치료에 달려있다면, 난 아이를 살리기 위해…"

빼뽀네는 그가 끝까지 말하게 내버려 두지 않았다.

"난 아니오!"

빼뽀네가 고함쳤다.

"아이의 목숨이 미국 대사가 가져온 약병에 달려있다 해도 난 그 도적 일당의 장난에 놀아나느니 차라리 죽게 버려둘 거요!"

돈 까밀로는 빼뽀네의 험악한 반응에 놀라 할 말을 잃었다.

새벽 3시가 지나도록 빼뽀네는 잠을 이루지 못하고 뒤척였다. 그러다 결국 침대에서 벌떡 일어나 앉았다. 그는 어둠 속에서 옷을 주워 입고 침실에서 나와 막둥이가 자고 있는 방을 살펴보러 갔다. 그리고 불을 켜고 잠든 아이의 얼굴을 한참 들여다보았다. 잠시 무언가를 생각하던 빼뽀네는 불을 끄고 조용히 방을 나왔다. 몇 분 후 그는 외투로 몸을 감싸고 꽁꽁 얼어붙은 밤거리를 걷고 있었다.

사제관 앞뜰에 이른 그가 창문 아래에서 돌멩이를 찾았다. 그렇지만 얼어붙은 눈 때문에 돌멩이가 땅에서 잘 떨어지지 않았다. 손가락 끝에 피가 날 정도로 땅을 긁어대면서 그는 절망감을 느꼈다.

마침내 돌멩이를 떼어내 2층의 두 번째 창문을 향해 던졌다. 돌멩이가 창가에 부딪히는 소리를 듣자 마음이 조금 편안해졌다. 창의 덧문이 열렸다.

"무슨 일인가?"

퉁명스런 목소리가 물었다.

"신부님, 이리 내려와 보시오."

돈 까밀로는 아래층으로 내려와서 문을 빠끔히 열며 물었다.

"이 시간에 뭐하는 건가? 무슨 일이야?"

"아무 일도 아니오."

뻬뽀네가 낮은 목소리로 대답했다.

"다행이군."

돈 까밀로가 중얼거렸다.

"자넬 보고 깜짝 놀랐네."

"왜 깜짝 놀라요? 내가 도둑이라도 됩니까?"

"한밤중에 나를 깨우러 오는 사람을 보고 놀라는 건 당연하지. 이 시간에 웃기는 이야기나 하려고 신부를 찾아오는 사람도 있을까?"

뻬뽀네는 잠시 고개를 숙이고 서 있더니 중얼거렸다.

"사람들이 보는 앞에서 떠들어 댈 때면 진심이 아닌 걸 입 밖에 낼 때도 있소."

"알고 있네…. 신경 쓰지 말게."

돈 까밀로가 고개를 끄덕였다.

"사람들은 신경 쓴단 말이오!"

"그렇지 않아. 사람들은 카뷰레터에 대해 어떤 식으로 생각해야 하는지 알고 있지."

뻬뽀네는 주먹을 불끈 쥐면서 으르렁거렸다.

"말도 안 되는 이야기는 이제 그만 하세요!"

"알겠네. 자네 말이 옳아. 카뷰레터는 한밤중에 신부를 깨우러 오지 않지. 이제 그만 가게나."

그래도 뻬뽀네는 못 박힌 듯이 그 자리에 가만히 서 있었다.

"뭐 필요한 게 있나, 뻬뽀네 동지?"

돈 까밀로가 물었다.

"…말할 게 있소."

뻬뽀네가 퉁명스레 대답했다.

"아까 한 말 중 일부는 진심이 아니었소. 특히 마지막에 내가 한 말은…."

"아까 자네가 뭐라고 했던가? 나는 모두 잊어버렸네. 하지만 하느님께서는 다 기억하고 계시겠지…. 뻬뽀네, 그러니까 말이 나온다고 입에서 함부로 뱉어내는 게 아닐세. 하느님께선 언제 어느 때나 자네를 지켜보고 계시다는 것을 잊지 말게."

뻬뽀네가 가고 나서 돈 까밀로는 이불 속으로 들어가기 전에 십자가상 앞에 무릎을 꿇었다.

"예수님. 그에게는 지금 카뮤레티가 문제가 아닙니다. 그자는 자기가 홧김에 내뱉은 말 때문에 괴로워하고 있습니다. 주께서 그의 마음을 안정시켜 주십시오. 신의 섭리는 영원히 찬미 받으소서."

기도를 마치고 돈 까밀로는 침대로 갔다. 그제야 그 역시 편안하게 잠들 수 있었다.

빨강 머리 아가씨

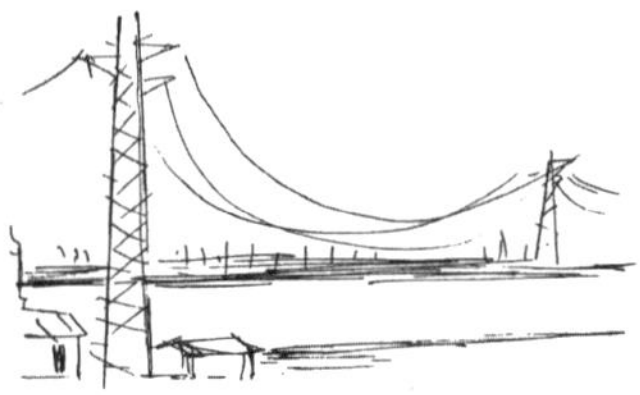

비쩍 마른 말이 끄는 낡은 마차 한 대가 마을 광장에 멈추어 섰다. 말은 먼 길을 여행한 듯 지친 기색이었다. 순식간에 여기저기서 아이들이 뛰어 나와 마차를 에워쌌다.

"모두 말에서 멀리 떨어져!"

너무 낡아 금방이라도 쓰러질 듯한 마차에서 험악한 표정의 남자가 내리며 고함을 쳤다.

그는 마을 사람들에게 읍사무소가 어디 있는지 물은 뒤 서둘러 걸음을 옮겼다. 남자가 사라지자 빨강 머리 아가씨 하나가 마차에서 나와 마부석에 앉았다.

그 남자는 읍사무소 건물 앞에서 막 건물 밖으로 나오던 빼뽀네와 마주쳤다.

"이 마을에서 일하고 싶은데, 누구한테 말해야 하는지요?"

"읍장하고 말하고 싶다면 여기서 말하시오."

뻬뽀네가 대답했다. 그는 주민들과 이런 식으로 마주칠 때마다 자신이, 저 옛날 시민들과 대화하기 위해 말을 멈추곤 했던 트라이아노 황제라도 된 듯한 기분이 들었다. 비록 지금 말을 탄 게 아니라 그냥 서 있는 상황이지었만 말이다.

그 남자가 모자를 벗었다.

"여기 머무르면서 일을 하고 싶은데요."

"무슨 종류의 일이오?"

"사격장을 합니다."

뻬뽀네는 잠시 생각을 하더니 남자에게 물었다.

"장전하고 쏘아 맞히는 도구 말이오?"

"예. 하지만 사람들에게 방해가 되면 하지 않을 수도 있습니다. 시끄럽지 않은 다른 놀잇거리도 있으니까요."

"아니, 아니오. 모든 것을 완벽하게 설치하시오. 여기 사람들은 대포를 쏘아대도 끄떡하지 않을 거요. 어디가 좋을지 생각해 볼 테니 반 시간 후에 다시 오시오."

광장 오른쪽 구석에 사격 연습장이 세워졌다. 인민의 집과 사제관 사이에 있는 공터로, 마차와 말이 들어가고도 남을 만큼 충분한 공간이었다.

그날 저녁, 돈 까밀로가 식사를 하고 있는데 창문 유리창이 떨릴 정도로 엄청난 굉음이 들려왔다. 돈 까밀로는 갑자기 폭탄이라도 터졌나 싶어 밖을 내다보았다. 알고 보니 사격 연습장에서 나는 소리였다.

돈 까밀로는 당장에라도 뛰쳐나가 누구 짓이냐고 따지고 싶은 마음이 굴뚝 같았다. 하지만 생각을 고쳐먹고 다시 식사를 계속했다.

비도덕적인 일이 아닌 이상 성당 신부로서 사람들이 즐기는 놀이를 간섭할 권리는 없었다. 게다가 사격은 도덕기준으로 따질 수 있는 사항도 아니었다. 단지 돈 까밀로의 심기를 지나치게 불편하게 만든다는 점이 문제가 될 뿐이었다.

두 번, 세 번 굉음이 반복되고 창문 또한 깨질 듯이 흔들거렸다. 돈 까밀로는 더 이상 참을 수가 없었다.

그는 사제관에서 나와 사격 연습장을 향해 성큼성큼 걸어갔다. 연습장에 도착하기 바로 전에 네 번째 총성이 들려왔다. 돈 까밀로는 그 장소에 도착하자 괜히 왔다 싶은 생각에 후회가 됐다. 그도 그럴 것이, 사격 연습장 앞에는 역시나 뻬뽀네 일당이 진을 치고 있었기 때문이다.

허공에는 철사로 된 가느다란 줄에 화약을 넣은 작은 놋쇠통이 매달려 돌아가고 있었다.

빨강 머리 아가씨가 사냥용 산탄총을 재장전해 뻬뽀네에게 건네 주었다.

남자가 빼뽀네 일당에게 설명했다.

"한 사람당 열다섯 발씩 쏠 수 있소. 놋쇠 통 열 개를 맞히지 못하는 사람이 다른 사람 몫을 모두 계산할 거요."

빼뽀네 일당은 열 명이었다. 한 사람 당 평균 여덟 개를 맞힐 수 있다고 가정하면 80번이나 저 시끄러운 소리를 들어야 한다는 뜻이었다. 돈 까밀로는 이를 악물고 텐트 앞에 걸린 게시판을 올려다보았다.

읍장의 명령으로 종교 행사 중에는 사격장 사용을 금지함

빼뽀네가 총을 쏘았다. 정확하게 과녁을 맞혔다. 여섯 발째 화약 소리가 울려 퍼졌다. 사람들은 그제야 돈 까밀로가 옆에 와 있는 것을 알아차렸다. 속이 뒤집히도록 화가 나는 것을 꾹 누르고 돈 까밀로는 그저 호기심으로 그 자리에 와 있는 사람처럼 짐짓 태연함을 가장했다.

돈 까밀로는 사람들이 들으라는 듯 크게 소리쳤다.

"이런 시끄러운 놀이를 즐기는 사람들이 이해가 안 가! 사냥을 하는 것도 아니고…."

그러자 옆에 있던 한 여인이 말했다.

"스트레스를 해소하기 위해 주부들이 접시를 깨는 것과 똑같은 이치 아니겠어요?"

분명히 시비를 거는 어조였다. 하지만 돈 까밀로는 유혹에

넘어가지 않았다.

"그게 아니지. 사냥꾼이 사냥감 없이 방아쇠를 당기는 건 트럼펫 연주자가 연주를 하는데 소리는 들리지 않는 것과도 같은 걸세. 음표가 없는 악보를 보는 것처럼 쓸데없는 일이지!"

돈 까밀로는 반 시간 정도 그 자리에 계속 남아 뻬뽀네 일당을 지켜보다가 사제관으로 힘없이 발길을 돌렸다. 사제관에 도착해 어두컴컴한 집 안으로 들어갈 때까지 여전히 시끄러운 소리는 계속되었다. 뻬뽀네 일당은 돈 까밀로의 예상을 넘겨 100여 발을 맞혔다.

매캐한 화약 연기는 다음날에도 계속되었다. 하지만 돈 까밀로는 이번에는 집 밖으로 나가지 않았다. 총성이 들릴 때마다 머리가 지끈지끈 울렸지만 쇠처럼 단단한 머리를 부여잡고 초인적인 의지로 고통을 참아냈다.

사격 소리가 더 이상 들리지 않자 돈 까밀로는 제대 앞으로 가서 무릎을 꿇고 예수님에게 기도드렸다.

"예수님, 저 야만인들이 제 성질을 건드리지만 저는 그들의 장단에 놀아나지 않았습니다. 저의 죄를 셈해야 하는 날에 잊지 말고 기억해 주시길 바랍니다. 총을 쏘아대면서 원자폭탄이라도 터뜨리는 듯 시끄럽게 구는 저들을 두들겨 패주고 싶은 충동을 이성으로 잘 다스리고 있습니다."

예수님은 말없이 미소만 지으셨다.

보름 정도 시끄러운 날이 계속되었다. 그런데 열여섯째 날,

웬일로 총성이 들리지 않았다. 돈 까밀로가 문밖으로 코를 내밀어 보니, 사격장의 텐트가 푹 꺼져 있었다.

그는 사격장으로 달려갔다. 남자와 빨강 머리 아가씨가 마차의 마부석에 나란히 앉아있었다.

"흐음, 어찌 된 일이지? 매일 저녁 북적거리던 사람들이 없구려? 한가한 틈을 타서 나도 한두 발 쏴봅시다."

광장에 있는 사람이라곤 돈 까밀로와 사격장 주인과 딸 뿐이었다. 사람이 아닌 말까지 치면 전부 넷이었다.

남자는 망설이면서 손으로 턱을 문질렀다.

"한두 발 쏴보고 싶단 말이오!"

퉁명스런 목소리로 돈 까밀로가 다시 소리쳤다. 남자가 딸에게 말했다.

"난 목 좀 축이러 갈란다. 네가 알아서 해라."

빨강 머리 아가씨는 다시 사격장의 텐트를 세우고 불을 켰다. 그녀는 난간에 기대어 서서 돈 까밀로에게 물었다.

"산탄용 사냥총으로 하실래요, 아니면 공기총으로 하실래요?"

"140구경 연발총으로!"

총 하나를 집어 들어 조준하며 돈 까밀로가 대답했다. 숙련된 사냥꾼답게 그의 사격은 정확했다.

황량하고 썰렁한 광장에 화약이 터지는 소리가 크게 울려 퍼졌다.

"다시 화약을 채워넣고 옆으로 비켜서시오!"

돈 까밀로가 명령했다. 빨강 머리 아가씨는 몸놀림이 재빨랐다. 돈 까밀로는 마치 융단폭격을 하듯 거침없이 총을 쏘아댔다. 얼마 지나지 않아 누군가가 헐레벌떡 뛰어왔다. 사격장에서 20미터밖에 떨어지지 않은 인민의 집에서 달려온 스미르초였다. 그는 마치 니카라과에서라도 달려오기라도 한 것처럼 가쁜 숨을 몰아쉬며 외쳤다.

"어떤 자식이야? 당장 그만두지 못해!"

스미르초는 총을 쏘는 사람이 돈 까밀로인 것을 알고 아차 싶었지만 이미 엎질러진 물이었다. 돈 까밀로는 남은 총알을 다 쏘고 나서야 천천히 뒤를 돌아보았다.

"왜? 무슨 종교 행사라도 있나?"

"인민의 집에서 공산당 지방 간부가 연설을 하고 있단 말입니다."

스미르초가 대답했다. 돈 까밀로는 다시 과녁을 조준한 뒤 무지막지한 소음을 내며 총을 쏘아댔다.

"공산당 지방 간부라고? 난 몰랐지."

돈 까밀로가 빙그레 웃으며 말했다. 스미르초는 자기 힘으로는 돈 까밀로를 상대할 수 없다는 것을 알고 있었기 때문에 되돌아갔다. 돈 까밀로가 열다섯 발 정도를 더 쏘자 스미르초가 다시 나타났다. 그리고 이번에는 돈 까밀로가 아니라 빨강 머리 아가씨를 향해 쌀쌀맞게 말했다.

"당신네들은 내일 짐을 꾸려 여길 떠나시오. 만일 내일 아침 9시까지 짐을 정리하지 않으면 경찰이 철거할 거요."

빨강 머리 아가씨는 입을 쩍 벌린 채 그를 바라보더니, 이내 체념한 듯 양팔을 벌렸다. 그러고는 다시 화약을 채워 넣었다.

연설이 다 끝날 때까지 폭발소리는 계속 이어졌다. 인민의 집에서 사람들이 다 나오고 나서야 돈 까밀로는 총질을 멈추고 돈을 지불했다. 그러고는 시가에 불을 붙여 물고 사제관으로 천천히 돌아갔다.

빼뽀네는 그런 그를 노려보고 있었다. 목구멍까지 치밀어 오르는 화를 간신히 누르면서 말이다. 빼뽀네가 사격장 텐트 안으로 고개를 집어넣고 빨강 머리 아가씨에게 고함을 질렀다.

"당신네들! 내일 아침 당장 꺼지지 않으면 전부 뽀 강에 처넣어 버리겠어!"

빨강 머리 아가씨는 갑자기 고개를 나타낸 빼뽀네의 얼굴을 보고도 표정 하나 변하지 않았다. 그러나 빼뽀네가 사라지고 나서 그녀는 총알을 새로 장전하고 밤이 새도록 시끄럽게 총을 쏘아댔다.

다음 날 아침 9시가 되었다. 아직도 철거는 시작되지 않고 있었다. 읍 경비원이 읍사무소로 찾아와서 문제가 생겼다고 빼뽀네에게 보고했다.

빼뽀네는 사격장을 향해 단숨에 달려갔다. 사격장 텐트 주위를 사람들이 둘러싸고 있었다.

빼뽀네는 사람들을 거칠게 밀쳐내며 앞으로 걸어갔다. 늙은 남자와 빨강 머리 아가씨가 텐트 난간에 붙박인 듯 기대어 꼼짝하지 않고 서 있었다. 그들의 발 앞에는 말이 죽어 땅바닥에 널브러져 있었다.

이곳저곳을 옮겨 다니며 사는 사람들에게 이동수단인 말이 없어져 버렸다는 건 망망대해를 돌아다니던 배가 암초를 만나 난파한 것과도 같다. 숨이 막힐 정도로 비극적인 광경이었다. 빼뽀네는 모자를 다른 방향으로 돌려쓰고 머리를 긁적였다. 그러고는 말없이 되돌아 가버렸다.

텐트는 그냥 그 자리에 남아있었다. 그리고 한 달이 지나자 사람들은 더 이상 그들에 대해 신경을 쓰지 않게 되었다. 가끔씩 사내아이들이 총 몇 발을 쏘러 들리기도 했다. 하지만 영업이 신통치 않았다. 토요일 저녁이면 젊은이들이 몰려와 빨강머리 아가씨에게 치근거리기도 했다. 그러나 아무리 수작을 걸어도 통하지 않자 그들도 차츰 모습을 감추었다. 마로 집안의 막내인 디에고만 빼고 말이다.

디에고는 독특한 젊은이였다. 스무 살 정도의 나이에 어깨는 떡 벌어졌고, 언제나 잔뜩 찌푸린 얼굴을 하고 있었다. 그는 정말 꼭 필요할 때만 입을 여는 젊은이였다.

매주 토요일 오후마다 사격장에 찾아와 빨강 머리 아가씨가 내주는 총을 받아들고 목표물을 쏘아 맞히는 것이 그가 하는 일의 전부였다.

디에고는 두 시간 정도 사격을 했는데, 그가 하는 말이라곤 도착해서 "안녕하시오." 돈을 낼 때 "얼마요?" 그리고 자리를 뜰 때 "안녕히 계세요." 딱 이 세 마디뿐이었다.

마로 집안은 대대로 임대업을 크게 해서 꽤 잘사는 편에 속했다. 집안에서 가장 어른인 노인은 매주 토요일 자식들과 손주들에게 정해진 용돈을 주었다. 집안 살림에 필요한 옷, 침구류, 신발, 식품 따위는 노인이 직접 사들였다.

매주 토요일마다 5만 리라를 받는 디에고는 항상 그 돈을 사격장에 가서 다 써버렸다. 그러나 마로 집안의 노인은 크게 신경쓰지 않았다.

"돈은 자신이 쓰고 싶은 데 쓰는 거니까."

마로 노인은 이렇게 말하곤 했다.

"만일 너희 중 누군가가 구축함을 사고 싶다면 알아서 해결하면 되는 게야. 각자 살고 싶은 대로 사는 거다."

겨울이 다가왔다. 빨강 머리 아가씨의 아버지가 병이 들었다. 뻬뽀네는 그를 병원에 입원시켰다. 그러나 그는 그곳에 잠깐밖에 머무르지 못했다. 입원한 지 열흘 만에 세상을 떠난 것이다.

이제 혼자가 된 빨강 머리 아가씨는 토요일마다 찾아오는 유일한 고객을 기다렸다. 그 고객은 언제나 정확한 시간에 왔다.

사격을 좋아해 날씨가 추운 것도 아랑곳하지 않는 듯했다.

하지만 눈보라가 치는 어느 토요일, 빨강 머리 아가씨는 더는 마차에서 나오지 않았다. 마지막 남은 고객을 마다할 정도로 추운 날이었다.

오후 5시에 문을 두드리는 소리가 들렸다. 알프스 산봉우리처럼 하얗게 눈을 뒤집어쓴 디에고였다. 아가씨는 밖으로 나와 텐트를 걷어 올리고 디에고에게 총을 건네주었다. 그러고는 울기 시작했다. 아가씨가 추위를 못 견디고 계속 몸을 떨었기 때문에 디에고는 직접 총알을 장전해 가며 총을 쏘았다. 그는 늘 쏘던 만큼 총을 쏜 다음, 난간 손잡이에 5만 리라를 올려놓고 가버렸다.

그다음 토요일에는 눈이 내리지 않았다. 아니, 오히려 화창한 봄 날씨 같았다. 하지만 디에고는 더 이상 모습을 나타내지 않았다.

새벽 1시, 누군가 사격장 텐트 입구를 두들겼다. 디에고였다. 그의 뒤에는 말 한 마리가 서 있었다. 디에고는 곧바로 텐트를 걷어 마차 뒤에 정리해 넣었다. 그리고 자기가 가져온 말에 마차를 매달고 마부석에 올라앉았다.

마로 노인은 매일 새벽 자신의 가축을 살펴보기 위해 축사에 내려오곤 했다. 그 날 새벽 1시에 그는 자신의 말 세 마리 중 한 마리가 사라진 것을 발견했다. 그는 네 명의 아들을 깨웠다.

"누군가가 암말 하나를 훔쳐갔다."
그가 설명했다.
"도둑놈이 마을에 남아 있다면 우린 찾아낼 수 있을 거다. 만일 마을 밖으로 빠져나갔다 해도 아직 멀리 가지는 못했을 거야. 들판에 눈이 많이 쌓여 있으니 근처에 있는 게 틀림없어. 너희 둘은 짐마차를 타고 마을 윗길을 따라 올라가고. 마리오는 오토바이를 타고 지노와 나를 안내해라. 마을 아랫 쪽을 뒤져보자."
길가로 나선 짐마차가 방향을 틀어 위쪽 길로 가고 오토바이는 그 반대 방향을 향해 떠났다. 20킬로미터를 달린 뒤, 노인은 아들에게 오토바이를 세우게 했다.
"이렇게 뒤져도 안 나올 리가 없는데…. 뒤로 돌아가 보자. 이 길이 아니라면 다른 방향으로 도망친 게 틀림없어."
그때 그들을 향해 오는 마차가 보였다. 노인은 한눈에 자신의 말을 알아보았다.
"왼쪽으로 오토바이를 대고 불을 꺼라."
노인이 명령했다. 그들은 오토바이를 길에 세운 뒤 총에 총알을 장전했다. 그리고 세 명 모두 길가의 도랑으로 몸을 숨겼다.
마차 앞쪽으로 난 짧은 차양 아래 작은 램프가 달려있었다. 그 불빛이 디에고의 얼굴을 환히 밝혀 주었다. 디에고는 마부석 앉아 말고삐를 잡고 있었다. 그리고 그의 옆에는 빨강 머리

아가씨가 앉아 있었다. 두 사람은 처음 만난 사람처럼 어색한 표정을 하고 딱딱하게 굳은 자세로 앞만 보고 있었다.

"입 다물고 가만히 있거라!"

노인이 두 아들에게 속삭였다. 아들 중 하나는 디에고의 아버지였다.

마차가 그들 앞을 지나, 어둠 속으로 사라졌다.

"각자 자신의 운명을 따라야지. 자, 움직이자. 이제 잠자리에 들 시간이다."

노인이 외쳤다.

오토바이를 몰던 디에고의 아버지가 한숨을 내쉬었다. 노인이 그에게 말했다.

"사람은 각자 자신의 운명을 따라야 하는 법이다. 내 말도, 네 아들도, 내 손자도 그저 그 운명을 따르고 있을 뿐이다."

뻬뽀네와 종지기

새로운 종지기 마졸리노는 솜씨가 뛰어났다. 그가 시간에 따라 종탑 시계를 울리기 시작하면, 사람들은 일하던 혹은 말하던 것을 멈추고 종탑 꼭대기를 향해 고개를 쳐들었다. 그러고는 다양한 음의 종소리가 그칠 때까지 가만히 서서 그 소리를 감상했다.

마졸리노는 필요한 말만 간단히 하는 과묵한 사람이었다.

말을 할 때도 아주 간결하게 자신의 뜻을 전달했다.

"신부님. 1년에 10만 리라는 너무 적습니다."

그가 돈 까밀로에게 말했다.

"동감일세. 그러나 10만 리라 외에도 수당이 있지."

"수당을 합해도 너무 적어요…."

마졸리노가 불평을 늘어놓자 돈 까밀로는 안타깝다는 듯이 어깨를 들썩였다.

"난 더 이상 어쩔 도리가 없네. 사제관 살림살이는 자네도 잘 알지 않나?"

"알아요. 신부님께 뭘 달라는 게 아닙니다. 그저 이 문제에 대해 읍장님한테 얘기할 거라고 미리 알려드리고 싶었어요."

"그러게나, 그건 자네의 권리니까."

그 길로 마졸리노는 읍사무소로 달려가 뻬뽀네를 만났다.

"읍장님."

뻬뽀네의 책상 앞에 서자마자 마졸리노는 바로 본론으로 들어갔다.

"1년에 10만 리라는 너무 적습니다."

기다렸다는 듯이 뻬뽀네가 대답했다.

"적지. 하지만 자네에게는 10만 리라도 과분해."

"과분하다니요? 그건 일에 대한 정당한 대간데요."

마졸리노가 흥분하자 뻬뽀네가 비웃었다.

"어이쿠, 그야 당연하지. 정오에 종을 울리는 건 참 중요한 일이지."

"저는 정오에만 종을 울리는 게 아녜요."

"자네가 울리는 모든 종소리들 중에서, 읍장으로서 그리고 읍민으로서 유일하게 나의 관심을 끄는 건 자네가 정오에 울리는 종일세. 정오인지 아닌지에 사람들은 관심이 있지. 다른 종소리는 그저 일부 성직자들에게나 관심의 대상이야."

빼뽀네가 퉁명스레 대꾸했다.

"나는 종을 치는 것 말고도 시계 밥을 주거나 시계들을 정확히 맞추는 일도 하고 있어요."

마졸리노가 말했다. 그러자 빼뽀네가 지적했다.

"이봐, 말은 똑바로 하자고. 시계들이 아니고 종탑의 시계지. 읍사무소에 있는 시계는 우리가 알아서 하잖나."

"그야 인민의 집에서 하기를 원하니까! 난 8일에 한 번씩 읍사무소 시계를 손보고 청소하러 꼬박꼬박 여기에 온단 말입니다. 안 해도 되는 일이면 왜 오겠습니까?"

"어련하겠나! 나는 신부의 스파이가 여길 들락거리는 걸 원치 않아."

빼뽀네가 소리쳤다.

"저는 스파이가 아니고 종지기에요. 그리고 어쨌든 읍사무소에서 내게 주는 월급은 지나치게 적습니다."

"읍에서는 지금도 자네에게 너무 많이 주고 있다고 생각하고 있어! 부족하다고 여기면 신부한테 가서 더 달라고 하게."

말을 마친 빼뽀네가 고개를 돌리고 손을 휘저으며 마졸리노를 내쫓았다. 그는 얼굴을 붉히며 자리를 떴다. 이것이 월요일 오전 10시에 있었던 일이다.

같은 날 12시. 정오를 알리는 종이 울리지 않았다.

돈 까밀로는 서재에 걸린 낡은 시계가 12시를 알리는 소리를 들었다. 종탑의 아름다운 종소리를 기다렸지만 한참을 기다려도 종은 울리지 않았다. 호주머니에 넣고 다니는 회중시계를 꺼내 시간을 확인했다. 시곗바늘은 이미 12시를 지나고 있었다. 돈 까밀로는 사제관 앞뜰로 난 창문으로 고개를 내밀고 마졸리노를 큰소리로 불렀다.

창문 밑으로 마졸리노가 모습을 나타냈다.

"아니, 어째서 정오를 알리는 종을 치지 않았나?"

"정오가 되기를 기다리는데요. 시계가 12시를 가리키면 정오 종을 울릴 겁니다."

마졸리노가 종탑의 시계를 가리켰다. 종탑의 시계는 10시 15분을 가리키고 있었다. 돈 까밀로가 당황한 표정으로 물었다.

"이보게 마졸리노. 자네는 시계가 죽은 걸 몰랐나?"

"당연히 알죠. 제가 시계를 세웠으니까요."

"대체 무슨 이유로?"

"읍장님이 월급 인상을 거부해서 전 파업 중입니다."

돈 까밀로는 침착함을 잃고 창문을 열어둔 채 밖으로 뛰어나갔다. 순식간에 종지기의 멱살을 움켜쥐고 소리쳤다.

"자넨, 당장 시계를 제대로 맞추게! 어디서 이런 못된 장난을 치는 건가?"

마졸리노는 눈도 깜빡하지 않았다.

"신부님! 이 어린 양을 도와주시지는 못할망정, 신부님마저 공산당 읍장 편을 드시는 겁니까?"

"난 누구의 편도 아니야."

"그럼 제발 저를 내버려 두십시오. 제 권리를 찾겠습니다."

돈 까밀로는 마졸리노의 멱살을 풀고 말했다.

"이보게, 아무튼 시계는 제대로 해두게. 종탑 시계가 안 돌아가더라도 읍사무소의 시계는 계속 작동하잖나."

"읍사무소의 시계도 이미 고장 났습니다. 신부님."

"고장이라니, 언제부터?"

"오늘 아침 10시 7분부터요. 읍사무소 건물을 나오기 전에 아무도 모르게 톱니바퀴 세 개를 뽑아두었습니다."

돈 까밀로는 할 말을 잃었다. 그저 작은 목소리로 중얼거렸을 뿐이다.

"으흠, 자네 일이니 자네가 알아서 하게."

저녁 무렵 돈 까밀로는 우연히 마주친 척 뻬뽀네의 앞에 모습을 나타냈다. 미소를 지으며 그가 말했다.

"읍장 나리, 종지기 노동자가 벌이는 이 파업에 대한 귀하의 생각은 어떠신가?"

"그러는 신부님은 무슨 생각을 하고 있습니까? 혹시 신부님도 이 일에 관여하고 있는 건 아니오?"

"그렇지 않아, 뻬뽀네. 읍사무소에서 종지기에게 월급을 주지, 내가 주나? 그런데 그게 좀 빈약한 액수여서 문제가 되는 걸세."

"그놈이 하는 일에 비하면 너무 많은 액수요. 내가 무슨 말을 하고 싶은지 아시오? 째깍째깍 대는 시끄러운 시곗소리가 들리지 않으니 정말 조용하고 좋습디다."

"자네다운 말이군, 읍장 동무. 나는 멈춰 선 시계 때문에 하루가 심심하던걸? 게다가 정오면 들려오던 종소리가 안 들리니까 우울하던데."

뻬뽀네는 자기 알 바 아니라는 듯 무관심한 표정을 지었다.

"어, 그랬나? 정오 종소리가 안 울렸는지 난 알아채지도 못했네? 그게 그렇게 거슬리면 직접 정오 종을 치시구려."

돈 까밀로는 두 손을 하늘로 치켜들었다.

"내겐 착취당하는 노동자의 정당한 투쟁을 방해할 권리가 없네. 읍장에 대한 종지기의 숭고한 파업에 대해 경의를 표하네."

뻬뽀네가 얼굴을 찡그리며 돈 까밀로를 바라보았다.

"숭고한 파업이라고? 종지기의 이 우스꽝스러운 행위는 나를 음해하려는 더러운 술수요."

뻬뽀네는 모자를 눈까지 내려쓰고 몸을 돌렸다. 그러고는 열 걸음 정도 걷다가 다시 뒤를 돌아보며 소리쳤다.

"이 바보 같은 행위의 책임은 결국 신부님이 져야 할 거요. 알겠소?"

"아니지, 내가 아니라 종지기의 월급 인상을 거부한 읍장이 책임질 일이야."

돈 까밀로의 말이 옳았다. 마을 사람들은 종지기의 파업을 두고 신 나게 떠들어 댔다. 다음 날 아침, 선전물이 광장 담벼락에 나붙었다.

'여러분, 읍 행정 당국에 의해 착취당하는 노동자 종지기의 정당한 투쟁을 지지합시다!'

'시계는 멈추었지만 승리의 시간은 반드시 올 것이다!'

'빼뽀네, 종소리가 듣기 싫던가? 딩-댕-도-옹 해대서?'

빼뽀네는 겉으로 보기에 이 일을 대수롭지 않게 여기는 것 같았지만 사실 속으로는 심기가 무척 불편했다. 화요일 11시 50분이 되자 사람들은 광장에 모여 종탑 시계를 올려다보며 정오 종이 울리기를 기다렸다. 이를 본 빼뽀네와 부하들은 더욱더 예민해질 수밖에 없었다. 종지기가 종을 울리지 않으리란 걸 알고 있었기 때문이다.

수요일 아침, 기발한 생각이 떠오른 빼뽀네는 자리를 박차고 일어났다. 11시 반이 되자 광장에는 어제보다 더 많은 사람들이 모여들었다. 그는 스미르초를 데리고 광장을 재빨리 빠져나가 사제관 문을 두들겼다. 돈 까밀로가 문을 열어주었다.

"종지기!"

빼뽀네가 퉁명스레 외쳤다.

돈 까밀로가 말했다.

"난 종지기가 아니라 신부일세. 종지기는 저기 오른쪽 건물에 살고 있네."

"알고 있소. 그를 당장 불러주시오. 안 그러면 난 폭발하고 말 겁니다. 이제 장난은 할 만큼 했으니 당장 집어치우라고 그자에게 전해주시오."

"예 예, 분부대로 합죠. 읍장 나리."

돈 까밀로가 싱긋 웃으며 대답했다.

마졸리노는 구두수선으로 생계를 잇고 있었다. 그는 사제관 옆의 작고 초라한 건물에 딸린 작은 방에서 아내와 함께 살았다. 돈 까밀로는 서둘러 종지기를 찾아가 읍장의 말을 전했다. 돌아온 돈 까밀로가 뻬뽀네에게 말했다.

"읍장, 정확하게 귀하의 의견을 전했네. 마졸리노는 장난이 아니라 정당한 항의를 하고 있다고 하더군. 요청한 인상안이 받아들여질 때까지 파업을 계속할 거라는군."

뻬뽀네는 쇠망치 같은 두 주먹을 불끈 쥐었다. 뭔가 막 대꾸를 하려는 순간 스미르초가 그의 코앞으로 시계를 내밀었다. 정오 1분 전을 가리키고 있었다. 뻬뽀네는 화가 폭발했다. 그는 종이 걸려있는 건물 안으로 성큼성큼 걸어 들어갔다. 손에 잡히는 대로 아무거나 집어 들고 직접 종을 치기 시작했다.

그의 종 치는 실력이 그리 형편없는 것은 아니었는지, 그가 밖으로 나오자 사제관 앞에 모인 사람들이 뻬뽀네를 놀랍다는 눈으로 바라보았다. 마졸리노가 문 앞으로 달려나와 외쳤다.

"읍장! 파업에 반대하는 노동자라니, 그러고도 공산당이라고 말할 수 있소?"

그 소리를 들은 뻬뽀네가 마졸리노에게 덤벼들었다. 에워싼 사람들이 두 사람을 떼어놓았다. 마졸리노는 겨우 목숨을 건질 수 있었다. 모인 사람들은 뻬뽀네를 놀려주고 싶은 생각에 참을 수가 없었다. 그러나 한 사람이라도 웃음을 터뜨렸다간 뻬뽀네의 성질을 더 돋우게 될 것이 분명했다.

스미르초가 10여 분 후, 몰리네토에 사는 한 젊은이를 데리고 모습을 나타냈다.

그는 잔뜩 거만을 떨며 말했다.

"신부님, 읍장님이 이 젊은이에게 시계를 다시 손보고 정오 종을 울리도록 조치했소."

돈 까밀로는 할 말이 없다는 듯 어깨를 으쓱했다.

"종탑은 저기 있네. 자네 맘대로들 하게. 난 읍장과 마졸리노 사이의 문제에 끼어들고 싶지 않으니까."

스미르초는 모자챙을 왼쪽으로 돌려쓴 뒤 돈 까밀로의 말을 정정했다.

"이건 어느 한 사람의 문제가 아닙니다, 신부님. 이건 정치적인 음모를 품고 있는 파업이라고요. 정치적으로 악용하려는 속셈으로 기획된 사건이란 말입니다."

"정말 그럴까? 잘 모르겠군. 난 정치에서 손을 뗀 지 워낙 오래되어서 말이야."

돈 까밀로가 침착한 목소리로 대답했다. 스미르초가 소리쳤다.

"신부님의 속셈이야 뻔하지요! 혹시 신부님이 부추기는 건 아닙니까? 파업이 길어지면 신부님께도 손해라는 걸 명심하십쇼."

스미르초가 몰리네토의 젊은이에게 종탑을 가리켰다.

"위로 올라가 시계를 손보게. 내 자네에게 소리쳐서 시간을 알려주겠네."

그러나 스미르초는 시계를 꺼냈다가 바로 다시 주머니에 넣어야만 했다. 젊은이가 종탑 문을 열지 못했기 때문이다. 그가 투덜거렸다.

"안에서 쇠사슬로 잠갔어요."

스미르초는 돈 까밀로를 향해 몸을 돌렸다.

"신부님, 사제관과 종탑 사이에 또 다른 문이 있습니까?"

"없네."

"그럼 문을 부수지 않고 들어갈 수 있게, 사람을 시켜 열쇠 좀 갖다 주십쇼."

"기꺼이 그렇게 하지."

돈 까밀로가 한 아이에게 신호를 하며 대답했다.

몇 분 뒤 종탑의 문이 열리고 몰리네토의 젊은이가 안으로 들어갔다. 그는 이내 다시 밖으로 나오더니 붉어진 얼굴로 스미르초에게 귓속말을 했다. 젊은이의 말을 듣고 난 스미르초가 입가에 빈정대는 웃음을 띠고 돈 까밀로를 쳐다보았다.

"신부님, 어떤 귀신이 종탑으로 올라가는 사다리를 치워버리고, 마룻바닥 뚜껑 문을 잠가버렸답니다. 누가 한 짓인지 혹시 아세요?"

돈 까밀로가 굳이 대답할 필요도 없었다. 종탑 위에 있는 창문으로 마졸리노가 얼굴을 내민 것이다, 마졸리노는 확성기를 흉내 내어 손을 입에 갖다 대고 크게 소리쳤다.

"내가 여기 있는 이상 시계도 종도 건드릴 수 없다."

마졸리노의 말이 옳았다. 그는 종탑 꼭대기로 올라가는데 필요한 모든 사다리를 치우고 계단 마루 뚜껑을 문마다 잠가버린 뒤 모든 종의 줄을 풀어버렸던 것이다. 스미르초가 증오에 찬 눈으로 돈 까밀로를 노려보았다. 하지만 돈 까밀로는 아무렇지도 않다는 듯이 말했다.

"이보게. 내가 시켜서 한 짓이 아니잖나?"

"물론 아니겠지요! 지주들을 도와 노동자를 더 많이 착취하는 방법이나 가르치는 신부님이시니!"

"스미르초, 그러지 말고 자네가 빼뽀네를 설득해 보게. 이제 경찰이 개입하지 않고서야 무슨 수로 마졸리노를 종탑에서 내려오게 할 수 있겠나?"

"우리는 더 좋은 다른 방법을 찾아내고야 말 겁니다. 신부님이 뭐라시든!"

스미르초와 젊은이가 자리를 뜨자 사람들은 이 구경거리를 즐기기 위해 광장에 남아있었다.

하고 싶은 말을 끝낸 마졸리노는 모습을 감추더니 더 이상 고개를 내밀지 않았다. 사람들이 불러댔지만 대답하지 않았다. 신실한 사람인 그는 남들의 구경거리가 되는 것을 달가워하지 않았기 때문이다.

목요일 아침, 뻬뽀네는 뭔가 안 좋은 일이 일어날 것 같다는 불길한 예감에 사로잡혔다. 그리고 그 육감은 정확했다. 밤중에 악당들이 공산당 선전물을 훼손하고 마을 내 담벼락에 낙서를 해댄 것이다.

'여러분,
러시아의 빨갱이들에게 비참하게 배신당한 종지기 노동자는 빵과 자유를 수호하기 위해 최후의 투쟁을 하고 있습니다. 포위당한 영웅을 도웁시다! 종지기 영웅에게는 여러분의 도움의 손길이 절실합니다. 내일 아침 10시 35분에 광장에 모여 우리의 '단호한 결의' 를 보여줍시다.'

뻬뽀네는 광장에 가지 않았다. '단호한 결의' 가 도대체 무엇을 말하는 건지는 스미르초가 확인하러 갔다.

밤 사이에 '종지기를 지지하는 사람들' 과 마졸리노가 작당해 꾸며놓은 일이 하나 있었다. 종에서 끄른 줄 하나를 아래로 내려뜨려 이 줄을 통해 물건을 위로 끌어올릴 수 있게 한 것이었다. 줄의 한쪽은 마졸리노가 올라가 있는 종탑 위에, 다른 한

쪽은 마졸리노의 지붕 밑 방 창문에 묶고 튼튼한 밧줄 고리로 연결된 도르래 두 개를 달아 일종의 케이블카를 만들어 놓은 것이다.

야채밭 담장에서 그 반대편 담장까지 이 광경을 지켜보려고 모여든 사람들로 붐볐다. 종지기가 있는 종탑 꼭대기에서 마졸리노의 집을 연결하는 이 공중 케이블카는 정확히 아침 10시 30분에 작동을 시작했다.

사람들은 상자가 옮겨질 때마다 열광하며 소리를 질러댔다. 살라미 소시지, 포도주, 빵, 식수, 담요가 차례로 옮겨졌다.

"나도 그냥 위로 올라갈까 봐!"

자신의 집에서 남편의 작전을 지원하던 마졸리노의 아내가 부르짖었다. 정오까지 계속된 이 구경거리가 끝나자 마졸리노는 손수건을 흔들어 감사의 인사를 했다. 그러고는 우아하게 모습을 감추었다.

오후 4시 정각에 온 마을이 깜짝 놀랄 사건이 벌어졌다. 종탑 시계추가 움직이기 시작한 것이다. 하나가 작동하자 나머지 열한 개의 추도 차례로 자기 역할을 수행했다. 열두 번째 추가 모두 움직이고 나자 정오를 알리는 종의 합창이 경쾌하게 울려 퍼졌다. 다시 시계가 돌아가고 있었다. 모두 마졸리노가 무슨 생각으로 시계를 고쳤는지 의아해했다.

다음 날 아침 제일 먼저 집 밖으로 나온 사람이 종탑 시계가

9시를 가리키고 있는 것을 발견했다. 그때 시간이 아침 5시였다. 8시가 되자 종이 열두 번 울렸다. 때 이른 정오의 종소리였다. 종소리는 꽤 오랫동안 기세등등하게 들려왔다.

오후 1시에는 시곗바늘이 빠르게 움직이기 시작했다. 시계바늘 두 개가 12시를 가리키더니 두 번째로 정오를 알리는 종소리가 시끄럽게 울렸다.

그리고 똑같은 현상이 오후 2시 20분에 반복되었다.

정오의 종소리를 하루에 세 번씩이나 듣게 되자 뻬뽀네가 폭발했다. 그는 밖으로 뛰쳐나가 미친 듯이 사제관으로 달려갔다. 사람들이 모여 있었다. 당연히 맨 앞에는 돈 까밀로가 서 있었다. 뻬뽀네가 부르짖었다.

"신부님. 내가 저 종을 쏴버리기 전에 어서 저 종소리를 멈추게 하시오!"

돈 까밀로가 그를 바라보았다.

"읍장 동지, 종은 아무 잘못이 없네. 기술자의 관리가 미치지 못하니 제멋대로 작동해서 우는 거잖나. 이런 일이 처음 있는 것도 아닌데 왜 그리 흥분하는 건가."

바로 그 순간 시계가 다시 12시를 알렸다. 정오를 네 번째로 알리는 종소리였다. 뻬뽀네는 모자를 벗어 땅에 내동댕이친 뒤 발로 마구 짓밟으며 외쳤다.

"그만, 그만! 그만두지 않으면 미쳐버리겠다고!"

빼뽀네를 진정시키려면 우선 종소리가 그쳐야 했다. 종소리가 멈추자 돈 까밀로가 종탑을 향해 소리쳤다.

"마졸리노! 읍장님이 자네랑 협상하고 싶다는데!"

마졸리노가 얼굴을 내밀자 사람들이 일순간 조용해졌다. 돈 까밀로가 말했다.

"자, 동지. 종지기는 들을 준비가 됐네. 말씀하시게."

빼뽀네가 툴툴거렸다.

"신부님이 말하시오. 내가 말하면 좋은 소리가 안 나올 것 같으니…."

돈 까밀로가 위를 향해 몸을 돌렸다.

"마졸리노, 읍장님은 자네를 만날 준비가 되셨네!"

"그냥 거기서 말씀하시오. 그저 내가 요구한 걸 들어만 주시면 되니까요."

돈 까밀로가 빼뽀네를 돌아보았다.

"벼락을 맞을 놈 같으니! 네 마음대로 햇!"

빼뽀네가 분을 못 이겨 으르렁거렸다.

돈 까밀로가 외쳤다.

"마졸리노, 읍장께서 동의하셨네."

"종이에 써서 약속해 주십쇼!"

마졸리노가 대답했다. 빼뽀네의 얼굴에 식은땀이 흘렀다. 그는 손톱을 물어뜯더니 고통스러워하며 말했다.

"좋아."

돈 까밀로가 뻬뽀네에게 종이와 펜을 건네자, 그는 떨리는 손으로 이렇게 써내려갔다.

'내일, 3월 1일부터 종지기 마졸리노 아델모에게 10만 리라에서 15만 리라로 연봉을 올려줄 것을 읍장으로서 약속함. 서명:읍장 주세페 보타치.'

돈 까밀로가 종이를 받아들고 네 번 접어 노란색 봉투에 넣은 뒤 옆에 있던 아이에게 건네주었다.

"네가 가지고 가서 전달해 주렴."

사람들은 쥐 죽은 듯 조용했다. 모두 입을 꾹 다문 채 마졸리노의 집에서부터 종탑 꼭대기 창문까지 연결된 케이블카를 뚫어지라 바라보고 있었다. 드디어 줄이 소리를 내며 천천히 움직이기 시작했다. 도르래를 타고 올라가는 세탁물 바구니가 햇빛을 받아 반짝였다. 봉투가 사람들 머리 위를 지나 중간 지점에 이르자 갑자기 영문을 알 수 없는 박수가 터져 나왔다. 종지기의 손에 봉투가 들어갈 때까지 박수는 계속되었다. 마졸리노는 봉투와 함께 모습을 감추었다.

잠시 후 그의 대답이 들려왔다. 종이 승리의 송가를 연주하며 울리기 시작한 것이다. 그러자 박수 소리는 걷잡을 수 없이 더욱 더 커져만 갔다.

그때 누군가가 소리쳤다.

"읍장 만세!"

모두가 화답했다.

"만세!"

뻬뽀네는 어쩔 수 없이 모자를 들어 인사했다. 그는 곤혹스러운 기분에 급히 도망치듯 자리를 떴다. 뻬뽀네는 한참을 간 뒤 걸음을 멈추고 스미르초에게 엄숙하게 말했다.

"기억해 두게, 동지. 제아무리 훌륭한 혁명가라도 고향 일에는 맥을 못 쓰는 법이라는걸!"

"맞습니다. 맞아요, 대장!"

스미르초가 맞장구쳤다.

그리고 그들은 그렇게 승리의 도피를 계속하였다.

창백한 얼굴의 샌님

빼뽀네가 이틀 뒤 아침까지 약속한 일을 끝내려면 당장 엄지손가락 굵기의 튜브 1미터가 필요했다. 마을에 있는 상점에는 그 튜브가 다 떨어진 상태였다. 빼뽀네는 할 수 없이 튜브를 사러 기차를 타고 도시까지 나가야 했다.

도시에 도착하자 12시를 알리는 종이 울렸다. 시에스타가 시작된 것이었다. 빼뽀네는 분통이 터졌지만 오후 3시까지 꼼짝없이 기다리는 수밖에 없었다. 그런데 이것으로 이야기가 끝난 게 아니었다. 철공소를 이 잡듯이 뒤지고 돌아다녀도 찾는 물건을 구할 수 없어 결국 공장까지 직접 찾아가야만 했던 것이다. 그 물건을 손에 넣었을 때는 땅거미가 지고, 마을로 돌아가는 마지막 열차도 이미 떠난 뒤였다.

보통 때라면 하룻밤을 묵고 다음 날 아침 일찍 돌아가면 될 테지만 오늘은 사정이 달랐다. 집으로 돌아가서 급히 마쳐야 할 일이 산더미처럼 밀려있는 데다 연기할 수도 없었다. 이대로라면 30킬로미터의 거리를 꼼짝없이 걸어가야 할 판이었다.

빼뽀네는 차를 얻어 탈 수 있기를 바라며 터덜터덜 걸음을 옮기기 시작했다. 그러나 어디로 갈지도 모르는 자동차를 붙잡고 태워 달라고 할 수는 없는 노릇이었다. 수백 대의 차들이 빠르게 그의 곁을 달려 지나쳤다. 적어도 시내를 벗어나 바싸로 향하는 국도까지 가야만 마음 편히 차를 얻어 탈 수 있을 것 같았다. 지방도로까지 잰걸음으로 가서 고개를 들자마자 작은 트럭이 한 대 오는 게 눈에 들어왔다. 그 차는 빼뽀네가 손을 흔드는 것을 보고 속력을 줄였다.

비록 마을로 들어가는 차는 아니었지만 빼뽀네가 가려고 하는 방향이었다. 차에 올라타서 약 7킬로미터 정도를 얻어 타고 가다가 새로 놓인 다리 앞에서 내렸다. 빼뽀네는 운전사에게 고맙다고 인사를 건넨 뒤 다시 서둘러 길을 걷기 시작했다.

저녁 무렵이 되어 이미 날씨는 쌀쌀해져 있었다. 설상가상으로 비마저 내리기 시작했다. 주위를 둘러보니 근처에 작은 지붕이 달리고 움푹 들어간 장소가 보였다. 그곳에는 의자에 앉아 있는 성모마리아의 조각상이 놓여 있었다. 빼뽀네는 그 지붕 아래로 몸을 피했다.

"등을 돌리고 있어 죄송합니다만…."

빼뽀네가 뒤를 돌아보며 사과하듯 꾸벅 고개를 숙이며 말했다.

"어쩔 수 없습니다, 길가를 살펴야 하니. 이놈의 튜브 때문에 제 꼴도 말이 아닙니다. 어서 지나가는 차를 얻어탈 수 있도록 도와 주십시오."

어두워질수록 빗줄기도 굵어져만 갔다. 가만히 진흙탕 길을 바라보고 있자니 오늘 중으로 집에 돌아갈 수나 있을지 걱정이 되었다.

빼뽀네는 반 시간 가량 자동차가 지나가기를 기다렸다. 그리고 다시 한 시간이 더 지나자 슬슬 화가 치밀어 올랐다.

"다시 한 번 실례 좀 합시다."

성모마리아를 향해 몸을 돌리며 말했다.

""제가 엉덩이를 들이밀고 있어서 화나신 겁니까? 저도 그러고 싶어서 그러는 게 아닙니다! 자동차가 지나가지 않으면, 저는 대체 어떻게 집에 가란 말입니까."

성모마리아는 아무런 대답도 없었다.

바로 그때 어디선가 나타난 자동차의 헤드라이트가 빼뽀네를 비추었다. 흥분한 빼뽀네는 당장에라도 뛰쳐나가 차를 세우고 싶었다. 하지만 퍼부어대는 비에 젖지 않기 위해서는 자동차가 다가오기를 좀 더 기다려야 했다. 비와 진창 때문에 천천히 달리고 있던 회색 자동차가 가까이 다가오자 빼뽀네는 단숨에 도로로 뛰어들었다.

빼뽀네는 한달음에 차 문에 이르러 머리를 창문으로 집어넣었다. 그 사이에 등을 비롯한 온몸이 비에 젖고 말았다.

운전자는 자동차 계기판의 불을 밝혀 빼뽀네의 창백한 얼굴을 쳐다보았다.

"왜, 왜 그러세요?"

운전자가 말을 더듬었다.

"뭐라고요?"

빼뽀네가 퉁명스레 대답했다.

"왜 이런다고 생각하슈? 벌써 엉덩이까지 흠뻑 젖었수! 어느 방향으로 갑니까?"

"토리첼라요."

젊은이는 마르고, 세련되고, 점잖고… 덧붙여 굉장히 소심해 보이기까지 했다.

"좋았어!"

빼뽀네는 문을 열고 젊은이의 옆 좌석에 올라타며 소리쳤다. 그는 의자에 편안하게 자리를 잡고 앉으려고 몸을 뒤척였다. 그러다가 튜브 끝 부분이 가슴팍에서 삐죽 튀어나왔다. 갑자기 젊은이는 표정이 굳어지며 번쩍 손을 쳐들었다.

빼뽀네는 젊은이의 기이한 행동에 어안이 벙벙해졌다. 그러나 이내 그 불쌍한 운전사의 눈이 튜브 끝에 고정되어 있음을 알아차리곤 그가 왜 그런 행동을 했는지 깨달았다.

"아니, 눈이 삐었나!"

삐뽀네가 고함쳤다.

"이봐, 젊은이. 이게 기관총으로 보이나? 검은색 방수 종이로 둘둘 말은 이 튜브가 당신 눈에는 그렇게 보여?"

젊은이는 그제야 가슴 깊은 곳에서부터 안도의 한숨을 길게 내쉬었다.

"휴우…."

젊은이가 작은 목소리로 말했다.

"어두운 밤 시골 길을 혼자 달리고 있는데, 선생님같이 덩치 큰 양반이 손에 무기같이 보이는 걸 쥐고 갑자기 튀어나온다고 상상해 보십시오. 그다지 유쾌한 일은 아닙니다. 세상도 점점 험악해져 가는 마당에 말입니다…."

삐뽀네는 젊은이의 말에 펄쩍 날뛰었다.

"아니, 그럼 나더러 어쩌라는 말인가? 날은 저물었지, 기차는 끊어졌지. 무슨 일이 있어도 오늘 저녁 안에 집에는 돌아가야 하는데 비는 이렇게 무섭게 퍼붓고…. 서서 한 시간이 넘게 기다렸단 말이오! 이런 상황에 처한 사람의 입장을 알기나 하시오?"

"물론 충분히 이해는 합니다."

젊은이가 가속페달을 밟으면서 담담한 목소리로 대답했다.

"하지만 모든 일에는 방법이 다 있게 마련이죠."

아무리 침착하고 조용한 사람일지라도 엉덩이가 흠뻑 젖은 채 자리에 앉아 있으면 신경질적으로 변하기 십상이다. 하물며 성질 급한 빼뽀네야 더 말할 나위가 있으랴. 젊은이의 말에 잔뜩 기분이 상한 빼뽀네가 소리를 꽥 질렀다.

"바깥 날씨랑 상관없이 자동차에 편안하게 앉아 여행하는 사람이 말로는 무슨 소릴 못하겠어! 하지만 나같이 아침부터 저녁까지 정신없이 뛰어다니며 살다 보면 상황이 바뀌는 법이야!"

"전 여행 다니며 노는 사람이 아닙니다."

그가 단호하게 대꾸했다.

"흥, 어련하시겠어!"

빼뽀네는 비아냥거렸다.

하지만 잠시 후, 이 샌님 덕분에 추위와 비를 면했다는 데에 생각이 미치자 기분이 조금 누그러져서 다시 말을 걸었다.

"한가하게 놀러 다니는 사람이 이런 날씨에 여기를 왜 지나가겠나. 그쪽은 자동차를 타고 일하러 다니고 난 비 맞으며 걸어서 일하러 다닌다는 차이지. 거기다 집에 도착해서는 바로 자러 갈 수도 없는 처지라오. 새벽 2시까지 작업장에서 망치질을 해야 해. 그나마 모든 일이 잘 풀린다면 말이야."

젊은이가 운전에 열중한 나머지 대답이 없자 빼뽀네도 자연히 할 말을 잃었다. 두 사람 모두 조용하게 침묵하는 가운데 2~3킬로미터를 더 가고 나서 빼뽀네는 자책감에 사로잡혔다.

'내가 멍청이지. 도로에 갑자기 뛰어들었으니 이 불쌍한 녀석이 무서워서 벌벌 떠는 게 당연하지. 엉덩이를 걷어차 쫓아내지 않은 걸 감사하긴커녕 팔자 좋게 여행이나 다니는 부르주아 취급을 했으니 오죽 기분이 상했겠어. 가는 동안 기 좀 살려 줘야지. 불쌍한 도회지 샌님…. 안 그러면 두고두고 양심에 찔리겠는걸.'

빼뽀네는 생각했다.

잠시 뒤 자동차가 보르게토 공동묘지 앞을 지나갈 때였다. 희미하게 마을을 비추는 전신주 아래에 묘지 정문의 철책이 드러났다. 빼뽀네는 모자를 벗어 고인들에 대한 예의를 표했다. 빼뽀네의 이런 행동을 보고 젊은이는 굉장히 감동을 한 것 같았다.

"세상을 등진 불쌍한 이들…. 모두 신심이 깊은 이들이었지."

빼뽀네가 한스러운 듯 말했다.

"우리 마을은 산세가 수려한 건 아니지만 인심은 아주 좋은 곳이라오."

"네, 알아요."

도회지 샌님이 확신 없는 어조로 중얼거렸다.

"이 마을에 대해 아시오?"

빼뽀네가 물었다.

"아뇨, 여긴 처음 오는 건데요. 하지만 여기 사람들이 어떤지는 알아요…. 팔코 로쏘, 미트라, 피스톨레로가 모두 이 마을 출신 아닌가요?"

빼뽀네의 귀에는 샌님의 말투가 빈정대는 것으로 들렸다. 특히 바싸 마을에서 제일 유명한 열성 공산주의자 세 명의 이름을 입 밖에 낼 때는 더욱 그런 느낌이 들었다.

빼뽀네가 입을 열었다.

"이 보시게, 젊은이. 팔코 로쏘, 미트라, 피스톨레로는 바싸 사람들이 아니네. 그 정신 나간 작자들은 다른 어느 마을에서나 태어날 수 있었지만 운 나쁘게도 여기서 태어났을 뿐이지. 정치판에 끼어들어 탐욕스런 돼지같이 군 대가로 감옥에 처박혀 있는 그 세 명의 무뢰한들이 전부인 듯 우리 바싸 사람들을 평가해선 안 되오. 당신은 바싸 마을에 폭력배들, 부정직한 작자들 그리고 하느님을 믿지 않는 작자들만이 활개를 치고 다닌다고 여기는 거요?"

"아, 아뇨. 아닙니다."

얼굴이 창백한 샌님이 거세게 항의했다.

"그런 말을 하려던 게 아니었어요. 그저 그 세 사람의 이름이 신문에 많이 보여 언급했을 따름입니다…."

"신문! 어떤 마을을 진짜로 이해하기 위해선 신문으로는 안 되지. 그 마을 사람들을 직접 겪어봐야 하는 거요."

자동차가 작은 십자가 아래 세워진 성모마리아상 앞을 지나자 빼뽀네는 모자를 벗어 성모마리아에게 경의를 표했다. 모자를 쓰고 있지 않던 샌님은 고개를 숙여 목례를 했다.

"당신도 신앙심이 깊은 사람이라니 아주 기쁘구먼!"

빼뽀네가 유쾌한 목소리로 말했다.

"신앙심이 깊으면 서로 이념이 달라도 이해할 수 있지."

샌님이 빼뽀네를 당황스러운 눈초리로 흘끗 바라보았다. 빼뽀네는 재킷의 깃을 끌어올려 공산당 배지를 단추 구멍에서 빼내며 생각했다.

'만일 이 마마보이가 내가 공산당원이라는 사실을 알게 되면 완전히 공포에 질려 버리겠군.'

"신앙심이 깊으면 좋은 가장이기도 하고 선량한 애국자이기도 하지. 안 그렇소?"

젊은이에게 동의를 구하며 빼뽀네가 말했다.

"물론이지요. 하느님, 조국, 가족. 세상에서 가장 근본적인 거죠."

샌님이 대답했다.

"그렇지, 바로 그거야! 믿고, 복종하고 싸워라!"

그 순간 빼뽀네는 차마 말하고 싶지 않았던 뭔가를 입 밖에 냈다는 사실을 알아차렸다. 그리고 눈꼬리로 길동무를 슬쩍 바라보고서 그의 입가로 희미하게 만족한 미소가 번지는 것을 놓치지 않았다. 알았다! 빼뽀네가 추측했던 대로다! 빼뽀네는 확인을 해보고 싶었다.

"당신과는 말이 통할 것 같다는 생각이 드는군. 자, 서로 솔직해집시다. 두 사람이 각자 원하는 이념을 지닐 수야 있지만,

적어도 신사라면 옳은 게 뭔지는 알고 있어야지. 역사는 역사고 사건은 사건이오. 그래서 어느 한 사람을 매도하거나 단정해서는 안 될 거요. 잘못한 것도 있겠지만, 우리 툭 터놓고 말해봅시다. 분명 선한 일도 했을 거요. 이를 부정하는 작자는 독단주의자요! 내 말이 틀렸나?"

"아니요, 지당하신 말씀입니다!"

샌님이 부르짖듯 말했다.

"선생님의 의견에 전적으로 동감합니다. 아주 훌륭하십니다. 독단주의처럼 나쁜 것도 세상에는 없지요. 한때의 잘못을 두고 전부 잘못한 것처럼 비난하는 사람들이야말로 벌을 받아 마땅하지요."

퍼붓던 비가 그쳤다. 프라스케토의 조그마한 마을을 지나칠 때 젊은이는 속도를 늦추어야만 했다. 인민의 집 앞의 길이 막혀 있었기 때문이다. 두 명의 젊은이들이 농민파업을 준비하며 선전벽보를 붙이고 있었는데, 마을 사람들이 벽보를 구경하느라 생긴 일이었다.

이런 광경이 처음이라는 듯 놀란 표정으로 샌님이 뻬뽀네를 바라보았다. 뻬뽀네가 미소를 지으면서 그에게 말했다.

"놀라지 마시오. 저들이 지금 붙이고 있는 벽보에는 아무런 의미가 없소. 신경 쓸 필요가 없는 것이오. 사람들은 정당을 보는 것이 아니라 다수의 이익을 우선으로 해야 하기 때문이오.

며칠 전에 총파업이 있었을 때 우리 마을에서 무슨 일이 벌어졌는지 아시오? 선전물, 현수막, 명령서, 항의서, 총파업을 준비하기 위한 연설을 위해 모두가 뛰었소. 모두가 말이오. 아시겠소? 정당을 떠나 모두 다 함께 말이오. 그게 바로 바싸요. 떠도는 풍문이 아니라 그 본질을 봐야 하오!"

"그렇죠. 정치에만 전념하는 사람은 믿을 수가 없지요."

만족한 젊은이가 동의했다.

"정치는 가정을 말아먹는 거요!"

빼뽀네가 부르짖었다.

"이 때문에 난 나름의 이념을 가지고 있고, 정당에 가입할 필요 없이 내 이념을 고수하는 거요! 당신은 어떻소?"

"저 역시 그렇습니다. 이념을 지니기 위해 정당의 당원증이 필요한 건 아닙니다! 아니 오히려 정당에 소속된 작자 중 대다수는 머리가 텅 비어 있지요."

"아무렴, 지당한 말씀."

빼뽀네가 고개를 끄덕이며 동의했다.

그렇게 이야기를 주고받는 사이 마을에 도착했다. 자갈로 포장된 중심가를 지나자 울퉁불퉁한 길 때문에 트럭은 메뚜기처럼 튀어 오르기 시작했다.

"제기랄, 이런 길을 방치한 읍장이라니!"

젊은이가 불평했다.

"도대체 어떻게 읍사무소를 운영하길래 이렇담!"

그러고 나서 그 젊은이는 아차 싶었는지 조심스레 물었다.

"그런데 읍장은 어느 당 소속입니까?"

"공산당."

삐뽀네가 대답했다.

젊은이가 안도의 한숨을 내쉬며 희미한 미소를 지었다.

"내 그럴 줄 알았어. 정치는 집어치우고 도로나 좀 잘 닦지."

"내 말이 그거 아니오!"

삐뽀네가 동의했다. 그러고 나서 젊은이에게 차를 세워달라고 부탁했다.

"다 왔소. 여기서 내려 주시오."

삐뽀네가 차에서 내리다 말고 고개를 돌려 말했다.

"태워줘서 대단히 고마웠소. 조심해 가시오."

두세 걸음 떼어놓았을 때 젊은이가 그를 불러 세웠다.

"이 보세요, 기관총을 가져가야지요!"

젊은이가 웃으며 창문 밖으로 튜브를 내밀었다.

"모든 기관총이 전부 이렇다면 세상이 훨씬 좋아질 텐데."

튜브를 건네받은 삐뽀네가 웃으며 대답했다. 그리고 그 차가 멀리 갈 때까지 꼼짝도 않고 지켜보고 있었다.

삐뽀네는 새벽 4시까지 망치질을 하고서야 겨우 일을 마쳤다. 그는 11시까지 늦잠을 잤다.

만일 스미르초가 부르러 오지 않았더라면 더 늦게까지 자고 있었을 것이다. 당에서 연맹 감찰관이 왔다는 말을 듣고 그는 급하게 세수를 하고 대충 옷을 입은 뒤 헐레벌떡 사무실로 달려갔다.

빼뽀네가 인민의 집에 도착한 것은 11시 20분쯤이 되어서였다. 사무실에 들어선 빼뽀네는 어젯밤의 그 샌님을 보고 깜짝 놀랐다. 그리고 샌님 역시 전혀 예상하지 못했던 상황에 똑같이 놀랐다.

샌님이 먼저 입을 열었다.

"난 연맹 감찰관이오."

그가 자신을 소개했다.

"난 당 서기장이자 읍장이오."

빼뽀네가 대답했다. 그들은 서로 악수했다.

"연맹에선 읍의 총파업이 어떻게 됐는지 알고 싶어 합니다."

"완벽했습니다. 다들 일손을 놓고 동참했소."

"훌륭합니다, 동지. 농민 파업도 잘 처리하리라 믿소."

"총파업 때보다 더 잘할 거요."

샌님이 미소를 지었다.

"장하시오, 동지. 동지에 대해 말하는 걸 들은 적이 있지만 내 미처 알아보질 못했소. 이렇게 다시 만나게 되어 대단히 기쁘오."

그들은 자리에 앉았다. 스미르초가 포도주 한 병과 잔 두 개를 들고 왔다. 그리곤 조심스레 문을 닫으며 물러났다. 빼뽀네가 잔에 포도주를 가득 채웠다. 그들은 단숨에 잔을 비웠다.

"어젯밤 여행은 굉장히 즐거웠소, 보타치 동지. 대단히 훌륭하오. 본심을 참 잘 감추셨소."

"감찰관 동지 역시 마찬가지지요. 본심을 참 잘 감추더군요."

샌님은 말없이 잔을 들이켰다.

"우리 둘 다 훌륭했소. 당은 우리에 대해 크게 만족할 거요."

뻬뽀네는 고개를 끄덕이며 중얼거렸다.

"이제, 우리가 당에 대해 만족하는지 생각해 봐야겠구먼."

샌님은 잔을 채우며 말했다.

"자, 건배합시다. 보타치 동지를 위하여."

람브루스코 포도주가 그날따라 굉장히 맛이 좋았다.

그들은 한 병을 다 비울 때까지 쉬지 않고 마셔댔다.

공중회전 비행기

마을 축제 기간인 6월 중순이 되자 어김없이 서커스 텐트가 세워졌다. 하지만 다른 해와 달리 올해는 마을 광장에 세워지지 않았다. 올해 광장에는 공산주의자들의 일정에 따라 중요한 정치 집회가 열리고 있었기 때문이다. 서커스단 일행은 가축 시장이 열리는 공터에 자리를 마련하고 텐트를 쳐야 했다. 몰리네토로 가는 길옆, 사람들이 잘 다니지 않는 황량한 장소였다. 하지만 그 덕분에 전혀 새로운 놀이기구를 선보일 수 있었다. 넓은 공터에만 세울 수 있는 공중회전 비행기였다.

공중회전 비행기는 강철 튜브로 만들어진, 우산살처럼 생긴 커다란 기계였다. 우산살 같은 각각의 막대모양 끝에 작은 비행기가 매달려 돌아가도록 한 놀이기구였다. 비행기가 돌기 시작해 속도를 내면 그 안에 앉아 있던 사람은 흥에 겨워 소리를 지르며 위아래로 팔을 휘두르곤 했다.

놀이기구가 설치된 공터는 사제관 뒤쪽으로 3~4백미터 떨어진 곳에 있었는데, 매일 저녁 돈 까밀로는 2층에 있는 침실로 올라가 창밖으로 얼굴을 내밀고 그 회전 비행기를 반 시간 넘게 구경했다. 사실 회전 비행기를 타는 게 옳지 못하거나 나쁜 일은 전혀 아니다. 다시 말해 성직자라고 해서 특별히 이 건전한 오락기구를 타지 못할 이유가 있는 것은 아니다.

그러나 생각이 있는 사람이라면 성직자가 놀이기구를 타는 것을 보고 품위 없는 신부라고 비웃어 댈 것만은 분명하다. 돈 까밀로는 이 사실을 마음 깊이 안타까워했다.

공중회전 비행기는 사람들에게 가장 인기가 높았다. 매일 저녁 서커스가 마칠 즈음, 다른 놀이기구들은 손님이 없어 문을 닫아도 공중회전 비행기만큼은 계속해서 움직였으니 말이다. 공터의 불이 모두 꺼지고도 비행기는 한참을 돌고 또 돌았다.

눈썰미가 뛰어난 돈 까밀로가 이러한 기회를 놓칠 리 없었다. 그는 며칠 동안 눈치를 보던 어느 날 저녁 놀이동산의 문이 닫힐 때 서커스단이 자리 잡은 초원을 향해 달려가기 시작했다. 사제관 뒤의 샛길을 통해 재빠르게 가로질렀다. 이윽고 놀이동산이 펼쳐지고 있는 공터에 이르자 돈 까밀로는 울타리 뒤에 숨어 기다렸다.

시간이 되어 놀이기구가 멈추었다. 서커스의 불을 꺼져 모든 게 어둠 속으로 빠져들었다. 그러나 공중회전 비행기의 그림자는 작은 불빛 아래 계속 돌고 있었다. 돈 까밀로의 계획은 아주 간단했다. 마지막으로 비행기를 탔던 사람들이 땅에 착륙해 집으로 돌아가면 울타리 뒤에서 빠져나와 한 바퀴만 태워달라고 부탁할 생각이었다.

그의 기다림은 그리 길지 않았다. 마침내 회전 비행기가 멈추고 사람들이 땅으로 뛰어내렸다. 그들이 스쿠터를 타고 어둠 속으로 모습을 감추자, 돈 까밀로는 웅덩이를 뛰어넘어 목표물 앞으로 성큼성큼 다가갔다. 공중회전 비행기를 담당하는 서커스 직원은 매표소 안에서 매상을 확인하고 있었다. 그때 눈앞에 시커먼 물체가 나타나자 그는 깜짝 놀라 비명을 질렀다.

"으악!"

돈 까밀로는 태연스레 말했다.

"놀라긴…. 성직자를 처음 보나?"

"아뇨, 신부님. 그렇지만 자정이 지난 이 시간에 보는 건 처음이네요. 그런데 무슨 일이세요?"

돈 까밀로가 사제관을 가리키며 말했다.

"매일 자네들이 시끄럽게 틀어대는 음악 소리에 내가 얼마나 시달리는지 생각해 보았나?"

"죄송합니다, 신부님."

어쩔 수 없다는 듯 서커스 직원이 양팔을 벌리며 말했다.

"하지만 어떤 놀이기구든 음악 없이 움직이면 흥이 나질 않아요. 늦은 시간엔 가능한 한 음악 소리를 낮추도록 해볼게요. 그래도 주위가 다 조용해지는 시간에는 아무리 작은 소리라도 시끄럽게 들릴 텐데 어떡하죠?"

"그건 괜찮네. 하지만 그렇게 매일 저녁 나를 방해한다면 어쩌다 한 번은 나에게 친절을 베풀어야 할 게 아닌가?"

"당연하죠, 신부님. 뭐든 분부만 내리세요."

돈 까밀로는 기다렸다는 듯 급하게 말했다.

"그럼 저 공중회전 비행기를 한 번만 태워주게, 빨리!"

서커스 직원은 난감해하는 표정을 지었다.

"신부님, 잠시만 기다려 주시면 안 될까요? 몇 바퀴 돌려달라고 미리 예약한 손님들이 있거든요. 아, 저기 오네요."

돈 까밀로는 화들짝 놀라 몸을 숨기려 했지만 이미 늦었다. 뻬뽀네를 필두로 한 그 일당이 벌써 그의 등 뒤에 서 있었다.

"호, 우리가 존경하는, 신부님이 아니신가!"

뻬뽀네가 건들거리면서 아는 척을 했다.

"공중회전 비행기가 몹쓸 죄악이라고 설교라도 하고 계신 거요?"

"그저 여기서 흘러나오는 음악 소리에 대해 말하고 있었네. 그것이 사람들의 수면을 방해하니까."

"쳇, 다른 누구보다도 신부님한테 방해가 된다 이거군요?"

빼뽀네가 낄낄거리며 말했다. 스미르초, 비지오, 브루스코, 룬고, 풀미네는 공중회전 비행기를 탄다는 설렘에 돈 까밀로에게는 눈길도 주지 않고 비행기로 달려가 각자 뒤죽박죽 끼여 앉고 있었다.

"그런데 읍장 나리, 여긴 어인 일로 행차하셨는가? 자네 부하들을 재미있게 해주려고?"

돈 까밀로가 비꼬았다. 대답을 들을 새도 없이 스미르초가 큰 소리로 빼뽀네를 불렀다.

"대장, 서둘러요!"

"자 어서 가시게, 읍장 나리."

돈 까밀로가 미소를 지으며 재촉했다.

"아이들이 자네를 부르는구먼. 덩치 큰 읍장이 저 비행기 안에 앉아 나는 걸 보게 되다니. 얼마나 귀여울지 궁금하군!"

빼뽀네가 눈을 치켜뜨며 말했다.

"신부님만큼 귀엽기야 하겠소."

"나야 하늘을 나는 읍장을 볼 테지만 자넨 하늘을 나는 신부를 못 볼 테니 상관없어."

"그럼 신부님, 실컷 구경이나 하시오."

빼뽀네가 회전 비행기를 향해 다가가며 통명스레 말했다.

그는 소형 비행기 안에 몸을 깊숙이 파묻었다. 매표소 안에 있던 서커스 직원이 작동 손잡이를 잡아당겼다.

빼뽀네가 지상을 향해 외쳤다.

"우리끼리만 재미 봐서 미안하외다. 정 마음이 상하시거든 성당 게시판에다 실컷 우리 흉이라도 보시구려! 공산당 위원들이 납세자의 세금을 한밤중의 여흥으로 써 버렸다고!"

기계가 작동하기 시작하자 공중회전 비행기에서 소리를 낮춘 흥겨운 행진곡이 흘러나왔다.

"어이, 속도를 높여라!"

비행기가 매점 앞에 있는 서커스 직원 앞을 지날 때 뻬뽀네가 고함쳤다.

"그래야 신부님이 자장가를 들으며 잘 수 있지."

"입 다물어, 재수 없는 작자야!"

누군가 등 위에서 뻬뽀네에게 고함쳤다. 깜짝 놀란 뻬뽀네가 몸을 돌려보니 바로 뒤 칸에 돈 까밀로가 앉아있는 게 보였다.

비행기는 속도를 내며 돌고 있었다. 다들 너무 즐거워서 어린애처럼 소리를 깍깍 질러댔다. 저녁의 시원하고 습한 공기 때문인지 돈 까밀로는 약간 멀미가 났다.

"좀 천천히 돌리라고 말해!"

돈 까밀로가 뻬뽀네에게 고함쳤다. 비행기가 매표소 앞을 지날 때, 뻬뽀네는 서커스 직원에게 기구를 천천히 돌리라고 소리치려 했으나 그럴 수가 없었다.

"왜 그래?"

돈 까밀로가 고함쳤다. 뻬뽀네는 몸을 돌려 성호를 그으며 매표소를 손가락으로 가리켰다. 돈 까밀로는 방금 뻬뽀네가 발견한 것을 목격했다. 얼굴에 복면을 쓴 세 명의 강도들이 권총을 들고, 직원을 위협하고 있었다. 그의 등에는 총구가 겨누어져 있었고 복면을 쓴 네 번째 강도가 금고를 뒤져 계산대에 펼쳐 놓은 가방 안에 서둘러 돈을 집어넣고 있었다.

놀이기구는 음악과 함께 전속력으로 돌았다. 금고를 다 뒤진 강도가 성에 차지 않았는지 직원을 앞세워 캠핑카 안으로 들어가 다른 짐들을 뒤지기 시작했다. 그러고 나서 직원을 험하게 밀쳐대며 밖으로 나왔다.

직원이 항의했다.

"아무리 그래도 소용없소! 나머지 돈은 전부 은행에 입금했단 말이오. 지갑을 뒤져보면 입금표가 나올 거요."

강도는 입금표를 찾아내더니 화를 내며 짝짝 찢어버렸다.

그 사이에도 비행기는 계속 돌아가고 있었다.

"멈춰라, 이놈들아!"

강도들 앞을 지날 때 스미르초가 고함쳤다. 복면을 한 강도 중 한 명이 위협적으로 총을 겨누며 몸을 돌렸다. 그러자 날고 있던 일당들이 손을 번쩍 들며 자리에서 일어났다.

강도들은 빈약한 전리품 탓에 잔뜩 화가 나 있었다. 두목 격인 젊은이는 나름대로 머리를 굴릴 줄 아는 녀석이었다. 그가 낮은 소리로 외쳤다.

"날고 있는 저 일곱 멍청이를 털자."

그는 위를 향해 고함쳤다.

"주머니에 있는 것을 다 내놔. 안 그러면 뜨거운 맛을 보게 될 거다!"

"웃기지 마라!"

뻬뽀네가 외쳤다. 그러자 두목의 명령을 받은 부하가 매표소 안으로 들어가 속도 조절기를 움켜잡았다. 그러고는 속도를 두세 배나 더 빨리 높였다. 비행기가 정신없이 돌기 시작했다. 지금까지 즐겁게 비행기를 타던 일행들이 비명을 지르기 시작했다. 부두목이 음악의 볼륨을 높이자 비명은 순식간에 음악 소리에 파묻혔다.

회전 비행기가 열두어 바퀴쯤 더 돌았을까. 두목이 신호를 보냈다. 부두목은 속도를 늦추었다.

"자, 우선 각자 손수건 안에 돈을 싸서 잘 묶는다. 그리고 매표소 앞을 지나갈 때 그 손수건 보따리를 안으로 던진다. 30초 여유를 주겠다."

시간이 절반 정도 지났을 때 두목이 명령했다.

"검정 옷을 입은 저놈부터 시작한다. 실시!"

검정 옷을 입은 돈 까밀로가 제일 먼저 보따리를 매점 안으로 던졌다. 그리고 다들 그를 따랐다. 두목이 보따리를 모아 풀고 돈을 확인했다.

"애개, 겨우 이거야!"

그가 다시 외쳤다.

"있는 그대로 지갑들을 던져라. 안 그러면 속도를 더 높이겠다. 5초 내로 한다! 실시!"

일곱 개의 지갑이 차례로 두목의 발치에 떨어졌다. 두목은 먼지 하나 나지 않을 정도로 깨끗이 지갑을 털었다. 그는 서커스 직원을 향해 돌아섰다.

"15분 뒤에 놀이기구를 세워라. 우릴 속일 생각은 하지 마라! 나는 너를 알고 있으니까. 말한 대로 하지 않으면 다음번엔 캠핑카에 휘발유를 붓고 너를 통닭구이로 만들어버릴 테다."

네 명의 강도는 길가에 대기하고 있던 차로 달려가 재빨리 도망쳤다.

"빨리 세워, 이 멍청이야!"

뻬뽀네가 서커스 직원을 향해 고함쳤다. 하지만 그 불쌍한 직원은 잔뜩 겁에 질려 정확히 15분이 지난 뒤에야 놀이기구를 세웠다.

비행기가 천천히 땅으로 착륙했다. 다리에 힘이 빠진 뻬뽀네와 그의 부하들, 그리고 돈 까밀로는 20여 분 동안 꼼짝도 못하고 비행기 안에 주저앉아 있었다.

아무도 말문을 열지 않았다.

마침내 후들거리는 다리로 비행기에서 내려온 뻬뽀네가 서커스 직원의 양복 앞깃을 움켜잡으며 한 마디 내뱉었다.

"오늘 밤에 일어난 일에 대해 입만 뻥긋했다간 더 이상 일하지 못하게 될 거야. 우리 관할 지역 어디서든 말이야."

"우리 소관인 지역에서는 내가 못하게 할 거야."

돈 까밀로가 덧붙여 말했다.

일곱 명 모두 놀이동산을 빠져나와 들길로 접어들었다.

돈 까밀로가 입을 열었다.

"이보게, 뻬뽀네. 그놈들이 막판에 초를 치긴 했지만 기억에 남을 만한 멋진 밤 아니었나?"

뻬뽀네가 으르렁거리는 소리를 토해냈다. 그 소리는 밤의 장막 너머로 멀리 메아리쳤다.

주효숙 | 옮긴이

한국외국어대학교 이탈리아어과를 졸업하고 동 대학원에서 비교문학 박사학위를 수여받았다. 이탈리아 페루자 국립언어대학교에서 이탈리아어 교사 자격증을 취득했으며, 조반니노 과레스키의 '돈 까밀로' 시리즈를 번역해 이탈리아 외무성에서 수여하는 번역상을 받았다. 한국외국어대학교 이탈리아어통번역대학에서 학생들을 가르치며 번역가로 활동하고 있다. 옮긴 책으로는 《돈 까밀로의 사계》와 《돈 까밀로와 뽀 강 사람들》, 《돈까밀로의여 양떼들》, 《돈까밀로의 작은세상》, 《새천년 세계는 어디로 가는가》(공역) 등이 있다.

*신부님 우리들의 신부님 7

돈 까밀로의 작은 세상

1판 10쇄 발행 | 2012년 01월 20일
개정 2쇄 발행 | 2019년 11월 15일

지은이 | 조반니노 과레스키
옮긴이 | 주효숙
펴낸이 | 김정동
펴낸곳 | 서교출판사

주소 | 서울시 마포구 성지길 25-20 덕준빌딩 2층
전화 | 3142-1471(대) 팩스 | 6499-1471
등록번호 | 제10-1534호
등록일 | 1991. 09. 25

Email | seokyodong1@naver.com
Blog | https://blog.naver.com/seokyobooks

ISBN 979-11-89729-16-5 04860

잘못된 책은 구입하신 곳에서 바꾸어 드립니다.
책값은 뒤표지에 있습니다.